뉴 라이프
New Life

4

뉴 라이프 4

송윤미 판타지 장편 소설

초판 1쇄 찍은 날 § 2002년 5월 23일
초판 1쇄 펴낸 날 § 2002년 5월 30일

지은이 § 송윤미
펴낸이 § 서경석

편집장 § 문혜영
편집책임 § 김희정
편집 § 장상수 · 박영주 · 권민정 · 이종민
마케팅 § 정필 · 강양원 · 김규진 · 안진원

펴낸곳 § 도서출판 청어람
등록번호 § 제1081-1-89호
등록일자 § 1999. 5. 31
어람번호 § 제1-0245호

주소 § 경기도 부천시 원미구 심곡1동 350-1 남성B/D 3F (우) 420-011
전화 § 032-656-4452 팩스 § 032-656-4453
http://www.chungeoram.com
E-mail § eoram99@chollian.net

ⓒ 송윤미, 2002

값 7,500원

ISBN 89-5505-263-4 (SET)
ISBN 89-5505-376-2 04810

송윤미 판타지 장편 소설

뉴 라이프

New Life

4 환상 [幻]

도서출판
청어람

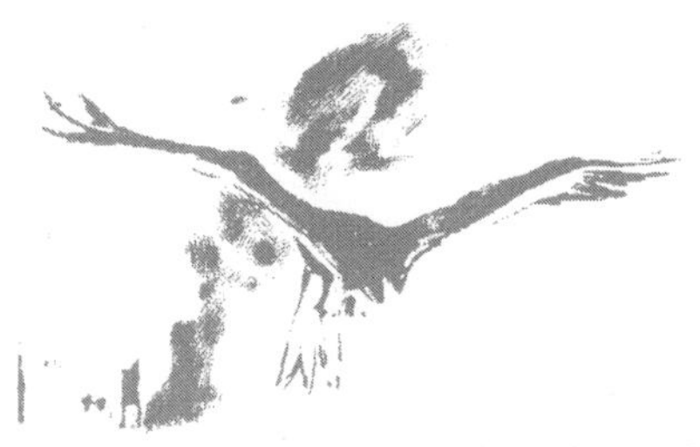

CONTENTS

"…님… …어나… 일어나세……."

누구야? 시끄럽게. 지금 나 무지 졸려 죽겠단 말이야. 5일이 넘게 잠을 못 잤다구. 포럼도, 피아노 발표회도 끝났는데 좀 더 자게 놔둬도 되지 않아? 좀 봐줘, 봐줘. 우우웅~

"빨리… 서둘러… …고… 준비가……."

정말 못살겠네! 정말 너무들하는구먼. 내가 아무리 괴물 같은 놈이라는 소릴 들어도 잠을 안 자고는 버틸 수 없는 인간이란 말이다. 그런데 대체 누구야, 누구! 김 비서? 아님 한 실장이야? 우이 씨~ 만약 예지마녀나 어머니라도 이번엔 정말 가만 안 놔두겠… 음, 아니구나. 그녀들이면 난 찍소리 못하지 참. 에휴~

'어쨌든 쨍알쨍알 골고루 한다, 해! 으이구~'

하지만 아무리 그래도 난 꿋꿋하게 자고야 말 테다! 해볼 테면 해봐

라, 해봐! 음하하하~

"이제 그만 일어나시라구욧!!"

"우아악!"

쿵!

'에구궁, 머리야.'

엄청난 '쿵' 소리였다. 아무리 안 일어난다고 그렇게 이불을 확 잡아당기다니. 그런데 어째 평소보다 몸이 커지고 무거워진 듯한……

"에이 씨, 누구야!! …에?"

나는 침대에서 바닥으로 직격탄으로 날려진 머리를 부여잡고 일어서다가 한 인물의 얼굴이 눈에 한가득 들어오는 것을 보고 그대로 멈칫 굳어버렸다.

단단하면서도 날렵해 보이는 체격.

건강해 보일 정도로 적당히 그을린 사내다운 얼굴.

짧은 헤어스타일과 단정한 검은 정장, 그리고 안경 밑으로 계산적인 두뇌가 엿보이는 두 개의 눈동자를 가진 청년.

그 인상착의와 이해 타산적인 분위기를 풍기는 그 인물은 분명…

"성… 우? 넌 분명 현성우……!"

"그럼 누구라고 생각하시는 겁니까?"

믿을 수 없다는 듯이 넋 나간 내 말에 현성우라고 생각되는 인물이 미간을 찌푸리며 손목의 로렉스 시계로 시간을 확인했다. 산뜻하고 서늘해 보이는 손이 분주하지만 깔끔하게 서류 가방과 코트를 정돈하며 말한다.

"형님, 오늘 할 일이 보통 많은 것이 아닙니다. 저도 평소 같았으면 제가 직접 나와서 이러지도 않습니다. 게다가 어제 청성파의 급습으로 크게 다치실 뻔했기에 웬만하면 오늘부터 이러고 싶지 않지만……."

형님? 지금 날보고 말한 건가? 아니, 어쨌든 그보다…

"네가… 네가 어떻게 여기에 있지? 난 분명히 너한테……."

"네?"

내가 혼란스런 머리로 이해할 수 없다는 듯이 고개를 흔들며 정신없이 묻자 현성우 되물어온다. 하지만 현재 내 입에서 나오는 말들은 특별히 어떤 생각을 하고 쏟아 붓는 질문이 아니라 아무 생각 없이 가슴에서 치밀어 오르는 감정에 충실한 언어일 뿐이다. 두서없는 그 질문이 무얼 말하고자 하는지 말하는 나 자신도 알 수가 없다.

'내가 지금 뭐 하고 있는 거지? 왜 이러고 있는 거야?'

"형님, 꿈꾸셨습니까?"

"에?"

'꿈?'

현성우가 그 냉랭한 얼굴에 이해할 수 없다는 표정과 함께 약간의 걱정을 담으며 되물어온다. 그 순간, 내 가슴속을 헤집고 다니던 그 알 수 없는 감정들이 사그러들며 없어지고 있는 것을 알았다. 뭔가 답답함을 느끼게 하던 장면들조차 뿌연 안개에 싸여 기억에서 점차 지워져 간다. 깨어났을 때 느꼈던 이질감이 사라지고 이곳이 현실이란 감각만 생생하게 전해져 온다.

내 이름은 박경덕.

이 도시 중심부의 결코 적지 않은 구역을 차지한 해성파의 절대 우두머리. 수백여 명의 식솔을 거느린 한 조직의 최고 보스.

'뭐지? 지금 내가 왜 성우 녀석 얼굴을 보고 놀랐던 거지? 중요한 날 아침에 저 녀석이 날 깨우러 온 건 항상 있는 일이니 당연하잖아? 게다가 방금 전까지 반사적으로 입에서 튀어나오려고 했던 어떤 말들이…… 사라져 버렸다. 이유는 모르지만 머리가 혼란스러워. 무엇 때문에… 그 꿈 때문인가?

"꿈… 꿈이라…… 쿡! 그런가? 역시 꿈이었나?"

"피곤하셨나 봅니다, 형님."

나는 걸음을 옮겨 욕실에서 간단히 세수를 하며 생각에 잠겨 있다가 현성우의 평이한 어조에 고개를 들었다. 바로 앞에 자신의 모습을 비추는 거울이 있다.

거구의 사나이가 눈에 들어온다.

거무스름한 피부, 강해 보이는 근육과 팔뚝, 굳건해 보이는 눈매와 표정. 그러나 이상하게도 매일 보는 내 모습이 오늘따라 왜 이리 어색해 보이고 생소하게 느껴지는지…… 마치 타인을 관찰하는 것처럼.

"그래, 그랬던 것 같군. 그동안 구역 쟁탈전에 신경을 너무 소모시켰던 것 같다. 악몽 같기도 하고 아닌 것 같기도 하고… 참 복잡한 꿈을 꾸었던 것 같애. 아, 거기 옷 좀 주지."

난 쓸데없는 생각이라 치부하고 피식 웃으며 욕실을 나오면서 이미 깔끔하게 정장 차림을 한 현성우에게 드레스 셔츠와 넥타이를 건네받으며 중얼거렸다.

"네. 그런데 어떤 꿈이었습니까?"

"글쎄, 무슨 꿈이었더라? 음, 그런데…… 하하. 일부러 생각해 보려 하니 기억이 잘 안 나는군. 무언가 아주 길고 긴 꿈을 꾼 것 같긴 한데 말이야. 뭔가 굉장히… 가슴 아프고… 슬펐다가……."

구릿빛으로 빛나는 듬직한 어깨에 새하얀 셔츠가 걸쳐지고 커프스 단추를 채우자 성우 녀석을 돌아보며 슬쩍 미소 지었다.

"또 뭔가 가슴이 벅찰 만큼, 아니, 불안해질 만큼 행복한… 그런 꿈이었던 것 같은데. 맞아, 생소하지만 그런 따뜻하고 그리운 느낌이었어. 다시 돌아가고픈……."

"부럽군요."

"응?"

창가에 서서 밖으로 보이는 자동차의 물결을 내려다보며 아침을 만끽하던 나는 성우 녀석의 공허한 목소리에 이상함을 느끼고 고개를 돌렸다.

"훗! 전 꿈에서조차 그런 일이 없었죠. 형님은 꿈에서조차 제가 못 갖고 있는 걸 갖고 계신 모양입니다."

"무슨……?"

"아닙니다."

현성우의 계산적인 눈빛이 투명한 안경알 밑으로 잠시 흔들리는 듯하더니 살짝 고개를 기울여 그것을 감추고 냉소적인 미소를 지었다. 지난 10여 년 간 항상 보여주던 그 표정.

"싸가지없게 주절대는 걸 보니 진짜 성우 놈이 맞구먼. 큭큭큭, 쓸데없는 잡담은 이제 그만두지. 네 말대로 오늘은 정말 할 일이 많아."

나는 평소의 현성우 표정을 봄과 함께 나 또한 평소의 박경덕으로 돌아가 정장 상의를 말끔히 갖춰 입고 문을 나섰다.

오늘 해치워야 할 굵직한 일들이 날 기다리고 있었다. 이번 일만 끝나고 정리가 되면 내가 평생 원해왔던 일들을 할 수가 있을 것이다. 이미 내 머리 속에는 현실만이 가득하고, 혼란만을 채워준 희미한 꿈은 멀리 사라져 가고 있었다.

"어디부터 가게 되어 있나?"

"우선 덕망상업부흥회 사장과 잠시 만나기로 되어 있습니다만."

"아, 그게 오늘이던가? 그런데 '덕망'은 무슨 개뿔이 '덕망'이야? 그냥 뎃짱파라고 하란 말이야."

"…오늘은 기분이 별로 안 좋으시군요, 형님. 보통 때보다 말투가 더 험하신데요?"

부드럽지만 빠른 속도로 이동하는 검은색 승용차 안에서 성우 녀석이 무표정한 얼굴로 아무렇지도 않게 서류를 살펴보며 나직이 중얼거렸다. 시선도 돌리지 않았다. 팔랑팔랑 넘어가는 서류 뭉치만이 지상 최대의 관심사인 양 고정되어 있는 그 얼굴. 조용히 흘리는 현성우의 목소리가 더욱 내 신경을 거슬렸다.

"그래, 별로다. 그래서 네가 어쩔 건데?"

"흐음."

성우 녀석이 투정 부리는 듯한 나의 말투에 마침내 이상하다는 반응을 보이며 고개를 돌렸다. 얇지만 투명하게 빛을 반사하는 차가운 안경알이 현성우의 얼굴을 더욱 계산적으로 보이게 만든다. 지금은 저래도 예전엔 저런 모습이 아니었는데…….

나는 지금의 현성우 얼굴에서 좀 더 작은 키에, 좀 더 지저분하고, 좀 더 반항적이었던 입버릇 나쁜 꼬마 녀석의 모습을 떠올렸다.

"이거 놓으라구, 이 새끼야!!"

"이 자식! 말버릇 하고는… 너 임마, 네가 소매치기해 간 게 뭔지 알아! 내 하루 일당이란 말야! 막노동판에서 죽자살자 벽돌 지고 날라서 번 돈이란 말이다, 이 꼬맹아!!"

"그깟것 내가 알게 뭐야!! 이것 놔앗, 이 개자식아!!"

"뭐, 이 녀석이!!"

꼬르륵—

"엥?"

그때 새빨개졌던 성우 녀석, 그때는 정말 나름대로 귀염성있었는데 말이야. 큭큭.

"지금 무슨 생각을 하시는 겁니까?"

"어, 네놈과 처음 만났을 때를 생각하고 있었지. 한 10년 됐나? 넘었나?"

탁!

"오늘 정말… 이상하시군요."

성우 녀석이 서류철을 덮으며 자동차 창가에 비스듬히 기대어 키들거리던 나를 물끄러미 바라본다. 뭐가 이상하다는 거지?

"내가 뭘?"

"글쎄… 특별히 뭔가를 꼬집어 말할 순 없지만, 어쩐지 분위기부터가 평소의 형님이 아닌 것 같아서요. 마치 장난기 많은 어린 소년과 함께 있는 듯한 느낌입니다. 보통 때의 형님 같았으면 그런 말투, 그런 표정, 그리고 그런 자신의 속내를 아무리 제 앞에서라도 보여주지 않죠."

'에?

"지금의 제 모습은 형님을 존경하면서부터 만들어진 겁니다."

뭐야, 그럼? 저 바늘로 찔러도 피 한 방울 안 나오게 생긴 얼굴이 날 모델로 해서 탄생하게 된 거란 말이야? 하긴 뭐, 아침엔 갑자기 내가 나를 생소하게 느꼈을 정도이니…….

“오늘만이야.”

“네?”

나의 정돈된 굵은 목소리에 성우 녀석이 미간을 찌푸리며 되물어온다. 확실한 뜻이 전달되지 않는 말은 무조건적으로 용납하기 싫어하는 현성우의 철저한 성격이 여기에서도 드러난다. 결벽증이라고도 할 수 있고, 완벽주의자라고도 할 수 있는… 불확실한 것을 극도로 싫어하는 녀석.

나는 그런 생각들을 머리 속에 담으며 입 끝에 미소를 걸었다.

“그냥 그런 생각이 드는군. 오늘만… 오늘만이다. 오늘이 지나면 평소의 나로 돌아갈 거다.”

나는 비스듬히 기댔던 자세를 똑바로 세우고 의식적으로 보통 때의 철두철미한 냉혈한 박경덕의 모습을 만들어냈다. 그런데 어쩐지 가슴 한 켠이 쓸쓸해지는 느낌이다. 분명 나의 일상과 조금도 다름이 없을진대 왜 이리 모든 것이 낯설고 외로울까?

‘돌아가고 싶다. 어딘진 잘 모르겠지만…… 무언가를 향해 돌아가고 싶어.’

그때였다.

끼이익!

나와 성우 놈을 싣고 이동하던 검은색 고급 승용차가 요란한 고무 마찰음을 토해내며 급정거를 했다. 운전을 하던 덩치가 그 갑작스런 사고에 욕설을 내뱉는 것이 들려왔다.

“에이, 쉬팔!! 저년이!!”

“뭔가?”

“아! 죄, 죄송합니다, 형님, 아니, 사장님! 갑자기 차로 어떤 어린 계집년이 뛰어드는 바람에……."

"뭐?! 그럼 지금 사람을 쳤단 소리야! 그런데 여기서 이러고 있으면 어떡하나!!"

나는 주변의 만류도 뿌리치고 차에서 뛰쳐나와 사람을 치었다고 생각되는 방향으로 뛰어갔다. 목구멍에서 숨이 딱 걸리는 느낌이다. 사람을 치다니… 잘못하면 죽을 수도 있지 않은가. 나의 기억에는 분명 내가 자동차 사고를 당한 기억이나 낸 기억이 없건만 이상하게 차 사고가 났다는 그 사실 하나에 머리 속이 새하얗게 비워졌다. 마치 내가 언젠가 자동차로 큰 사고를 당했던 경험이 있는 것처럼. 그것은 교통사고 자체에 대해 원론적인 공포.

"괜찮으십…… 엇?!"

자동차 앞에 쓰러져 있던 사람이 천천히 고개를 든다. …여자다. 그런데 왠지 저 얼굴이…….

"형님, 아는 여자입니까?"

내가 잠시 멈춰 서서 멍하니 차로 뛰어든 여자의 얼굴을 바라보고 있으려니 현성우가 옆으로 다가와 의아한 목소리로 묻는다.

아는 여자? 저 얼굴을 내가 알고 있었던가? 하지만 이상하게 낯설지 않고 찾고 있던 뭔가를 힘들게 발견한 듯한 이 느낌… 하지만 여기는 사창가 근처의 유흥가인데… 싸움과 일밖에 몰랐던 내가 여자를, 그것도 이런 곳의 여자를 알 리가 없지 않은가.

"도, 도와주세요. 부탁드릴게요. 제발 절 좀 도와주세요."

내가 멍한 얼굴로 성우를 돌아보는 사이 그 작은 체구의 여자가 기듯이 다가와 내 코트 자락을 붙잡고 애원했다. 한데 시선을 돌릴 사이도 없이 현란한 불빛의 사창가 쪽에서 그녀를 뒤쫓아온 것으로 보이는 한 사내가 다짜고짜 그 여자를 잡아 뺨을 날리며 욕설을 퍼붓는다. 그 사내에게 풍기는 고약한 알코올 냄새에 미간이 찌푸려졌다.

"씨팔년! 네가 날 치고 도망가면 못 잡을 줄 알았어, 엉! 이리 못 와! 이 쌍년!!"

"까아악!! 살려줘요!!"

"돈을 치렀으니 이제 내가 원하는 대로 즐기게 해줘야 하잖아? 창녀 주제에. 케헤헤~ 아님, 너 이렇게 사람들 많은 곳에서 해주길 바랬던 거야?"

비명을 지르는 그녀. 얼굴이 멍 자국과 눈물로 엉망이 되어 있지만 앳된 얼굴과 목소리가 '여자' 라기보다 '소녀' 에 더 가까운 어린 창녀 다.

"형님?"

현성우의 차가운 음성이 들려왔지만 그 여자의 얼굴 위로 갑자기 어떤 영상들이 무섭게 밀어닥치며 현기증을 느꼈다. 그리고 갑자기 눈앞이 블랙 아웃되어 버렸다. 길에서 우연히 만나게 된 낯선 여자 얼굴 하나에 갑작스레 몰아닥치는 혼란.

'이게 뭐지? 이 장면들은…….'

"죽여라."

"…죽이진 않습니다. 멀리 가서서 이쪽은 생각도 하지 마십시오, 형님."

수십 조각의 기억의 파편들이 미친 듯이 날카롭게 깨져서 쏟아져 날 린다. 인과 관계나 시간의 선후(先後)도 알 수 없이 갑작스레 달려들었 다. 그리고 혈관 속에 흐르는 피조차 차갑게 식히는, 누군가의 소름 끼칠 정도로 평온한 목소리.

"없애 버려."

"아, 안 돼! 부탁이다… 성우야, 부탁… 이야……. 크흑… 제발 저 아이만
은… 내 마지막 부탁이다. 다른 건 안 바라마. 착한 아이다. 한때 길을 잘못
들어서서 그렇지 정말로 순수한 아이야. 제발……."

"…추합니다."

머리와 어깨, 등에서 피를 쏟으며 바닥에 쓰러져 있는 것은 바로 나
박경덕. 그러나 냉기 어린 현성우의 목소리에 죽을힘을 다해 바닥을
기어가 현성우의 바짓자락을 잡고 부탁한다. 배신한 놈에게 자존심마
저 버리며 애걸한다.

벌레 같다. 흙먼지와 피로 더러워져 진흙 바닥을 꿈틀꿈틀 기어가는
것이 마치 버러지 같다. 손끝으로 짓이기면 질척이는 더러운 소리를
내며 터져 죽는 버러지 같아.

"하… 지 마……."

이미 내 모습이 검은 공간 안에서 덩치 큰 중년의 건장한 사나이가
아니라 작은 체구의 금갈색 머리칼을 가진 소년으로 변해 있다는 걸
느낄 새도 없이 입에서 분노와 증오에 가득 찬 악다구니가 부들부들
떨리며 새어 나오고 있었다.

"하… 지 마… 하지 마… 하지 마, 하지 마, 하지 마!! 저런 배신자
앞에서 그렇게 버러지처럼 기지도 말고, 애원하지도 마! 목숨 따윌 구
걸하지 마! 당당하란 말이야!! 죽더라도 당당하게 최후를 맞으란 말이
야!! 그런 식으로 살아남지 말란 말이야!! 젠.장! 크흑."

　주먹을 쥔 손바닥에 손톱이 깊이 파고들어 뜨뜻한 액체가 배어 나오는 것이 느껴졌다.
　"도대체 나, 누굴 구하겠다고… 내가 도대체 무엇 때문에 그런 거야……? 왜 내게 새삼스레 이런 비전들이 보여지는 거지? 왜!!"
　하지만…

　"추합니다. 당신의 지금 모습, 아주 추하군요. 내가 쫓던 해성의 일인자는 이런 모습이 아니었습니다. 서글픈데요."
　"커억!!"

　돌아오는 건 배신한 동생의 싸늘한 코웃음과 극통의 발길질뿐.
　그리고 순간적으로 바뀐 또 다른 영상.

　"아저씨—!"

　"헉—!!"
　막막한 어둠에 휩싸였던 주위로 다시금 전혀 다른 배경에서 어떤 소녀가 처절하게 남자들에게 유린당하고 짓밟히며 울부짖는 영상이 영화처럼 크게 들이닥쳤다.
　누구? 설마 좀 전에 차에 부딪친 그 소녀?
　'가슴이 답답해… 숨이 막힐 것만 같아… 심장이…….'
　완벽히 검은 혼란 속에 빠져 버렸다. 빙빙 도는 수많은 목소리들과 비명 소리, 웃음소리에 두 손으로 귀를 틀어막아도 정신을 차릴 수가 없다. 모든 것이 뒤죽박죽이다.

'심장이 으깨질 것만 같아!!'

빛의 속도로 자신을 찢어발기며 뚫고 지나가는 기억 파편들이 상상도 할 수 없을 정도의 고통을 선사했다. 그동안 전혀 모르고 있던, 다른 생에서는 완전히 잊혀져 있던 세부적인 기억. 새로운 삶을 살고 있는 누군가에겐 구멍 뚫린 넝마 조각 같았던 지난 생의 기억이, 그 기억의 구멍들이 일부나마 스치고 사라진다.

하지만 스치는 것만으로도 그 배신과 고통과 아픔, 슬픔은 정말이지 상상을 초월했다.

박경덕의 자아로 시작됐던 현실과 기억들이 이제는 박경덕인지 민제후인지 알 수 없게 뒤섞인 자에게 무자비하게 쏟아져 들어간다. 그러나 그렇기에, 너무나 한꺼번에 빠른 속도로 쏟아지고 있었기에 그것들은 오히려 그에게 모두 수용되지 못하고 다시 튕겨져 나가고 있었다. 행인지, 불행인지…….

"형님을 죽이지는 않겠습니다. 그럼 이것으로 제 은혜 갚음은 끝내도록 하지요. 시작해."

"끄아아아악!!"

*   *   *

번쩍―

환상 속에서 최악의 그 순간, 화사한 금갈색 머리칼을 가진 귀공자 같은 한 소년이 커다란 침대의 한가운데에서 눈을 번쩍 떴다!

그리고 그때 그 소년의 한쪽 눈에서 주르륵 흘러내리는 눈물.

투명한 보석 같은 맑고 커다란 두 개의 연한 갈색 눈동자가 흐트러진 금빛 실타래 아래에서 아름답지만 공포와 증오를 담고 어슴푸레한 아침의 빛을 받아들인다. 하지만 소년의 눈에 어린 감정과는 반대로 창과 테라스로 보이는 성전 저택의 경관은 평화롭기만 하다.

기분 좋은 부드러운 안개가 싱그러운 아침 공기를 감싸며 정원과 숲에 잔잔히 내려앉아 있었다.

'여, 여기는……'

"어머? 계셨군요, 도련님? 좋은 아침입니다."

제후가 침대에 누워 천장을 노려보며 정신없이 얽혀 버린 기억과 현실 감각에 혼란스러워하고 있을 그때, 심플한 제복에 하얀 앞치마를 두른 메이드 한 명이 방으로 들어오다 아직 침대에 들어 있는 제후를 보고 약간 놀란 표정을 지었다. 하지만 곧 방긋 웃으며 인사하는 얼굴.

평소 이 시간의 민제후라면 벌써 금웅 닭둘기와 함께 아침 운동한다고 뛰어나갔을 텐데. 그런데 그런 소년이 아직까지 자다 깬 차림으로 침대에 그대로 누워 있으니 조금 놀란 듯하다. 그렇기에 도련님 운동 시간에 맞춰 청소나 해야겠다고 생각하며 들어섰던 메이드는 의아한 얼굴로 제후의 안색을 조심스레 살폈다. 보통 때엔 고용인이라고 함부로 대하지도 않고 붙임성 좋은 성격으로 방실방실 웃으며 인사성 바른 작은 주인님이기에 걱정이 없었지만 지금은…

뭔가 다르다는 것을 느꼈다.

민제후라는 이름을 가진 소년의 선천적으로 타고난 귀족적인 자태 속에서 뻗어 나오는 무섭도록 싸늘한 표정, 그리고 살을 에는 것 같은 그 소년의 기도(氣道), 쇼크 상태에 빠진 듯한 혼란스런 두 눈도…

달랐다. 뭔가 평소의 도련님과는 달랐다.

그때 묘하게 긴장된 분위기에서 우물쭈물하던 메이드에게로 제후의 목소리가 들릴 듯 말 듯하게 닿아왔다.

"당신… 누구지?"

제후가 누워 있던 자세에서 약간 불안정해 보이는 몸짓으로 침대에서 일어나 앉으며 묻는다.

"여기가 어디야? 내가 왜 여기에 있지? 성우는? 현성우는 어디에 있어!"

"네? 무슨……."

놀란 얼굴의 메이드. 메이드의 안색이 창백해진다. 제후는 지끈거리는 머리를 두 손으로 붙잡으며 혼란 속에서 깨어나지 못하고 정신없이 눈을 굴렸다.

'생각이 나지 않아. 아무것도 생각나지 않아. …혼란스러워. 여긴 어디야? 내가 왜 여기에 있는 거지? 모두… 모두 어디에 있는 거야!! 그동안 내게 무슨 일이 있었던 거야!!!'

"아무것도 생각나지 않아!"

그 소년이 헝클어진 금빛 머리칼을 부여잡고 이를 악물며 비틀거리자 메이드가 놀라서 제후에게로 뛰듯이 다가왔다.

"도련님, 괜찮으세요? 안색이……."

"건드리지 마!!"

파창!!

"꺄아!!"

메이드가 다가서며 손을 뻗자 제후가 악을 썼다. 그러자 그 순간 갑자기 터지듯이 금이 간 침대 옆 테이블 위의 꽃병!

아무도 던지거나 건드리지도 않았고 누구도 손대지 않은 꽃병인데 테이블 위에서 저절로 파삭 부서져 꽃병에 담겨 있던 물이 조금씩 흘러나와 바닥으로 주르륵 흘러내렸다. 메이드의 놀란 비명 소리가 바닥으로 떨어져 내리는 물방울 소리와 함께 방 안을 가득 메웠다.

그리고 깔끔하게 군더더기없이 새어 나오는 민제후의 시린 음성.

"가까이 오지 마. 다가오면 다 죽여 버리겠어."

"죄, 죄송합니다."

찬바람이 분다.

매섭게 노려보는 살벌한 소년의 눈초리가 믿을 수 없는 현상과 함께 극도의 공포로 다가왔던지 메이드가 주춤주춤 물러서다가 허둥지둥 뛰쳐나갔다.

'빌어먹을!! 도대체 뭐가 어떻게 된 일이지? 여긴 어디지? 저 여잔 또 누구야? 그리고 난… 난 또 누구란 말이야! 모든 게 뒤죽박죽이니…… 엇? 저건!'

그때였다.

삐이익—!

'기습인가?! 젠장, 늦었어!'

"우아앗!"

찰싹—

'……?'

제후가 침대에서 벌떡 일어서다가 갑자기 빛살처럼 쏘아져 자신에게 달려드는 물체를 미처 방어하지 못하고 얼굴에 정면으로 받고 말았다. 그런데…

"어, 어라라?"

‘탕’이나 ‘피융’, 또는 ‘퍽’ 하는 소리의 파공음이 아니라 ‘찰싹’이라니…….

제후는 이 무섭지도 위협적이지도 않은 유아틱한 소리와 보숭보숭한 감촉에 어이없어하며 자신의 얼굴을 뒤덮은 물체를 손가락으로 집어 떼어냈다.

“이… 건 또 뭐야?”

자신의 얼굴에서 떨어지지 않으려고 바둥바둥대는 생물체.

손을 펴보니 금빛 새끼 매 한 마리가 한껏 업된 기분으로 한시도 가만있지 못하고 푸득푸득댄다.

이 작은 새끼 매가 빠르게 날아와 날개를 활짝 편 자세로 제후의 얼굴에 찰싹 붙어 부비부비를 한 그 장본인?

“넌… 둘기?”

꺄루룩!!

손바닥에서 내려놓으니 둘기가 무척 반가워하며 쫑쫑 뛰어와 쓰다듬어 달라고 제후의 손에 머리를 가져다 대면서 애교를 떤다. 새벽 안개가 물러가며 아침 햇살이 점차 창가로 스며들자 금웅의 황금빛 깃털이 더욱 찬란한 빛을 뿌렸다. 성스럽기까지 한 영물.

제후는 그 작은 생명체로 인해 간신히 엉킨 실타래 같은 기억과 혼란들을 몰아내고 현실감을 되찾아갈 수 있었다.

삑! 삑! 삑! 삑!

물론 둘기는 그런 제후의 상태도 모르고 그 순간에도 여전히 여기저기 방 안을 폴짝폴짝 뛰어다니며 정신없게 굴었지만(정말 생각하는 데는 도움이 안 됐다). 하지만 평소보다 더 요란법석을 떠는 것이 아무래도 오늘 아침 운동에 늦었다고 시위하는 것 같아 말릴 수 있는 상황도 아니었다.

제후가 창가로 다가가 창을 활짝 열어젖혔다.

상쾌한 아침의 향이 밀려들었다. 그리고 자신의 방에서 내려다보이는 정원과 숲이 싱그러운 이슬을 머금고 피어나는 것이 보였다. 완전히 가시지 않은 엷은 안개와 지저귀는 산새 소리, 또 작은 시냇물이 춤을 추는 물소리와 편안한 고요함까지.

모든 것이 어제와 그제, 또 지난주와 지지난 주에도 항상 자신과 함께 해오던 평상시의 아침 풍경이다. 아침 햇살에 그 어느 것보다 더욱 고귀하게 빛나는 황금빛 머리카락을 상냥히 쓰다듬어 주는 솔바람의 감촉을 느끼며 제후가 조용히 중얼거렸다.

"꿈… 이었나?"

제후는 도무지 무엇이 진실이고 거짓인지 구분 지을 수가 없었다. '꿈'이라고 이름 붙인 그 영상들이 모두 기억나지도 않았다. 고통과 괴로움 속에 식은땀을 흘리며 보게 된 그 장면들 중 어느 낯선 여자의 얼굴과 현성우와의 낯선 대화가 조금 기억에 남을 뿐이다. 하지만 그 어느 것도 자신의 전생 기억과 일치하지 않았다. 전생에 자신은 알고 지낸 여자도 없었거니와 성우와의 마지막 대화도 그런 것이 아니었으니.

"도대체 어떤 것이 꿈이고 어떤 것이 현실이지?"

시선을 내려 두 손바닥을 뚫어지게 쳐다보았다.

하얀 손… 그리고 감촉… 느낌… 생생한 현실감… 그러나…

'지금이 진짜 현실… 맞을까?

그런데 그때 들려온 닭둘기의 째지는 듯한 울음소리가 제후를 암울한 깊은 상념에서 강제로 끌어냈다. 고막을 찢어놓겠다는 일격 필살의 각오처럼 빽빽 울어 젖히는 새끼 금웅. 얄밉게시리.

삐액—! 삐액—! 삐익!!

"끄아악! 이놈의 자식! 시끄럿!! 조용히 하지 못해!!"

삑?!

고개를 홱 돌리고 제후가 씩씩대며 호통을 치자 그제야 둘기가 고개를 갸우뚱하며 푸득거림을 멈췄다.

"헥…헥… 저놈의 자식… 점점 더 성깔머리가 장난이 아니라니깐."

꺄루룩~

"칭찬이 아냐, 이 멍청아!"

민제후가 누군가에게 멍청이 소리를 하게 될 날이 올 줄이야. 한예지가 들으면 머리에 핏대를 올리며 반박 성명문이라도 발표했을 것이지만 유감스럽게도 지금 이 자리는 십대 소년인지 중년 노인네인지 아리까리한 어느 인물의 사적인 공간일 뿐이다.

어쨌든 제후가 신경질을 내자 둘기가 뽀로롱 날아와 어깨에 내려앉아 다시 제후의 얼굴에 부비부비를 한다. 그 애교에 제후가 한숨을 푹 내쉬며 보통 때의 민제후로 돌아와 명랑하게 말을 이었다.

"에구~ 그래. 관두자, 관둬. 내가 고민 같은 걸 하다니, 정말 어울리지 않지. 나하하하~"

'그래. 나에겐 어울리지 않아.'

제후가 머리를 긁적이며 침실에서 거실로 나와 서재로 걸음을 옮겼다. 늙으면 아침 잠이 없어진다는데 요즘 들어 점점 아침에 일어나는 것이 고역인 것이 이상하다 생각되었다. 육체를 지배하는 건 정신이라 여겼거늘, 이 경우는 그 반대가 된 건가?

서재에 들어선 제후는 어제 밤늦게까지 살펴보던 성전그룹 결재 서류와 단군 프로젝트 세부 기획안을 밀어놓고 컴퓨터를 켜고 스케줄을 확인했다. 그 움직임을 따라서 둘기가 푸드득 날아와 책상 위에 앉았다.

"오늘 스케줄은…… 방과후에 항공기 사업 회전익 제작의 경과 보고와… 음, 영상엔터테인먼트 사업장과 스튜디오를 시찰하는구나. 오늘 날짜가… 아!"

제후가 어느 정도 익숙하게 회사 업무를 보고 있다고 느껴지자 보여지는 달력은 어느새 6월을 가리키고 있다.

'벌써 꽤 오랜 시간이 흘렀네? 제이가 한국을 떠난 지 벌써 2개월이 다 되어가는데… 그리고 학교도 얼마 뒤에 있을 기말고사가 끝나고 나면 곧 방학…….'

세월 참 빠르다 싶었다. 피아노 전공 연구 발표회가 끝난 지 벌써 2달이 지났다니…….

제후가 지난 몇 달 동안 자신에게 일어난 마법 같던 시간들을 회상하며 피식 웃음 지었다. 하루하루가 즐겁기 그지없었던 학교 생활과 좀 힘들고 고됐지만 친구들과 보좌관들의 도움으로 이제는 대강 업무에 익숙해져 가는 한 기업의 수장으로서의 생활이 떠올랐다. 그리고 태평양 건너로 날아간 제이와는 새벽마다 채팅과 게임 등에서 허구한 날 치고 박고 싸우는, 이젠 일과가 되어버린 생활도. 아직 제이 녀석과는 전화 통화든 채팅이든 만나기만 하면 서로 비아냥거리고 싸우기만 하지만 이제는 서로의 가장 큰 조력자이자 절친한 친구가 되어버린 두 아이들이었다. 요즘 들어서는 미운 정이 무섭다는 말을 실감하는 제후였다.

고개를 돌려 유리문을 열고 테라스로 나가니 햇살이 조명처럼 민제후를 쫘악 내리비춰 준다. 황금빛 햇살 속에 더욱 빛나는 소년이다. 눈을 감고 한껏 들이마시는 현실감이 눈물이 날 정도로 평화롭고 이상적이었다.

삐익!! 삐익!! 끼룩―

"엉?"

제후가 둘기의 낑낑거리는 울음소리와 무언가 바닥으로 질질 끌려오는 소리에 웃음을 거두고 고개를 돌렸다.

'청아(清雅)?!'

무엇이기에 둘기가 저리도 필사적으로 끌고 가려 하는지 어리둥절했던 제후는 곧 닭둘기의 부리와 발톱에 잡혀 끌려오는 검은색 도(刀)를 보고 깜짝 놀랐다.

청아도(清雅刀).

맨 처음 발견됐을 때와 똑같은 전체적으로 검은 묵색의 장도(長刀). 다만 그때와 달라진 것이 있다면 처음의 낡을 대로 낡아서 헤졌던 칼집과 손잡이 대신에 화려하진 않지만 은은한 깊은 빛을 발하는 검은 칼집과 손잡이로 바뀌었다는 것 정도였다. 화려한 외모와는 달리 의외로 주렁주렁 장식이 많은 것을 싫어하는 제후는 청아도에 어떤 문양이나 술을 달지 않고 그렇게 단아하고 격조있는 형태로 만들어 항상 가까이 하였다.

그런데 지금 황금빛나는 새끼 금응이 무슨 생각에선지 그 청아도를 제후가 있는 쪽으로 있는 힘을 다해 질질 끌며 다가오고 있는 중이었다.

"푸하하하… 얌마. 네가 그걸 무슨 수로 들어 올린다고 용을 쓰냐, 쓰길. 내려놔. 칼끝만 바닥에 질질 끌리잖아."

삐—익!

제후가 키득대며 말하자 둘기가 고집을 부리며 푸득거리는 날갯짓과 함께 목청껏 소리 높여 울었다. 하는 양을 보아하니 아마도 제후에게 빨리 이것을 들고 자기랑 같이 놀러 나가자고 보채는 것 같다. 하긴, 오늘은 제후가 늦잠을 자는 바람에 운동 시간이 늦어도 아주 많이 늦긴 하였다. 보통 새벽에 나가 아침이 밝으면 돌아오는 일과였으니… 그러니 아침 햇살이 이렇게 환하게 비치는 지금 시각을 보면 에너지가 펑펑 넘쳐흐르는 이 작은 새끼 매가 몸이 달아 보채는 것도 이해 못할 일은 아니었다.

그런데 그때 둘기가 방방 뛰며 푸득거리다가 청아도를 놓쳤고 결국 바닥으로 날카로운 소리를 내며 칼이 요란하게 구르고 말았다.

'이런.'

설마 그 정도로 흠이야 나진 않겠지만, 제후는 '윽' 소리를 내며 이마를 짚었다.

검을 다루는 사람이라면 모두가 다 마찬가지일 것이다. 검이란 자신의 분신과도 같이 다루는 것. 검은 이미 하나의 도구라기보다는 자신의 마음을 비추는 거울이고 스스로를 더욱 단련하고 수양시키는 매개체이다. 올바로 다루면 심신 수련을 함과 동시에 몸과 마음의 균형을 유지하고 마음을 정(淨)히 할 수 있으나 그렇지 않을 시에는 사람을 해코지할 수도 있는 무기가 되는 것이 검이다.

즉, 제후에게 이런 모든 의미를 가지며 자신의 분신처럼 다루는 것이 바로 청아도일진대 지금 이 철없는 어린 새끼 매가 그걸 바닥에 데굴데굴 함부로 굴리고 있는 것이었다.

'으윽! 저걸 쥐어 팰 수도 없고…….'

　제후는 주먹만한 새가 뭐가 그리도 기쁜지 좋아 죽으려고 하는 걸 한숨을 쉬며 바라보면서 바닥에 나뒹구는 청아도로 걸음을 옮겼다.

　"그래. 오늘은 내가 참는다, 참아. 내가 청아를 잘 챙기지 못한 잘못도 있으니까. 허허허…… 어?"

　제후가 오랜만에 노인네 같은 웃음소리를 내며 세상을 달관한 듯 중얼거리다 칼집에서 반쯤 뽑혀져 나와 햇살 아래 드러난 묵빛 도신(刀身)을 발견하고 눈을 새초롬하게 빛냈다.

　솔직히 날이 제대로 선 것도 아니어서 청아도를 검(劍)이니, 도(刀)니 하며 나누는 것은 무의미할지도 모른다. 단지 제후가 그것의 모양과 형태, 느낌, 외관 등을 보고서 자연스럽게 '도(刀)' 라고 느끼고 '청아도(淸雅刀)' 라는 이름까지 붙였을 뿐이다. 하지만 지금 민제후의 눈빛을 빛내게 한 것은 그런 세속적인 구분이 아니라 그 도신(刀身)에서 처음으로 발견한 어느 문양에 있었다.

　그러나 그것이 과연 가능할까? 이제 와서야 제후가 청아도에서 처음으로 무언가를 발견한다는 것이.

　지금까지 몇 달 간 함께 숨 쉬듯 가까이에 두었던 시간을 제외하더라도 제후는 이미 청아도와의 첫 만남에서부터 그것을 샅샅이 살피고 조사해 보았던 것이다. 한데 햇빛에 반사된 묵빛 도신에서 보여지는 저 이상한 그림들은 무엇이란 말인가? 처음 보는 형상의 문양들…….

　"아니, 그림이 아니라 글씨인가?"

　제후가 청아도를 집어 들어 날을 천천히 뽑아 들며 중얼거렸다.

　구불구불 물줄기가 흐르는 듯, 하늘로 날아오를 듯 휘날려 새겨진 그림들. 아니, 글씨일지도 모른다. 한문을 흘려 쓰면 이렇듯 날려 쓴 낙서 같은 모양새가 되기도 하니. 그런데 특이한 것은 그 문자들은 햇빛이 닿아야만 은빛으로 빛을 발하여 그 존재 여부를 확인할 수 있다는 것이었다. 그것도 자연의 직사광선이 닿아야만 보여지는 듯하다.

그렇지만 그것이 특이한 현상이고 독특한 화학 반응이긴 하나 특별히 그 이상의 관심이 가지 않는 제후였다. 물론 처음엔 꼬리에 꼬리를 무는 민제후의 망상 버릇으로 잠시 청아도가 무협지 따위에 나오는 최강 병기라거나 신병기, 또는 보물이 숨어 있는 신비지에 찾아갈 수 있는 비밀 지도라는 등 온갖 공상의 나래를 펼친 것도 사실이었지만, 설마 하니 달에도 가고 우주 정거장을 만드는 21세기에 그런 일이 있겠는가?

"뭐, 좀 신기하긴 하네. 그래서 뭐?"

제후가 피식 웃으며 어깨를 으쓱했다.

일상에서 숫구치던 그의 쓸데없는 호기심도 이번 상황에서만큼은 너무나 비상식적이라고 여겨져서 그런지 발동되지 않았다. 아니, 정확하게는 자신의 어이없는 상상력에 스스로 어색하게 웃음 지으며 물리치고 있었다. 청아도가 민제후에게 있어선 정밀하다고 할 정도로 완벽한 균형을 잡아주는 명도이긴 하나 다른 이들의 눈에는 누가 보아도 날조차 제대로 서지 않은 볼품없는 고철에 불과하다는 것을 알기 때문에.

'흠, 그래도 내력 정도는 궁금하긴 한데… 나중에 장 회장님이 돌아오면 한번 물어나 봐야겠다.'

제후가 잠옷바람으로 비스듬하게 반쯤 뽑아 들었던 청아도의 도신을 다시 한 번 살펴본 후 빙긋 웃으며 제자리로 되돌려놓았다. 칼집으로 돌아가는 청아도의 소리가 청량하게 울려 퍼졌다.

'어쨌든 이것저것 아침부터 요란하군. 기억은… 잘 안 나지만 꿈자리도 뒤숭숭했고, 청아도에서 이상한 빛이 번뜩이질 않나, 둘기 저 녀석도 지치지도 않고 보채고 말이야. 에구구~ 나도 놀아주고 싶지만 오늘은 학교에 일이 있어서 일찍 나가봐야 하는 데다가 평생 안 자던 늦잠까지 자서…… 에? 늦잠?

"끄아악~! 지각이닷!!"

우당탕— 쿵탕!

정신을 놓은 사이 잠시 명상에 잠겨 있다고 생각했건만 그 '잠시' 가 '잠시' 가 아니었던 모양이다. 벽시계를 바라보니 시계의 큰바늘이 8시 6~7분 전임을 가리킨다. 완벽한 지각이었다.

제후는 그제야 김 비서가 출장 간 것을 기억해 냈다. 장혜영 여사도 어제 춘천에 있는 어느 음대에 볼일이 있다고 가서 아직 돌아오지 않았다. 그런데다가 제후가 아침에 메이드 한 명을 있는 대로 겁을 줘서 내쫓았으니…….

"이런 젠장! 예지한테 또 엄청 꼬집히겠네!"

삐이익! 삐익! 삐이이이익!!

제후가 방 안을 뒤집어엎고 다니면서 정신없이 교복에 팔 끼우고, 다리 끼우며 허둥대자 닭둘기가 제후의 머리에 매달려 징징댄다.

"아, 이것아! 이 엉아 좀 봐줘라! 늦잠 잔 건 정말 미안한데, 진~짜 진짜 미안한데 말이야, 내가 지금 엄~청 바쁘거든!! 운동은 내일 가자. 응!!"

그렇게 민제후가 교복 셔츠 단추도 제대로 채우지 못하고, 머리도 못 빗은 채 가방을 들고 황급히 뛰쳐나가자 한동안 그 저택에선 한(恨) 맺힌 금옹의 울음소리가 기괴하게 울려 퍼졌다 한다. 그리고 역시 거의 비슷하게 큰 파장을 남긴 또 한 소년의 비명 소리.

"난 이제 마녀한테 죽.었.다!!"

아침 햇살이 참으로 아름다운 어느 평일 오전의 일이었다.

제2장 수수께끼와 미로

맑디맑은 하늘.

명경지수(明鏡止水)라는 말을 인용해 써도 한 점 오차가 없을 정도로 빨려들 듯한 깊고 깊은 푸름이 펼쳐져 있다. 밝은 거울과 정지된 물, 그리고 그것을 바라보는 한 사람의 고요하게 깨끗한 마음. 그 맑은 눈과 그 밝은 가슴에 가득 담긴 저 높은 하늘이 측량할 수 없는 깊이로 느껴진다.

세상의 모든 잡념을 버린 듯한 맑은 거울 같은 그 눈동자가 바라보고 있는 것은 과연 무엇인지…

하늘인지, 구름인지… 또는 멀리, 더 높은 하늘을 향해 자유롭게 날갯짓을 하는 산새들인지……

그 눈에 담긴 것이 어떤 색깔의 갈구인지 짐작하기가 어렵다. 단지 시원하고 부드러운…

약간의 허전함과 그늘이 있지만 정말 시원한 눈이다. 물론 아직 따스한 기운은 많이 부족하지만 그 소년의 예전 모습을 기억하는 사람이라면 그 눈 속에 차갑고 냉혹한 느낌이 사라졌다는 사실 하나만으로도 깜짝 놀랄 일이었다.

그 시원스런 눈동자를 가진 지적인 눈매의 주인공이 교내 종소리에 정신을 차린 듯 고개를 돌렸다. 바람이 놀랍도록 아름다운 선을 그리는 그 소년의 얼굴을 쓰다듬으며 약간 긴 듯한 가느다란 모발의 앞머리를 부드럽게 쓸고 지나갔다. 끝을 잃고 펼쳐져 있는 깊고 깊은 하늘을, 그것을 유일한 배경으로 뒤돌아서는 그의 스마트한 모습은 마치 세련된 CF의 한 장면처럼 인상적이다.

성전특고 본관 건물의 옥상.

넓은 건물 부지만큼 넓디넓은 옥상 위는 마치 하늘을 머리에 짊어진 듯한 기우제 재단처럼 탁 트여 가슴을 시원하게 뚫어준다. 하지만 그만큼 위험하기도 해 학생들의 출입 통제가 이루어지는 곳이기에 인적이 없이 황량하다.

그런데 그때 옥상으로 올라오는 유일한 출입구가 요란한 비명을 지르며 벌컥 열렸다.

꽝!

"신동민! 너… 너, 여기에 있었어?!"

"아, 예지구나. 왜?"

신동민이라고 불린 그 소년이 그를 한참 찾아다닌 듯 숨을 몰아쉬는 여학생을 향해 웃음을 보냈다. 도도한 한예지에겐 어울리지 않게 너무 터프한 방법으로 등장했기에 처음엔 조금 놀라고 의아하긴 했지만 동민은 최근 점점 더 꾸밈없이 밝아진 그녀의 모습을 기억해 내고는 자연스런 표정을 지었다. 변해가는 그녀의 모습이 보기 좋다. 편안하다.

예지가 아무 일 없다는 듯 걸어오는 신동민을 향해 미간을 찌푸리며 물었다.

"뭐, 뭐 했니, 이런 곳에서?"

"…응, 그냥."

한예지의 얼굴이 동민의 잔잔하게 웃는 미소에 더욱 찡그려진다. 그 소녀의 눈이 이렇게 말한다. '마음에 안 들어' 라고.

"무슨 일이야? 네가 날 다 찾아다니고."

동민은 아이스 프린세스라고 불릴 만큼 도도하고 싸늘한 한예지가 숨을 몰아쉬며 저렇게 요란하게 자신을 찾아온 것을 보고 이미 어느 정도 그 이유를 짐작했으나 일부러 모른 척하며 물어보았다.

한국인의 나쁜 말버릇. 알면서도 다시 되물어 확인받으려 하고, 모두가 아는 이야기를 다시 입에 올려 새삼스레 알게 된 것처럼 말을 이어 나가는 대화 방식. 하지만 이런 이야기들을 모두 제외하고 정말 알고자 하는 말만 오간다면 세상은 정말 쓸쓸할 것이다. 그리고…

'나는 더 말할 수 없이 쓸쓸해지겠지.'

예지는 고요하게 자신을 응시하는 신동민의 시선을 피하지 않고 똑바로 마주 보며 얼굴을 굳히면서 말했다.

"뭐, 꼭 일이 있어야 내가 널 봐야 되니? 나도 그냥이야."

의외다. 바로 이것저것 따지며 정신없이 물어올 줄 알았는데.

소녀의 눈에는 의심과 실망, 서운함 등이 어려 있었지만 표정에는 고집이 더 강하게 드러나 보였다. 자신을 납득시켜 보라는 무언의 압력과 표정.

동민은 예지가 자신에게 무엇을 요구하는지 알고 있었지만 아직은 말하고 싶지가 않았다. 좀 더 시간이 지나 마음의 결정을 내리고 나서 혼자 조용히 자신에 대해 더 생각하고 결론을 내린 후에 그것을 입 밖으로 내뱉을 생각이다.

"너, 우리한테 정말… 할 말 없니?"

"쿡쿡… 한예지, 이러면 곤란해. 방금 전 그 말은 어떻게 들으면 굉장히 위험하다. 그냥 내가 보고 싶었다라… 난 그 괴물과 연적이 되고 싶은 마음은 없다니까."

"뭐?! 너, 너!!"

동민이 약간의 장난기를 담고 중얼거리며 예지를 지나쳐 계단 쪽으로 걸음을 옮기자 예지가 빨개진 얼굴로 화가 나서 획 돌아서는 것이 느껴졌다. 성전 얼음공주의 이런 모습은 예전엔 상상도 할 수 없었는데. 정말 재미있었다.

'아니, 예지뿐만이 아니지. 모두 다들 조금씩 변했어. 반 아이들도, 학교 분위기도, 눈에 띌 만큼은 아니지만 조금씩 변해가고 있다. 예지도, 세진이도, 그리고… 나도! 예전의 나였다면 여자애를 상대로 이렇게 장난처럼 말할 수 있었을까?

웃음이 터져 나왔다. 한없이 쓸쓸해지는 마음이 미약하긴 하지만 자신의 어떤 작은 변화에 예민한 반응을 보였다.

민제후.

그 아이, 그 녀석, 그 황당 극치의 괴물.

동민에게 이제 '민제후' 라는 이름은 단순하지 않았다. 너무나 큰 영향력을 끼치는 이름. 겉으로 보기에는 자신이 항상 뒤치다꺼리를 해주고 보살피는 사고뭉치였지만 사실은 그가 신동민이 폭발하지 않게 감싸고 이끌어주는 존재일지도 모른다. 그런데 지금은 신동민, 그 자신도 잘 알 수 없었다.

이제 모든 것이 다 잘 되어가는 것 같은데… 그런데… 이상했다. 채워지지 않은 그 어떤 무언가가… 퍼즐 한 조각이 늘 비어 있어 답답한 느낌. 수수께끼. 그것은 나 자신이 앞으로 나아가야 할 길의 해답.

그리고 이제 더 이상 그 해답을 찾기 위한 길을 무시할 수가 없다. 그것이 길이 아닐지라도 길을 찾기 위한 노력은 해야 한다. 친구들은 무서운 속도로 자신의 길을 찾아가고 있는데 언제까지 나 혼자서만 제자리에 정체되어 있을 순 없다!

"신동민, 너!"

"아, 그러고 보니 제경이가 미국으로 간 지 이제 두 달이 다 되어가지? 후후, 그 녀석 성격에 딱 어울려. 결국 어떤 것에도 구속받지 않고 날아올랐어. 그것도 아주 멋지게."

동민이 옥상문을 열고 건물 안 계단을 내려가자 예지가 재빨리 뒤쫓아 뛰어오며 소리 지른다. 하지만 동민이 계속 못 들은 척 계단을 내려가며 밝은 목소리를 내자 예지가 역시 이대로 넘길 수 없다는 듯 다그치는 소리가 날아왔다.

"말 돌리지 마!"

"넓은 땅에서 공부하는 기분은 어떤 걸까?"

"어?!"

정말로 몇 달 만에 많은 것들이 보이지 않게 달라졌다.

"너, 그럼 정말로 아이비 리그(Ivy League)로 유학……."

"자, 거기까지."

아직이었다. 아직은 아니다.

신동민이 계단 아래에서 우뚝 멈춰 서서 뒤돌아 자신보다 좀 더 위쪽에 서 있는 소녀를 향해 고개를 들었다. 옥상으로 통하는 입구에서 내려오는 빛과 바람에 예지의 감탄할 정도로 아름다운 긴 검은 머리가 바다 속 해초처럼 부드럽게 나풀거리는 것이 보인다. 사랑스럽지만 고집스런 하얀 얼굴도.

동민이 그것을 바라보며 그 지적인 눈매에 초연한 기색을 띠고 입을 열었다.

"거기까지 하자, 한예지."

"아니, 난 들어야겠어! 왜 말 못해? 왜 안 하는데? 네가 말해 주지 않는다면 차라리 내가……."

"닥쳐!"

예지가 움찔하며 물러서는 것이 보였다. 예지는 신동민이 한 번도 저런 표정으로 소리 지르는 것을 본 적이 없었다. 신동민은 언제나 예의 바르고 모범적이었다. 유세진과는 다른 의미의 모범생. 객관적으로 평가한다면 철저한 성격의 유세진이 훨씬 더 모범생에 가깝겠지만, 그 속을 알 수가 없고 어쩐지 위험스런 느낌을 풍기는 세진에 비하면 신동민은 자상하기도 하고 배려도 할 줄 아는 모범생이었다. 겉은 어느 정도 융통성이 있지만 의외로 그 속은 고지식하고 한 길밖에 모르는 신사적인 소년이라 이런 모습, 특히 여학생에게 그런 거친 말로 소리 질렀다는 것이 믿어지지가 않았다.

예지가 놀라서 두 눈을 동그랗게 뜨고 굳어 있자 신동민이 싸늘하게 눈을 빛냈다.

"내 일이야! 잘 들어. 내 일이라고. 아직 결정된 건 아무것도 없어. 그러니까 아무 말 하지 마!"

계단 저 아래에서 마력적일 정도로 잘생긴 한 소년이 한겨울 한파처럼 매섭게 말을 내뱉는다. 눈에서는 불꽃이 튀는 것만 같은데 표정은 서늘하기 그지없다.

불안정한 모습. 무엇이 이 소년을 불안하게 하는 것인지 모르겠다.

"네가 어떻게 알았는지는 궁금하지도 않아. 어차피 알려지게 된다면 학생회장이고 선생님들과도 가깝게 지내는 네가 제일 먼저 듣게 될 가능성이 높다는 거, 알고 있었어."

신동민이 교복 주머니에 두 손을 찔러 넣으며 옆으로 돌아섰다. 고개 숙인 핸섬한 얼굴 위로 가느다란 모발의 갈색 앞머리가 흘러내려 소년의 눈가에 그늘을 드리웠다.

"하지만 아무 말 마. 특히 민제후한테는."

동민은 감정적으로 소리 지른 것이 미안하긴 했지만 고집스레 조용히 읊조렸다.

'세진이 자식이야 알고도 항상 모르는 척하는 놈이니 신경 쓸 것 없지만 민제후, 그 녀석이 알게 되면 시끄러울 것 같으니…….'

"정말 갈 거니?"

동민이 뒤돌아서서 걸음을 떼자 예지의 고요한 음성이 귓가에 스며들듯 들려왔다. 흔들리지 않는 도도한 목소리.

'훗! 역시 한예지.'

작은 여왕처럼 항상 당당한 아름다운 그 친구 생각에 동민은 입가에 자신도 모르게 피식 웃음이 피어 올랐다.

"…아직 아무것도 결정된 건 없어."

동민은 그 짧은 대답으로 모든 것을 대신하고 뒤돌아보지도 않은 채 교실로 향했다. 평소의 매너 좋은 신동민으로 돌아온 듯한 미소가 그의 입가에 걸려 있어 진짜 어떤 일도 안 일어난 것처럼 느껴졌다. 아무

일 없는 6월의 어느 일상의 오후가 흘러가는 듯 느껴졌다.

더운 여름 날씨 속에 새하얀 뭉게구름만이 파아란 하늘을 바다 삼아 둥실둥실 조용히 흘러갔다.

"후아아암~"

따분하고 나른하다.

제후는 책상 위에 늘어져서 창밖으로 한가롭게 흘러가는 뭉게구름을 바라보며 늘어지게 하품을 하고 있었다. 아침부터 꿈자리가 뒤숭숭했던 것은 아무래도 지각을 예견하는 것이 아닌가 싶었다.

최선을 다했지만 결국 지각. 그러나 민제후가 평생(?) 안 하던 지각을 한 것이 오늘은 꼭 나쁜 것만은 아니었다. 매우매우 반가운 두 사람을 만났기 때문에.

그중 한 명은 정우성 선생님.

제후네 일행과 아주 독특한 만남을 가졌던 그 청년.

정우성 선생님이야 특급 클래스의 부담임이고 제후의 담임인 진수아 선생님을 사모하고 있기에 그 평범하지만 털털하고 인심 좋게 생긴 얼굴을 어렵지 않게 매일 볼 수 있었지만 오늘 같은 상황에서는 정말 반갑기 그지없었다. 정우성 선생님이 오늘 교문 앞에서 생활 지도를 맡고 있을 줄이야… 이것이야말로 천우신조(天佑神助)가 아닌가! 하늘이 돕고 귀신이 도와 생전 처음 해보는 지각날 친분(?)이 두터운 선생님이 지도 선생님이니 어찌 감동하지 않았으리요.

하지만 또 다른 반가운 한 사람이 민제후의 오늘 아침 지각 사건의 변수가 되었다.

바로 문승현.

그동안 교내에서 은근히 찾아보았으나 뜻밖에도 사람들 사이에서는 별로 요란한 인물이 아닌 걸 알고는 얼마나 놀랐었던지. 하지만 지금은 거의 활동을 안 하는지 움직임이 없기에 스콜피온에 대한 말도 들려오지 않고, 때마침 회사에서 단군 프로젝트의 일환으로 항공기 사업에 박차를 가하는 중인데다 음악·영화·연예 등의 각종 영상 엔터테인먼트 사업도 그 규모가 커지고 있었기에 일에 치여 살아서 한동안 잊고 있었던 요주의 인물이었던 것이다. 그런데 그 문승현을 만난 장소가 제후가 지각을 하고 벌을 서는 교문 앞이라니… 그것도 문승현이 선도부?

"푸하하하하하~!!"

제후는 교실에 몇 명 안 남아 있던 아이들이 깜짝 놀라 쳐다보는 것에도 아랑곳하지 않고 갑자기 미친 듯이 웃어 젖혔다.

이럴 때 웃지 않으면 언제 웃으란 말인가? 교내 최고의 폭력 서클이자 이 근처 수 개의 고교까지 장악하고 있다는 스콜피온의 지역 총괄부장 문승현이 한국 제일의 명문특고인 성전특고에서 선도부장이라?!

'푸헤헤헤헤헤~ 정말 웃겨서 돼지는 줄 알았다니까.'

문승현의 그때 그 당황한 표정이라니…….

'물론 오늘 아침에 이렇게 웃어서 결국 정우성 빽도 한번 못 써보고 있는 대로 정신 교육을 철저히 받았지만… 그, 그래도 아직 그 모습을 생각하면 우, 우스워서… 푸하하하~'

제후는 오늘 오전 교문 앞에서 군기 잡는 문승현을 발견하고 그곳에서도 손가락으로 그를 가리키면서 방정맞게 웃어 젖혔다가 그 넓은 중앙 운동장을 20바퀴나 돌았던 아픈 기억이 되살아났지만 그래도 어깨가 들썩이는 것을 막을 수가 없었다. 문승현의 선도부장으로서의 희번

덕한 눈과 무시무시했던 지각 벌칙으로 인해 팔다리가 온통 근육통으로 비명을 지르는데도 아직까지 삐죽삐죽 삐져 나오는 이 키득거림. 너무 웃어서 배가 아팠다.

'에구, 죽겠다.'

웃다가 기운이 소진되자 다시 책상 위에 엎어져 늘어지는 제후였다.

자유 전공 연구 시간이라 교실 안은 한가하기 그지없다.

성전특고에만 있는 특별한 수업 형태.

오전과 오후에 각각 몇 시간씩 설정되어 있는 이 시간에는 학생들이 자기 전공 분야의 공부를 자유롭게 하는 시간이기에 교실에 남아 있는 아이들이 몇 명 없었다. 특히 클래스S인 이곳, 특급 클래스는 같은 반이라고 하더라도 각각 여러 전공자들이 불균형하게 섞여 있기 때문에 모두들 뿔뿔이 흩어져 교실 안이 더욱 한가하다. 남아 있는 아이들이라면 자신의 전공 연구보다 먼저 마쳐야 할 중요한 일이 남았거나 조용히 시간을 보내고 싶은 아이들뿐이다. 이것도 역시 자신의 스케줄을 스스로 관리하는 성전특고만의 수업 방식이기에 가능한 모습이었다. 보충 수업이라는 이름의 진도 수업, 자율 학습이라는 이름의 강제 공부 시간을 가진 대입 합격을 최고 목표로 두고 있는 우리 나라의 다른 사립 고등학교에서는 생각도 못할 교육 시스템이 아닐 수 없다.

하지만 어떻게 보면 이해 가능할지도.

이미 이곳에 적을 두고 있는 학생들은 대학 합격이 최종 목표가 아니기에 이런 자유로운 생활이 가능한지도 모르겠다. 외국에서 성전특고로 고등학교 유학을 오는 것이 더 이상 특이한 일이 아니고 일반 전형이라 하더라도 명색이 성전특고생이라면 일반 사립 고교에서 전교 상위권의 성적을 거두는 수재들이기에 이들에게 새삼스레 대입을 위한 준비를 학교가 따로 할 필요는 없었다. 다만 이들에겐 자신의 진로를 어느 방향으로 정하느냐만이 남아 있을 뿐이었다. 비록 학교일 뿐이지만 생각하면 생각할수록 '성전(聖殿)'의 이름은 거대하다.

그러나 여기 책상에 엎드려 따분하다고 버둥대는 인간은 그런 사실은 자각도 못하고 늘어져 있으니…

"야, 민제후. 너, 지금 뭐 하냐?"

"세상은 요지경 속에서 어어야 디야 어쩔시구리 속에서 헤매 다니지. 후후후."

교실에 남아 있던 남학생들 몇이 제후에게 다가왔다가 제후가 이해할 수 없는 이상한 소리를 중얼중얼대는 것을 듣고 얼굴을 이상야릇하게 구겼다.

"뭐, 뭐? 얘가 지금 뭐라고 하는 거냐?"

"내비둬라. 하루 이틀 보냐."

민제후의 행태는 이제 유명해진 것인가? 같은 클래스의 소년들이 제후의 주변에서 한숨을 쉬며 고개를 흔들었다.

전에는 특고에서 거의 바보 취급을 받던 제후가 갑자기 스페셜 그룹인 클래스S에 편입된 것에 의심과 반감을 가지고 있어 무시하기만 했던 그들이지만 지금은 그런 것이 많이 사라진 상태였다. 아무래도 학기 초에 열렸던 피아노 전공 연구 발표회에서 보여줬던 그 놀라운 신위가 경외감을 불러일으킨 듯싶었다.

그날 이후 민제후에게 어디어디 유명 음대에서 스카웃 제의가 왔다느니, 어느어느 세계적으로 유명한 음악가가 제후를 가르쳐 보고 싶다고 했다느니, 외국의 어느 음반 회사가 민제후의 음반을 내고 싶다고 제의했다느니 하는 등 검증되지 않은 소문들이 꼬리에 꼬리를 물고 일어났기 때문에 더욱 그러했다. 물론 그 소문들의 진위 여부는 본인만 알고 있겠지만 제후는 아무것도 모른다는 얼굴로 평상시와 똑같이 생글거리며 꾸준히 학교를 다닐 뿐이었다.

그러나 발표회 이후 모두가 아는 한 가지 큰 사건이라면, 강제경이 떠난 한국 음악계에 떠오른 샛별이 된 그 민제후가 어이없게도 자신의 전공을 클래스A에서 클래스B로 바꾸지 않아 지난 중간고사 때 특급 클래스가 클래스A Ⅰ 에 밀렸다는 것!

제후가 전공만 예술 전공인 클래스B로 바꿨다면 클래스S 사상 최고의 점수를 받을 수도 있었을 텐데 그 소년이 전공을 바꾸지 않았다는 것 하나만으로 거꾸로 사상 최악의 점수를 받고 만 특급 클래스.

모두들 그 소식을 듣고 새하얗게 질린 한예지의 얼굴을 기억하고 있었다. 반장으로서 책임감도 책임감이지만 당연히 그가 전공을 바꿀 줄 알고 안심하고 있었던 그녀이기에 한동안 쇼크 상태에서 빠져나오지 못하다가 다음 순간엔 민제후를 죽이겠다고 발악을 했었으니……

'하긴 그럴 수밖에……'

제후 주변에 다가온 아이들은 연신 하품을 해대는 금갈색 머리칼을 가진 여려 보이는 체구의 소년을 바라보며 다시 한 번 한숨을 쉬었다.

스페셜 그룹인 클래스S0에서 일반 전형 합격생까지 모두 통틀어 중간고사 전교 꼴찌가 나온 일은 개교 이래 처음 있는 일이었다. 이상하게 민제후란 이름만 들어가면 개교 이래 처음이란 말이 자연스럽게 붙는 것 같았다. 그런데 더 이상한 것은 그런 사고뭉치 녀석이지만 이상하게도 그리 밉지 않다는 것이었는데… 오히려 매번 시끄럽고 크고 작은 사건들을 터뜨리는 덕분에 철저한 개인주의였던 예전의 학급보다 따뜻한 분위기를 갖게 되었으니 그것도 이상한 일 중의 하나였다.

"어? 안녕, 얘들아?"

"이제야 우리가 눈에 들어오냐?"

"엥? 좀 늦었나? 냐하하하하~ 미안미안. 오늘 그만 지각해서 내 온몸의 근육들이 비명을 지르는 통에……."

제후가 팔다리를 휘저으며 우둑우둑 뼛소리를 내자 그것에 아이들이 놀란 표정으로 말을 이었다.

"맞다! 너 오늘 그 무심대마왕(無心大魔王)한테 걸려서 죽을 뻔했다며? 괜찮냐?"

"에? 무심대마왕?"

무슨 소린지 모르겠다는 제후의 얼굴에 아이들이 제후의 책상에 손을 짚고 몸을 기울이며 열변을 토한다.

"선도부의 문승현 선배 말이야! 진짜 몰라? 클래스CⅠ의 3학년 선배인데 장난 아니라구. 심장이 없다니까, 심장이! 항상 완벽하게 무표정한 얼굴로 지켜보는데 그 선배가 교문 앞에 서 있으면 통과할 때마다 정말 얼마나 조마조마하다고. 왜 차를 타고 교문을 통과할 수 없는지……."

'클래스C라면 컴퓨터나 자동차 같은 전자·기계공학 계열의 전공 체계였지, 아마?'

제후는 특급 클래스이지만 비교적 소탈한 남자 아이를 바라보며 눈을 빛냈다. 새로운 정보다.

"게다가 그 눈 봤냐? 회색 눈이 얼마나 섬뜩한데. 일반 전형이지만 역시 신동민 다음으로 무시 못할 존재란 말이야. 음음, 맞아, 정말 무시할 수 없는 인물이야."

팔짱을 끼고 지그시 감은 눈으로 심각한 척 고개를 끄덕이는 모습이 제멋대로 자란 상류층 자제로만은 보이지 않아 제후는 피식 웃음 지었다. 박원우라 했던가?

"어, 그럼 혹시 그놈… 아하하, 아니, 문승현 선배가 스콜피온하고 어떤… 관계야?"

제후는 교내에서의 소문을 알기 위해서 은근히 문승현과 스콜피온의 관계에 대해 물었다. 일반 전형생을 무시하는 특별 전형 아이들이 이렇게 인정할 정도의 인물. 스콜피온과의 관계는 어느 정도로 알려져 있는 걸까?

"스콜피온? 문 선배가 스콜피온하고 무슨 관계가 있을 리 없잖아. 그 선배는 선도부 부장이라고! 깐깐하기는 얼마나 깐깐한데. 결벽증으로 유명하단 말이야."

"어… 그래?"

당연한 것 아니냐며 대답하는 박원우의 말에 제후는 잠시 손등에 턱을 기대고 생각에 잠겼다. 그동안 정신없어 미처 생각 못했지만 좀 더 자세히 알아볼 필요가 있을 듯싶었다. 좋은 재목일지도…….

"에휴, 모르겠다. 야! 요즘 날씨가 후텁지근해서 그런지 논문도 잘 안 풀리는데 농구나 하다 집에 가자. 난 아직 우리 집 기사가 오려면 시간이 좀 남았거든. 제후야, 너도 같이 나가자."

"농구?"

오랜만에 생각다운 생각 좀 하려는데… 쩝!

역시나 운명은 민제후에게 깊은 생각을 허락하지 않는 모양이다.

"응, 그래. 같이 나가서 하자. 몸도 풀고 날씨도 짱 좋잖아? 어때?"

'흠, 농구라~'

제후는 특급 클래스라도 애들은 역시 애들이구나라고 속으로 중얼거리며 활짝 웃었다. 아이들은 민제후를 예전 몸치 중의 몸치인 원판으로 생각했는지 자신들끼리 짓궂은 표정을 교환하고 있었으나 제후는 그것을 그냥 못 본 척하였다. 대신 자신도 화답처럼 짓는 화사한 미소. 그러나 그것은 아이들의 표정들보다 더욱 음흉하기 짝이 없어 보였다.

그리고 곧 제후의 맑은 목소리가 순진하게(?) 교실을 울렸다.

"그래, 좋아! 오.랜.만.에. 몸 좀 풀어보자!!"

"그래서 학생회에선 이번 수학여행 예산 분담을 이렇게……."

"너무 약한 것 아닙니까? 작년에 2학년들은 유럽으로 미술관 투어를 갔다 왔는데 이번 2학년들은 겨우 중국? 차별이 심한데요."

학생회의실이 있는 본관 건물을 나와 서류철을 넘겨보며 걷는 두 학생들의 말소리가 평화로운 교정에 도란도란 울렸다.

그 두 명 중 한 명은 나이가 좀 더 어린 듯 옆의 다른 학생보다 약간 작은 키에 작은 체격을 가졌지만 같은 교복을 입었고 대화의 분위기를 보아 동급생으로 보인다.

학생회 임원인 듯한 그 두 명.

모두 하나같이 똑똑하고 총기있어 보이지만 그중에서도 새까만 검은 머리와 뿔테 안경을 쓴 작은 체구의 소년이 눈에 더 확 띄었다. 햇빛에 푸른빛을 반사하는 신비로운 검은 머리칼의 주인공은 존댓말을 쓰고 있음에도 이상하게도 마치 다른 사람을 내려다보는 듯한 인상마저 준다.

"글쎄, 그것을 이해 못하겠는 게… 어쩌면 이번엔 그냥 국내로 갈 것 같다고도 하니까."

"음, 그렇군요. 올해는 수학여행이 많이 늦어져서 다들 기대가 큰

데… 이렇게 되면 불만이 많겠는데요. 예산이 부족한 것도 아니고……."

세진이 고민을 담은 한숨을 목 깊숙한 곳에서 내쉬며 입술을 살짝 깨물었다. 깊은 생각에 잠길 때 나오는 그 소년의 유일한 세속적인 버릇이다. 어린 나이이지만 그 나이를 잊어버릴 만큼 너무나 철저한 성격. 게다가 그 해맑은 미소에도 불구하고 어딘가 알 수 없는 곳에서 느껴지는 섬뜩한 차가움이 유세진을 평범하게 바라볼 수 없게 만들기에 어쩌다 한 번씩 비춰지는 이런 가벼운 일상의 모습들이 새삼스럽게 보여진다.

운동장 너머 별관으로 걸음을 옮기는 그들의 대화가 계속 이어지고 있었다.

"그러게. 우리 학교에서 수학여행을 해외로 나가는 건 거의 관례인데 이번에 구성된 재단 운영진들은 무슨 생각인지 허가를 안 해주니… 어쩌면 중국으로 세운 계획도 허가가 나지 않을 수 있어. 하아~ 복잡해. 뭘 어쩌겠다는 생각일까?"

"쿡! 글쎄요… 그 이사님들이 이번엔 대체 무슨 생각들일까?"

세진의 옆에서 같이 걷고 있던 학생은 유세진의 냉소적인 혼잣말에 그만 어리둥절해져서 쳐다보았다.

미묘한 변화라 아직 많이들 눈치 채지 못하고 있었지만 비교적 가까이에서 지켜보는 학생회 임원들이나 세진과 같은 클래스의 아이들은 약간씩 알아차리고 있을 것이었다. 유세진이 언제부턴가 언뜻언뜻 가면이 아닌 진짜 표정을 보인다는 걸.

솔직히 예의 바른 대외적 스마일보다는 찌푸리기도 하고, 잠깐이나마 기뻐하는 표정을 보이며, 또는 자신의 기분이 불쾌하다는 것을 여과

없이 표현하는 세진의 모습이 훨씬 더 가깝게 느껴졌다. 그제야 그 아이가 순간이나마 그의 본래 나이로 돌아간 것 같다고나 할까(물론 가뭄에 콩 나듯 드물게, 아주 가끔이기는 했지만)?

어쨌든 착각이라고 생각할 정도로 잠깐씩 스쳐 지나가는 유세진답지 않은 생소한 표정이었기에 옆에서 함께 길을 걷던 남학생은 헛기침을 하며 시선을 다시 서류로 되돌렸다. 유세진도 자신과 똑같은 학생일 뿐이란 것을 깨닫는 것도 좋지만 그 당연한 진실이 너무나 어색하게 느껴져 뭘 어찌해야 좋을지 모르게 만드니, 너무 당황스럽다.

그런데 그때,

"……?"

그 학생은 갑자기 걸음을 우뚝 멈추는 유세진을 느끼고 눈을 들어야 했다.

소란스런 농구장.

평소답지 않게 여자 아이들의 꺅꺅거리는 비명 소리도 들리는 만큼 무슨 재미있는 게임이 펼쳐지나 싶었지만 자신의 앞에 우뚝 멈춰 서 있는 푸른빛 머리칼 소년의 시선은 분명 그곳에 있지 않았다. 두터운 뿔테 안경에 가려져 있어 세진의 눈에 떠오른 표정이 무엇인진 알 수 없으나 분명 그 시선의 끝에는…….

"어?! 한예지잖아? 이런 곳에 웬일이지?"

고요한 유세진의 시선이 못 박혀 있는 곳은 운동장을 내려다보고 있는 소녀들. 정확하게도 그 두 소녀 중 풀어내리 긴 머리를 바람에 날리며 서 있는 한 여학생.

그들에게서 조금 떨어져 있는 곳에 성전특고 학생이라면 누구든 알고 있는 날씬한 체구의 청아한 여학생이 한 떨기 수선화처럼 청초하게

서 있는 것이 보였다. 유치한 표현이라고 할지 모르지만 정말 한 송이의 고고한 유리꽃 같은 소녀.

그리고 지금, 가벼운 초여름 바람에 긴 머리칼을 산들산들 날리며 그림처럼 고요히 옆모습을 보이며 서 있는 성전특고의 프린세스의 얼굴에 유세진의 시선이 무표정하게 꽂혀 있었다. 열여섯 나이의 이 신비한 소년의 표정은 진실로 무표정했다. 하지만 이 철저한 무표정이 지금 이 순간 오히려 더욱 '표정' 같이 느껴지니…… 정말 이상한 일이었다.

"와아, 요즘따라 예지, 더 예뻐진 것 같지 않니? 예전과 비교해서 이젠 그리 차갑지도 않고. 그래서 이번에 '유리꽃'이라는 새로운 별명도 생겼대잖아. 확실히 지금의 한예지는 얼음보다 유리라는 표현이 더 어울려. 흐음, 그럼 나로선 좀 벅찰지도 모르지만 이번 기회에 한번 대시해 봐? 역시… 안 되려나? 아하하하……."

"……."

완전 무시.

아무 반응 없는 유세진의 태도가 더 무안하다.

"흠흠! 그런데 그나저나 이 시간에 한예지가 무슨 일이지?"

그 남학생은 아직 자신들을 발견하지 못하고 여전히 운동장 쪽에서 고개를 돌리지 않는 소녀를 바라보며 헛기침과 함께 어색하게 중얼거렸다. 쓴웃음 속에서 중얼거린 그것은 대꾸조차 없는 세진의 냉담한 태도에 무안해져서이기도 하지만, 그도 학생회 일을 하면서 다른 아이들보다는 한예지라는 소녀를 좀 더 많이 안다고 생각했기에 생긴 진정한 궁금증이기도 했다.

그녀가 저렇게 무언가에 빠져들듯이 바라보는 것이 있다는 게 어리둥절하고 의아했다. 세진 역시 아무 말이 없었다. 원래 말이 많은 녀석은 아니지만 예의 바른 미소도 없이 드물게 웃지 않는 얼굴로 침묵만 지키니… 애꿎게 오늘 그와 같이 학생회의 일을 의논하던 그 남학생만 극도의 당황스러움을 경험해야 했다.

요즘은 뭔가 아슬아슬하니 불안하다.

"응? 저건……?!"

그때 그 학생은 여학생들의 환성과 소란스런 운동장 분위기가 그녀의 입술에 걸려 있는 따스하다 못해 발그레하게 상기된 소녀다운 미소와 어떤 관련이 있을 것 같아 한예지의 시선을 쫓아 농구장을 내려다보고 눈을 휘둥그레 떴다.

"꺄아아!"

"플레이 플레이 민제후!!"

하지만 그것은 박수와 함성 소리, 또는 요란한 응원과 여학생들의 즐거운 비명 소리 때문이 아니었다. 한예지의 그 표정은 여자애들이 열광하는, 농구장에서 공 하나를 가지고 다투며 속쾌하게 뛰는 소년들의 모습 때문도 아닌 듯하다. 그녀의 시선은 계속해서 일정하게 단 한 명에게만 고정되어 있었으니까. 특고에서 보기 드문 멋진 농구 경기 때문이 아니라 정확하게 농구 경기에 열중해 있는 소년들 중 눈에 확연히 띄는 단 한 명 때문이란 걸 알 수 있다.

그런데 왜?

어리둥절했던 그 남학생은 곧 그 한 명이 누군지 확인하고 나서야 '아' 라고 탄성을 지르며 고개를 끄덕일 수 있었다.

민제후다! 그 바보, 멍청이, 몸치였던 민제후라니……. 근래에 민제후가 좀 달라졌다는 소문이 들려오고 있어 반신반의하고 있었지만 오늘 보니 놀랍긴 하다. 그래, 저 정도면 얼음공주도 놀랄 만하지.

"햐아~ 저건 민제후잖아! 민제후, 저 자식… 농구를 저렇게 잘했던가? 소문과는 영 딴판인데. 아예 날아다니는데."

그의 탄성의 말소리에 한예지의 하얀 얼굴에 고요하게 정체되어 있던 세진의 눈동자가 일순 가볍게 흔들렸다.

세진의 시선도 천천히 농구장으로 돌아간다. 그곳에 한 무리의 소년들이 함성과 응원 속에서 농구 경기를 펼치는 것을 볼 수 있었다. 그리고 들려왔던 말소리처럼 정말 그 속에서 눈에 띄는 단 한 명. 그러자 그 장면을 바라보는 순간 유세진의 눈동자 속에 수만 가지 생각과 상념, 비열함과 계획, 적대감과 동경까지, 온갖 것들이 스쳐 지나간 것처럼 느껴졌다. 아니다. 너무 찰나간이라 착각일지도 몰랐다. 하지만 그들의 눈에 보이는 장면은 사실이고 진실이었다.

민제후…

빛과 같은 인물이다.

초여름의 강렬한 태양과 짙푸른 녹음 사이에서 먼지와 땀방울에도 아랑곳하지 않고 격렬한 농구 경기에 빠져 있는 인물, 여름이라는 푸른 계절에 어울리는 생동감 넘치는 금빛 소년이 있었다. 성전특고의 시원한 하복 교복을 똑같이 입은 남학생들 사이, 게다가 이리저리 정신없이 뒤섞여 농구공과 함께 뛰어다닐 뿐이지만, 땀에 젖어 새하얀 이마 위에 늘어진 금갈색 머리칼과 그 밑의 깊고 깊은 심연의 눈은 삶의 즐거움과 가슴 벅찬 생명력으로 폭발할 듯하다. 얼핏 보면 평범해 보일지도 모르나 지금은 그 존재만으로도 눈이 부셨다.

"훗! …그렇군요. 민제후의 날갯짓이… 드디어 시작된 듯하군요."

유세진이 한동안 멍하니 서 있던 표정에서 피식 웃음을 터뜨리며 다시 평소의 얼굴로 돌아갔다. 천사의 미소를 품은 대외적인 가면의 얼굴로.

그 목소리가 맞았다. 그 빛나는 존재가 민제후라는 이름이라면 그는 지금 농구 코트 위에서 펄펄 날고 있었다. 비록 음침한 빛을 품은 유세진의 눈동자가 말하는 의미는 단순히 농구 경기만을 말하는 것 같지 않고 조금 다르게 들렸지만.

'우~ 정말 무슨 일이야! 불안해서 죽겠네!'

그리고 그 옆에 서 있던 학생회 임원인 한 남학생은 이렇게 속으로 부르짖으며 얼굴을 일그러뜨렸다. 또다시 세진의 한마디로 싸늘하게 냉각된 분위기에서 더 이상 무슨 말을 하랴. 헛기침을 하면서 몸을 굳힐 수밖에.

「초전박살」이라는 동아리 멤버들 사이에서 이상한 기류가 느껴진다고 생각되자마자 어느 사이엔가 학생회에서조차 불안한 분위기가 조성되고 있었다. 요즘 같아선 아예 살얼음판 같았다. 그 멤버들 사이에 부는 불안하고 초조한 감정들… 단순 무식한 민제후는 별로 그런 걸 못 느끼고 둔감한 것 같지만 나머지 「초전박살」 멤버들은 모두 예전과 많이 다르고 요 근래 이상해 보였다. 대부분의 클래스메이트들은 그냥 그러려니 가볍게 넘어갔지만.

'도대체 요즘 쟤들 무슨 일이지?'

변했다는 것과 이상하다는 것은 당연히 그 아이들의 성격 이야기가 아니었다. 그 멤버들 사이사이의 관계들이 새로운 전환점을 맞고 있는지도 몰랐다. 하지만……

그 순간 유세진의 교복 주머니에서 핸드폰 벨소리가 울리고, 곧 핸드폰을 꺼내어 폴더를 여는 세진이 보였다.

"네, 접니다, 김 비서님."

옆에서 멍하니 지켜보던 학생회 임원진인 그 학생은 강렬한 태양과 그 어느 때보다도 푸르러서 마치 바다로 착각할 것만 같은 하늘 아래에서, 도저히 인간이라고 생각되지 않는 신비한 소년이 싸이하게 입꼬리를 올리는 것을 볼 수 있었다.

역시 뭔가가 돌아가기 시작했다. 천천히 돌아가는 수레바퀴… 그러나 그것이 좋은 변화인지 불행한 방향의 비틀림인지는 앞으로 좀 더 시간이 흘러봐야 알 수 있을 듯하다.

지루한 초여름의 한낮이 너무나 천천히 흘러간다.

"저쪽이야, 저쪽!"

"우와아— 정말 대단하다!"

우루루 몰려가는 아이들.

예지는 옥상에서 내려와 힘없이 교정을 터덜터덜 걸어가다가 갑자기 운동장 한 켠의 농구장으로 뛰어가는 한 무리의 학생들을 보고 의아한 표정을 띠었다.

무슨 일이지?

"어머나! 예지 선배님, 선배님도 지금 제후 선배 보러 가는 거예요?"

"어? 너는… 아, 봉선이구나."

예지는 조금 전 뛰어갔던 다른 아이들처럼 자신을 스쳐 지나가려던 한 여학생이 우뚝 멈춰 서서 자신에게 말을 걸자 잠시 당황했지만 곧 정신을 차렸다. 뭐가 그렇게 급한지 여전히 제자리뛰기를 하며 붉게 상기된 저 얼굴은 분명 안면이 있다. 고등학생임에도 불구하고 여전히 중학생의 앳된 얼굴에 세일러문 스타일로 양 갈래로 높이 올려 묶은

긴 머리. 깐깐한 느낌도 주지만 꼼꼼하고 재치가 느껴지는 학생회의 어린 서기관 김봉선이다. 마술 특기생으로 클래스D에 입학한 야무진 1학년 학생 대표.

'그런데 제후를 보러 가다니?'

예지는 귀여운 봉선의 얼굴을 보고 가볍게 웃음을 터뜨리며 다시 어리둥절한 얼굴을 하였다.

느닷없이 무슨 말일까? 자신도 민제후를 보러 가는 거냐니?

"선배님, 가시는 길이면 빨리 이쪽으로 오세요! 늦으면 자리도 없단 말예요!"

"어머머, 자, 잠깐만! 무슨 일인데 그래?"

"에? 정말 모르세요?"

김봉선이 예지의 손을 잡아끌고 운동장을 향해 내달리다 정말로 영문을 모르겠다는 듯 두 눈을 동그랗게 뜨고 놀라는 한예지의 목소리에 다시 멈춰 섰다. 시간이 없는데 이유를 알기 전에는 움직이지 않겠다고 하는 단호한 태도의 한예지 때문에 봉선은 애가 탔다. 언제 다시 볼 수 있을지 모르는 이런 초특급 스페셜 이벤트를 놓친다는 건 말도 안 됐다.

하지만 예지의 태도도 너무 강경하니…

"무슨 소리야? 어딜 그렇게 급히 가는 건데?"

"어라? 정말 모르나 보네. 뭐, 어쨌든 급하니까 우선 뛰고 보자고요!!"

"뭐? 어맛!"

정신없이 김봉선의 손에 질질 끌려가 다다른 곳은 별관으로 향하는 좁은 교정길이다. 야외 농구장이 바로 아래로 내려다보이는 약간 높은 경사로 위의 길. 농구장 주변은 이미 많은 학생들로 북적거려 정신없어 보였다. 그리고 어떻게 전해 들었는지 이미 구경꾼들로 북적거리는 농구장의 응원 스탠드로 아직도 계속해서 아이들이 모여들고 있었다. 농구부가 이용하는 실내 농구장도 아닌데 이런 야외 운동장에서 펼쳐지는 길거리 농구 따위에 왜 이리 많은 학생들이 모여드는지 예지는 더 알 수가 없었다.

"하아… 하아… 김봉선, 겨우 이걸 구경하려고 이렇게 뛴……?"

예지가 숨을 몰아쉬며 간신히 입을 떼다가 점차 눈이 휘둥그레졌다.

"저… 저건……!"

그녀들의 눈앞에 펼쳐진 장면들.

…믿을 수가 없다.

"미, 민제후?!"

내려다보이는 농구장에, 학생들의 환호 속에 빠져 있는 것은 분명 민제후다.

어떻게 이런 일이……. 민제후라면 지독히 둔한 운동 신경과 몸치 중의 몸치로 유명했었는데. 아, 물론 그 소문은 제후가 특급 클래스로 편입되기 전의 것이었고 최근의 민제후는 걸핏하면 창문에서 뛰어내리는 미친 짓(?)을 가끔씩 자행하기는 했었지만 설마 이 정도일 줄이야. 제후가 저렇게 본격적인 운동다운 운동으로 남들 앞에서 플레이를 펼치는 건 같은 클래스의 한예지조차 처음 보는 일이었다. 아니, 운동이 뭔가. 그녀 앞에서는 거의 항상 꾸벅꾸벅 졸거나 능글맞게 웃으며 스터디 시간에 은근슬쩍 토끼는 일뿐이었는데.

"얏호! 또 멋지게 슛 성공이닷! 여기 자리 좋죠, 선배. 이왕 늦은 거 복작거리는 저 무리 속으로 끼어들기보단 차라리 여기가 낫다니까요.

그리고 제후 선배, 요즘 더 멋있어진 것 같지 않아요? 일반 전형 출신이란 것도 별로 문제되지 않는다니까. 아냐, 오히려 그것 때문에 더 멋있는 것 같아요. 배경도 없이 저렇게 빛나는 사람 본 적 있어요?"

예지가 멍하니 있는 사이 김봉선이 팔짝팔짝 뛰며 환호하고 있었다. 하지만 그 공간엔 아직 제대로 상황 이해가 안 된 예지를 제외하고는 모두가 그와 같은 분위기였다.

터지는 탄성.

고등학생들의 가벼운 농구 경기 열기가 웬만한 프로 경기 인기는 저리 가라다. 하긴, 민제후를 제외하고 나머지 멤버들도 특급 클래스의 내로라하는 집안의 도련님들이니…….

1,300여 명의 특고생들 중에서도 스페셜 그룹으로 분류되어 있는 단 한 개의 특급 클래스! 평소 조용히 있기만 해도 주목의 대상이 되는 그들이 오늘 보통 아이들처럼 땀을 흘리며 뙤약볕 아래에서 뛰고 있으니 열광의 대상이 되는 것은 당연하다.

그 이글거리는 하늘과 땅의 열기 속에 지금, 민제후를 포함한 6명의 수재들이 정신없이 서로 얽혀들고 있었다. 과격할 정도의 몸싸움과 어지러운 발놀림, 그리고 스피드.

"막아!!"

선수들 사이에서 격한 목소리가 다급히 울렸으나 관중들의 비명 같은 환호 소리에 묻혀 정말 그런 소리가 들렸던 것인지 헷갈릴 지경이다. 그리고 그때, 6월의 뜨거운 햇볕 아래 황금빛을 반사하는 머리칼을 가진 어떤 인물이 여러 명의 집중적인 마크를 뚫고 농구 골대 밑으로 무섭게 파고든다.

"뚫렸어!"

"꺄아아악~!!"

여자애들이 제후가 득점을 성공시킬 때마다 서로 손에 손 잡고 방방 뛰며 환성을 지른다. 이미 전세가 기울어도 한참 기운 모양이다. 상당히 격한 게임이었던지 숨을 급하게 몰아쉬는 소년들은 아주 질렸다는 표정들이다. 하지만 그건 직접 농구 경기를 뛰는 인물들 사정이었고 구경꾼들이야 그럴수록 더 신나고 재미있는 법이다. 실제로 아직 여유로운 민제후의 얼굴과는 반대로 그를 노려보는 제후의 상대편은 옆구리와 배를 움켜쥐고서도 물러설 기세가 보이지 않자 열기와 함성은 더욱 고조되고 있었다.

"뭐 저런 놈이 다 있어!"

다들 숨이 턱까지 차 올랐는지 잠시 흐름이 늦춰진 순간에 게임을 뛰고 있던 한 학생이 내뱉은 말이다. 공격 농구였던 탓에 모두들 날카로운 패스와 과격한 견제로 여기저기 다치고 기진맥진해 있었지만 제후만큼은 아직 너무나 생생했기에 적·아군 할 것 없이 다들 그 말에 울상을 지으며 내심 고개를 끄덕이고 있었다.

처음 민제후에게 농구 경기를 제안할 때에는 아무도 이렇게 되리라 곤 꿈에도 생각 못했다. 민제후가 비록 예술제에서 자신의 천부적인 재능을 증명하였다지만 아무리 그렇다고 해도 일반 전형이면서 이례적으로 특급 클래스에 편입된 서민 출신 아닌가. 그래서 좀 골려주려고 했을 뿐이었다. 물론 여러 명이서 그 한 명을 집중 타깃으로 삼은 것은 좀 비겁한 감이 있었지만 옛날과는 달리 처음부터 그에게 너무 심하게 대할 생각은 없었던지라 진짜 장난처럼 시작한 게임이었는데… 그런데 이렇게 일방적으로 당할 줄이야……

아이들은 쓰디쓴 입맛을 다셔야 했다.

“꺄아아!! 굉장하다! 멋지다! 그죠, 선배?”

한편, 그 경기를 한 장면도 놓치지 않겠다는 열의로 지켜보던 봉선은 제후가 또다시 3점 슛을 성공시키자 환성과 박수를 치면서 약간 정신을 놓은 듯 서 있는 예지의 팔을 흔들며 물었다. 그리고 그 물음에 퍼뜩 정신이 든 예지. 그 소녀는 자신도 모르게 넋을 놓고 민제후를 바라봤었다는 사실을 깨닫고 당황하여 얼굴을 붉혔다.

“으… 으응……”

“역시 그렇죠? 하지만 예지 선배님은 사천황 중 세 명하고나 항상 함께 있으니까. 그 세 분 선배들과 함께 있으면 저렇게 멋있는 모습을 매일 보겠죠? 아～ 너무 좋겠다～”

‘에… 사, 사천황?!’

예지는 옆에서 온통 핑크 빛 오로라를 뿜어내며 자기 세계에 빠져 있는 봉선을 바라보며 식은땀을 흘렸다.

사천황이라니……. 90년대에 인기를 끌었던 중국 남자 배우들을 말하는 건 아닐 텐데 이 극도의 유치찬란함이란. 아무리 특고라 해도 여고생들은 어쩔 수 없는 것일까?

한데 사천황이란 대체 누구를 지칭하는 것인지…

“사, 사천황이라니? 누굴… 말하는 거니?”

“어머, 정말 모르세요? 아니면 모른 척하시는 거예요? 이미 소문 짜아안～하게 다 난 일인데?”

설마…

예지가 표정을 굳히며 세일러문 헤어스타일을 한 활기 찬 여자 아이의 얼굴을 긴장하며 바라보았다. 하지만 그런 예지의 긴장감을 가볍게 묵살하며 명쾌한 대답이 산뜻하게 날아왔다.

“사천황 중에 예지 선배님이 알고 있는 사람이 셋이나 되잖아요. 유세진, 신동민 선배님을 비롯해서 지금 저기 농구장에서 활약하고 있는 민제후 선배도 그렇고.”

“윽!”

그… 그래, 잊고 있었어. 근래 들어 내가 ‘설마’ 라고 생각한 일들은 항상 적중한다는 사실을…….

“그리고 나머지 한 명은 클래스C에 있는 문승현 선배이구요. 원래 좀 더 일찍 사천황을 선발했다면 음악 천재로 유명했던 강제경이 문승현 선배와 순위를 다퉜겠지만… 뭐, 강제경이 적기에 유학을 가버렸기에 별 어려움 없이 사천황이 쉽게 정해졌죠. 솔직히 강제경도 놓치기 너무 아까웠는데. 어쨌든 이번 ‘사천황’ 선정은 열렬한 호응과 함께 여론 조사에 착수했던 우리 동아리 전문 요원들도 만장일치였다는 거 아니겠습니까! 꺄하~”

예지는 고개를 도리도리 흔들어가며 너무나 좋아하는 김봉선의 자태에 어리벙벙해서 자신도 모르게 질문하였다.

“도, 동아리? 무슨 동아리인데?”

그런 이상한 조사를 다 하는 동아리라니…….

“인기인 프로필 전문 동아리 「WHO」라고 하죠. 아, 예지 선배님이 원하신다면 ‘성전특고 베스트 명물 명단’ 을 절반 가격에 구해드릴 수도 있는데… 어떠세요?”

‘그래… 어디선가 들은 기억이 나는 것도 같다.’

한예지는 어색한 웃음을 지으며 약간 뒤로 물러섰다.

그녀의 기억에 인기인 프로필 전문 동아리 「WHO」라면 특고 내의 학생들을 모두 인기도와 순위까지 매겨 광범위한 정보 수집을 하는 인기인 사랑 모임. 좋게 말하자면 특정인을 정해놓지 않은 넓은 의미의 팬클럽이지만 때로는 스토킹적인 열의를 보이는 회원이 있기에 학생회에서도 여러 번 안건으로 거론됐었던 그 동아리다.

아닌 게 아니라 문제는 학생회 임원들 대부분—학생회 임원은 각 클래스의 리더들이 맡는 것이 일반적이다—이 그 동아리의 주시 대상이 되어봤다는 사실 때문에. 게다가 월간 회지는 무시하더라도 '성전특고 베스트 명물 명단'이라는 것은 그 동아리의 비록(秘錄)으로서 교내에는 물론 특고 근처의 학교들에게까지 상당히 높은 액수로 판매되고 있다는 것은 공공연한 비밀이었으니, 그런 금전 거래는 동아리 「WHO」의 강제 폐쇄를 주장하는 임원들의 불꽃튀는 논쟁에 기름을 붓는 것과 마찬가지였다.

그럼에도 불구하고 「WHO」가 지금까지 그 명맥을 이어오고 있는 것은 수뇌부의 그 갖은 탄압 속에서도 자신들 우상의 모든 것을 속속들이 알고 싶어하는 여학생—여학생들이 주 고객이지만 남학생들의 비율도 낮지 않다 한다. 또한 그 고객은 교내에만 한정되지 않는다 한다—들의 지지 세력이 있었기 때문이다. 하지만 아무리 그래도 당하는 사람은 절대 좋을 리가 없다.

'그런데 섬광이 번쩍이는 눈으로… 괴, 굉장히 자랑스러워하며 말하는구나.'

예지는 난처한 안색을 띠며 잘못 생각해도 한참 잘못 생각하고 있는 점을 바로잡아 주고자 입을 열었다. 사천황이라고 이름 붙인 이들 중 그녀가 알고 있는 그 세 명은 절대 그들이 생각하는 것처럼 환상적인 왕자님들은 아니다. 적어도 한예지가 판단하기에는.

동민은 두말할 필요 없는 천재이긴 하나 약간의 시스터 콤플렉스가 있는 것 같고, 또한 쿨한 외모와는 달리 한번 열받으면 아무도 못 말리는 막가파이다. 그리고 세진을 말하자면…… 음흉했다. 그 밖에는 꽤 오랫동안 보았음에도 별로 아는 것이 없었다. 단지 친절하고 깨끗한 그 미소가 가식적일 것이라는 점만 어느 정도 알아차리는 중이랄까? 그렇다면 마지막으로 제후는……

'그 녀석은 더 이상 말할 것도 없고!!'

그런데 말하다 보니 민제후에 관한 부분에 이르러서는 어쩐지 울컥 화가 치솟는다.

"아니, 저기, 네가 뭘 잘못 생각하는 모양인데… 그 애들, 너희들 상상처럼 그렇게 멋있거나 그런 애들 아니야. 오호호… 민제후만 해도 지난번 중간고사 땐 전교 꼴찌를 했었잖아. 그, 그리고 믿을지 안 믿을지 모르겠지만 나름대로(?) 평범하다면 평범하고……."

"아.뇨!! 그.럴. 리.가.요! 제 눈은 속일 수 없다구요! 그 네 명 모두 최고의 실력과 재능, 외모, 그리고 뭔가 밝힐 수 없는 아픔과 슬픔까지 가슴에 품고 고독을 씹는 우리들의 우상이라는 것을!! 그렇지 않아도 요즘 유세진 선배와 민제후 선배의 자료는 찾기가 어려워서 속상한데. 특히 제후 선배는 소문에 외교관 아들이네, 어느 나라 왕자네, 재벌가의 손자네라고 소문만 무성하고 진상 조사가 안 되어 있어서 고민인…데……."

김봉선이 저렇게 무대포 녀석일 줄은 진짜 몰랐다. 민제후와 함께 있으면 세트로 잘 어울릴 정도로.

어? 그런데 쟤가 왜 저리 눈웃음을 살살 칠까? 갑자기 한기가 든다.

"예~지~ 선배니임~! 정보 좀 주세요오~ 제후 선배 진짜 소문처럼 그런 배경이에요? 예? 정말 어느 재벌가의 손자나 친척쯤 되나요?

가르쳐 주세요~ 예?"

"에엣?"

끈질긴 조름. 열혈 소녀다.

도망가기엔 이미 너무 늦었다.

"아… 저기… 그럴 리가 없잖아! 제후가 재벌가의 친척이라니. 재벌 회장의 손자 따위는 더욱 아니야. 유언비어야, 유언비어! 걔, 하고 다니는 걸 봐라. 오호호호~"

예지가 억지 웃음을 지으면서 두 손을 흔들며 부정했다.

'그럼! 내 말이 틀린 건 아냐. 그 녀석은 재벌 회장의 손자 같은 게 아니라…… 그, 그 녀석이 회장이니까.'

예지는 예전에 민제후가 자신에게 했던 말을 그대로 답습하며 자신은 거짓말을 한 것이 아니라 진실의 절반만을 밝힌 것이라고 스스로를 합리화했다. 그나저나 발 없는 말이 천리를 간다더니 어떻게 그런 소문이 퍼지게 된 것인지…….

김봉선의 미심쩍은 눈초리와 실망의 표정을 외면하며 예지가 재빨리 시선을 돌렸다. 그런데 마침, 돌린 그 시선 안으로 다시금 6월의 초록과 황금빛 햇살 아래 넘쳐 나는 생동감으로 사람들을 매혹시키는 제후가 농구공과 함께 바람처럼 내달리는 모습이 들어왔다.

반팔인 교복 셔츠는 격렬한 농구 경기 때문인지 바지춤에서 반쯤 삐져 나와 있다. 동복의 정식 넥타이와는 달리 장식적으로 매는 하복의 타이는 셔츠의 가슴에 있는 주머니에 찔러 넣었고, 하얀 목덜미 근처의 상의 단추는 몇 개인가 풀어놓은 듯하다. 또한 땀에 젖은 금실 타래 같은 머리칼이 솔바람과 그 소년이 내달리며 일어나는 공기 진동에 흔들리는 모습은 생명력 그 자체를 보고 있는 것만 같다.

넘치고 빛나는 저 생명력!

그래서 아이들 모두가 민제후에게서 시선을 떼지 못하는지도 몰랐다.

그런데 그때였다!

"아앗!!"

농구장에 누군가 새로운 인물이 끼어들었다.

"앗싸!"

"으윽… 젠장!!"

제후가 마지막으로 승부를 결정짓는 한 골을 막 성공시키자 같이 뛰던 소년들이 옆구리나 배를 붙잡고 분하다고 토로한다.

사실 원래는 그들끼리 서로 짜고 제후를 몰아세우는 플레이를 하려고 했지만 세상일이 어디 마음먹은 대로만 되던가. 오히려 그들이 민제후의 공에 더 당하고 말았으니. 역시 몸싸움과 공격 견제 정도로 민제후란 녀석을 붙잡아두는 건 어림도 없었다. 게다가 제후가 실수인 척 맞대응으로 던지는 공에는 그것에 실린 힘이 의외로 대단해서 한 번이라도 정통으로 맞은 아이들은 한동안 제정신을 차리지도 못했다. 그래서 경기가 거의 끝난 시점에 이르러서는 어설프게 제후를 몰아붙이던 그 소년들이 오히려 더 기진맥진해 버렸다.

"냐하하하~ 이제 몸이 좀 풀리는데. 너희도 그렇지?"

제후가 자신을 노려보는 다섯 명의 소년들에게 그 시선들을 모른 척 방긋방긋 웃어주며 바닥에 공을 튀겼다.

'몸을 움직이는 종목으로 날 골탕 먹이려 하다니… 쯧쯧, 차라리 수학 문제 풀기 따위로 시도했으면 또 몰라도. 어쨌든 좀 괘씸하군.'

원판이 최악의 운동 신경과 극악 몸치였다는 걸 모르는 제후는 뜨악해하는 아이들을 향해 씨익 웃으며 다가갔다.

"너희들 말대로 이렇게 한 게임 뛰고 나니까 찌뿌둥한 게 싹 다 풀리는 것 같애. 더군다나 이런 독.특.한. 판은 정말 오랜만이고. 그래서 나도 성심성의껏 보답하려고 노력했는데 만족했는지… 내 신조가 '되로 받으면 5되 반' 이거든."

낮은 목소리로 유쾌하게 말하는 금갈색 머리칼 소년의 모습에 학생들은 마치 떫은 감이라도 씹은 듯한 얼굴이 되었다. 중간의 몇몇 소년들은 그 당당한 말에 자신들을 갖고 논 저 인물이 과연 예전에 눈치 보기 바빴던 그 쥐새끼 민제후인지 믿어지지 않는다는 표정으로 얼굴을 일그러뜨린다.

그 모습에 제후는 더욱 활짝 웃으며 장난기 가득한 목소리로 입을 열었다.

"뭐야? 너희는 아직 멀었던 거야? 그럼 우리 한판 더 할까?"

"너랑 말하고 싶지 않아!"

"호오~ 박원우, 너 삐쳤냐?"

제후는 자존심에 상처 입은 눈으로 노려보는 박원우라는 학생을 바라보다 웃음을 터뜨렸다. 박원우라는 학생은 순해 보이는 눈매와 상류층 자제 같지 않은 개구쟁이 이미지가 호감을 주는 상대로 제후가 특급 클래스 편입에 대해 의혹을 받고 있었을 때부터도 그런 것에 별로 신경 쓰지 않고 스스럼없이 대했던 소년이었다. 그래서 제후도 의외라며 놀랐었지만, 역시 태어날 때부터 자신들은 특별하다고 받은 교육을 그도 무시할 수 없는 모양이다.

'흐음, 수준 낮은 일반 전형에게 망신당했다 이건가?

제후가 여전히 제자리에 서서 농구공을 맨바닥에 드리블하며 악의 없이 웃었다. 한국의 엄청난 빈부 격차를 최전방에서 느낄 수 있는 곳이 바로 이곳, 성전특고니까. 이젠 이런 시선… 적응이 되었다고도 할 수 있을 것 같았다.

"쿡쿡, 별걸로 다 성질을 내고 그러네."

제후는 자신이 그들에 못지 않은, 아니, 그 어느 누구와도 지지 않을 만한 최고의 재력과 권력, 배경과 가문을 가지고 있다는 것을 그들이 안다면 다시는 이 특고 어디에서도 이런 무시와 경멸의 시선을 받지 않을 것이라는 걸 알았다. 알았지만… 그렇지만 제후는 그러면 그럴수록 더욱 말하기 싫었다. 원판과 같은 이유 때문은 아니었다. 원판이야 지금은 은퇴한 장문수 회장에게서 호통을 들을까 봐 일반 전형생으로 죽은 듯이 생활했을지 모르나 자신은 그 영감님 눈치 볼 이유도 없고 그럴 생각도 없었으니까.

호통? 치라지. 그럼 새끼손가락으로 귓청소나 한 번씩 해주고 눈이나 몇 번 끔벅여 주면 그만이다. 그리고 여차하면 다 뒤엎을 요량도 있다. 그런데 그냥 말하기 싫을 뿐이다, 특히나 이런 상황에선.

'하지만 언제까지나 일반 전형생이란 이유로 이런 냉대를 견뎌줄 거라고는 생각하지 말라고.'

민제후의 눈빛이 악의는 없으나 새로운 선도 대상을 발견하고 반짝였다.

오늘 일은 계획적인 것이 아니었으나 어차피 이런 상황까지 왔는데 피하고 싶은 생각은 추호도 없었다. 물론 약간 장난이 짓궂어져서 어린애들을 상대로 전력 질주하며 운동장을 누비고 다녔기에 한동안 잠잠하던 상류층 아이들의 고고한 자존심을 건드린 듯싶지만, 후회도 없었다.

누군가 왜냐고 그 이유를 물어본다면 그 이유는 너무나 간단하다.

그때는 그렇게 하고 싶었으니까다.

황당하다고 생각 않는다. 정말로 그 순간의 민제후는 햇볕을 받으며 땀을 흘리고 격렬하게 뛰고 싶었다. 뛰면서 초여름의 미지근한 선풍을 느끼고 싶었고, 운동으로 인해 더 많은 산소를 요구하는 몸의 각 곳에 보내기 위하여 가쁘게 내쉬고 들이쉬는 생생한 공기도 더욱 많이 느끼고 싶었다. 그리고 또 무엇보다도 자신의 몸 곳곳에 보다 빠르게 피를 공급하기 위하여 보통 때보다 훨씬 빨리 뛰는 심장을 확인하고 싶었다. 심장이 그토록 빨리 뛸 수 있다는 것은 지금 살아 있다는 증거이니까.

그는 요즘 들어 점차 자신이 지금 이 순간 정말로 살아 있다는 증거를 갖길 원하고 있었다. 어느 순간 경기를 일으키듯 깜짝 놀라 벌떡 일어서면 이 모든 것들이 꿈으로 화해 홀연히 사라질 것만 같았다. 그리고 꿈에서 미처 깨지 못해 어리벙벙해 있는 자신에게 옆에서 신문지를 덮고 잠을 청하던 낯선 딸기코가 얼굴을 삐죽 내밀며 잠이나 자라고 욕지거리를 쏟는 것이다. 그렇게 놀라서 주변을 살피면 눈에 들어오는 광경은 서울 어딘가의 지저분한 지하도. 시선을 내리면 자신의 투박한 주름진 손에는 거의 비어 있는 빈 소주병이 쥐어져 있는……

두려웠다.

무언가 자신의 이 모든 걸 빼앗아갈까 봐.

누군가 나타나 이 행복을 부숴 버릴까 봐.

미로 속에 빠진 것만 같았다. 그리고 '나' 라는 수수께끼.

이성은 그럴 일은 없을 것이라고 위로하지만 저 밑의 깊은 곳에서 울리는 메아리는 그렇지 않다고 속삭인다. 불안해지고 불안했다. 최근

에 들어서는 깨고 나면 기억나지 않는 꿈조차 자신의 그 불안을 더욱
부채질했다. 시간이 가면 갈수록 카운트다운이 시작된 것 같다는 막연
한 두려움에 미칠 것만 같았다. 그래서 제후는 요즘 더욱 안 그런 척,
평소보다 더 즐겁게 보이려고 노력 중이다.

'으아~ 몰라몰라! 깊게 생각하고 싶지 않아! 이건 내 스타일이 아
니라구!'

살면서 모든 걸 자로 잰 듯이 딱딱 정확히 맞춰서 살아갈 순 없잖아?

제후는 한도 끝도 없이 복잡해지는 머리 속을 떨어버릴 듯이 고개를
붕붕 흔들고 나서 현실에 충실하기로 결정을 내렸다. 모든 일은 닥치
면 그때 나름대로 대처할 수 있게 되는 것이다. 닥치면 어떻게든 되게
되어 있다. 제후는 그렇게 믿었다.

"박원우, 그렇게 억울하면 다시 하자. 너와 나 일 대 일도 좋고 또
는… 킥, 너희 전부와 나 혼자서도 상관없고. 그러면 되지?"

"…잘난 척하는 거야, 날 무시하는 거야?"

제후가 씨근거리는 특급 클래스 소년들을 향해서 한 손을 절레절레
흔들면서 웃자 박원우가 손등으로 턱까지 흐른 땀을 닦으며 차갑게 묻
는다.

"아하하하! 아니, 너무 예민하게 그러지 말라구. 네가 마음에 들어서
그러는 거니까 말이야."

조용히 살고 싶지만 그렇다고 언제까지나 일반 전형이라 깔보이고
무시당할 순 없으니까.

"흥! 가문의 광영이군."

"별말씀을."

제후는 원우의 도발을 가볍게 제끼고 고개를 살짝 까딱이며 웃어줄

수 있었다. 갑자기 유세진에게 한없는 고마움을 느낀다. 민제후가 '너 까짓게'라는 얕보는 시선과 빈정대는 말투에도 넘어가지 않고 오히려 한 방 먹이면서 여유롭게 웃을 수 있게 된 건 역시 세진과의 생활에서 터득하고 영향받은 것이니. 그리고 단순하고 다혈질이어서 전엔 잘 몰랐었는데 이럴 땐 이런 방법이 더 통쾌하고 시원하다는 것을 온몸으로 깨닫는 제후였다.

'이야~ 저 시뻘게져서 일그러지는 얼굴 봐라. 꺄꺄꺄꺄~!!'

…나날이 더욱 방정맞아지는 웃음소리. 그것이 제후가 속으로 중얼대며 혼자 씹은 대사 속에 포함되어 있다는 것에 안도의 한숨이 나온다.

제후는 상대방이 아무 말 없자 일 대 일 대결에 응했다 생각하고 바닥에 튀기던 농구공에 힘을 주어 힘껏 바닥 쪽으로 밀었다. 그러자 드리블 때의 몇 배의 힘으로 밀린 공이 무서운 속도로 바닥에서 튕겨져 위로 높이 솟아올랐다. 제후의 눈이 순간적으로 푸르게 빛났다.

"자, 그럼 다시 간다……."

그때였다!

파앗!

'엇?!'

공중으로 솟아오른 농구공을 어디선가 갑자기 나타난 검은 인영이 민제후보다 한발 앞서 날아올라 낚아채 갔다.

'내 틈을 노렸다?'

제후가 순간적으로 자신의 앞에서 공을 가로채 간 상대에 대해 놀라 한쪽 눈썹을 치켜 올렸다. 공이 튀어 오르며 시야를 가리던 그 틈, 그 찰나간이었던 그 틈을? 더군다나 너무나 가볍게 스며들듯이 제후에게서 공을 빼앗아 간 인영은 어디서 본 듯한 날렵한 작은 체구다.

"유세진?!"

모두가 깜짝 놀라 몸을 주춤하는 사이 그 그림자는 어느새 골대 앞에서 슛 동작을 완성해 내고 있었다.

제후의 플레이가 스피드와 힘에 있었다면 세진은 작은 체격으로 찰나간의 틈을 포착하고 파고들어 흐름을 바꾸어 혀를 내두를 정도의 정확도로 깔끔하게 공을 골대로 던져 넣는 플레이. 한 치의 오차도 없이 공이 골대의 그물 안으로 정확히 떨어진다.

출렁—

농구공이 바스켓을 통과하며 떨어지자 세진이 바닥을 튕겨져 오르는 그 공을 다시 재빠르게 잡아 들며 민제후를 향해 몸을 돌렸다. 제후는 그런 유세진의 모습을 그냥 흥미롭게 조용히 바라볼 뿐이다.

'역시 세진이었어.'

가볍고 빠른 발놀림. 높이와 거리에 대한 정확도. 상대의 약점뿐만이 아니라 자신의 약점까지 파악하고 다가오는 치밀함. 그다웠다. 한순간 잠시 보여준 세진의 플레이는 유세진이라는 소년의 성격을 투영한 듯 너무나 세진다웠다.

통! 통! 통!

유세진이 공을 튀기면서 웃으며 다가왔다.

"재미있는 경기를 하시는군요, 제후 군. 전 스포츠는 별로 좋아하지 않습니다만 오늘 보니 저의 그런 생각이 달라지려고 하는데요."

"너, 아주 잘하는데?"

제후의 놀란 듯한 그 말에 세진이 생긋 미소 지으며 대답한다. 오늘도 여전히 쓰고 있는 검은 뿔테 안경이 그의 인상을 가려 도무지 무슨 생각인지 알 수 없게 만들었으나 보이는 이미지는 변함없이 단정한 모범생이다.

"그런가요? 칭찬 감사합니다. 땀 흘리며 뛰는 건 좋아하지 않아서 별로 해본 적 없지만… 스포츠란 어떤 면에선 제가 좋아하는 게임과 아주 비슷하다고 생각되는군요. 치밀하게 계산하고 정확하게 움직여야……."

작은 체구에 최고급 브랜드의 교복을 걸친 단정한 소년이 귀엽게 방긋 웃는다.

"상대를 물 먹일 수 있죠."

그런 유세진이 뚜벅뚜벅 구두 소리를 내며 다가왔다. 하나 제후를 그냥 지나쳐 갈 듯, 그의 옆으로 세진이 어깨를 스치며 지나가려 한다. 그런데 그때! 막 뭔가 생각이 난 것처럼 스쳐 지나갈 듯한 자리에서 세진의 손이 갑자기 튀어나와 제후의 한쪽 어깨를 짚었다.

"그런데 어쩌시려고 이런 일을 벌였습니까?"

'……!'

나직이 울리는 목소리. 서늘한 느낌이다.

속삭이듯 울려 나오는 세진의 음성은 마치 공기처럼 가벼워서 주의를 기울이지 않으면 잘 들리지 않을 만큼 너무나 작았다. 덕분에 다른 사람들은 아무것도 듣지 못했을 테다.

"당신은 이제 저들의 적대감을 감당해야 합니다. 잘하면 '왕따' 라는 새로운 경험을 할 수 있을지도… 아아~ 그건 안 되겠구나. 제후 군이 최근 많은 여성 분들의 사랑을 독차지한다는 걸 잊을 뻔했네요. 게다가 새롭지도 않겠군요. 이미 '은따' 경험이 있으시니. 쿡!"

은따? 그게 뭐지? 왕따는 아는데, 그것과 비슷한 말인가? 뭐, 그렇다면…

“알고 있어.”

세진이 망설임없는 제후의 대답에 그의 얼굴로 이채로운 시선을 살짝 돌렸다.

의외라 그건가? 나도 항상 생각없이 날뛰진 않는다구. 쳇!

“그래, 가만히만 있었으면 저 애들과 지금처럼 편한 관계로 남았겠지. 하지만 저들이 날 동등한 존재로 여기지 않는다면 ‘친구’ 가 될 수 없으니까. 오늘 이렇게 왕창 깨뜨릴 생각은 없었지만 어떻게 하다 보니… 이렇게 됐어.”

제후가 멋쩍게 웃음 짓자 세진이도 입가에 희미한 웃음을 매단다.

“그리고 어차피 한번은 겪어야 할 일이었고.”

“후후, 그런가요? 저는 일부러라도 그런 편한 관계로만 유지하려 할 텐데요.”

“그게 너와 나의 차이야.”

어느 순간 갑자기 세진의 얼굴이 싸늘하게 굳는다. 여전히 미소 짓고 있지만 순간적으로 뒷골이 서늘해졌었다. 무엇 때문에?

“그렇습니까? 후후후, 그렇군요.”

“넌 나의 ‘친구’ 지?”

갑작스럽게 물어본 질문이라 그런지 세진이 고개를 숙이고 키득대다가 움찔하는 것이 보였다. 웃음으로 흔들리던 어깨의 움직임도 딱 멈췄다. 유세진에게도 당황스런 순간이 있을 수 있던가?

대답을 기대하진 않았지만 긴장된 짧은 몇 초를 흘려보내며 제후가 세진의 푸르스름한 검은 머리를 뚫어지게 쳐다보았다. 그리고 마침내 들려온 대답은,

"…재미없군요."

'뭐?

이게 웬 뚱딴지 같은 소리?

하지만 그냥 지나치기에는 세진의 음성이 너무나 차갑고 진지하다.

"아, 농구가 그렇다는 말은 아닙니다. 이글거리는 기온과 후텁지근한 날씨조차 절 지루하게 하고 있어요. 그런데다가 당신까지… 요즘 모든 것이 죽을 만큼 지루해. 너무 평화롭습니다. 그래서 너무 재.미.없.어.요."

설마… 저 녀석, 재미없다고 일부러 무슨 사고를 치려는 건 아니겠지? 커헉! 아니야… 저놈, 하고도 남을 놈인데… 어쩌지, 어쩌지, 어쩌지?!

"뭐, 이 지루한 평화가 뒤에 이어질 폭풍의 전주곡일지도 모르지만."

"으윽!"

웃지 마라, 이놈아! 네가 그렇게 실실 쪼개면 불안하단 말이야!!

"무슨 일?"

"아! 그건요……."

생긋?

'저건 또 무슨 뜻이지?

어리둥절한 민제후에게 유세진이 그 큰 안경알에서 음침한 빛을 반사하며 다가와 갑자기 그의 양팔을 꽉 틀어쥐면서 즐거운 목소리로 중얼거렸다.

"우선 당신부터 팔아넘기고 생각해 보죠."

"에엑?!!"

구경하던 다른 아이들은 의아해 있고 제후 또한 어리둥절한 사이에 어디선가 건장한 어른 둘이 나타나 세진이 잡고 있던 민제후의 양팔을 인수인계받듯이 양쪽에서 대신 잡았다. 검은 양복과 검은 선글라스를 낀 깍두기 같은 양반 둘이다. 깜짝 놀란 제후가 반항하려 하자 유세진, 천진난만하게 웃으며 말했다.

"너무 떨지 마십시오. 할 일은 해야 하지 않습니까? 설마 오늘도 이 핑계 저 핑계를 대고 도망가실 건 아니시지요? 김 비서님이 출장지에서 일부러 저에게 전화까지 주신걸요?"

"하지만 시찰은 필요없잖아! 그런 건 너무… 쪽팔린다구!!"

"걱정 마십시오. 아무도 당신이 누군지 알아보지 못할 테니. 그리고 여기에서 이러면… 더 쪽.팔.리.지. 않나요?"

"뭐야? 뭐가 어쨌단… 에? 어라라?"

소리치던 제후는 세진의 주의에 시선을 주변에 돌렸다가 상황을 알아채고 식은땀을 삐질삐질 흘렸다. 주변에는 많은 학생들이 그들의 행동을 지켜보고 있었던 것이다. 학생들은 아직 어떤 상황인진 잘 모르는 눈치지만 제후가 세진과 다투는 듯하다가 갑자기 나타난 떡대 둘이 제후를 어디론가 끌고 가려는 것만 보더라도 보통 상황은 아니라는 걸 알아차리고 있을 것이다. 모두들 놀라서 두 눈을 휘둥그레 뜨고 쳐다보는 시선들. 충분히 당황스러운 상황임이 틀림없다.

'아니, 넘치고 흐르지. 에구, 이 일을 어쩌누~'

"이.노.무. 자.식! 너, 무슨 생각이야! 그리고 날 팔아넘겨? 너, 김 비… 아니, 그 인간한테서 뭘 받기로 한 건데!!"

제후는 황당한 얼굴로 주변을 찬찬히 살피다가 다시 생글거리는 세진의 얼굴이 보이자 열이 뻗쳐 목소리를 최대한 죽여서 소리쳤다. 주변에 보는 눈이 많아 당장 달려가서 패주지 못하는 것이 한스러웠다. 물론 유세진은 그런 것까지 계산하고 이런 짓을 벌인 것일 터였다. 그래서 제후는 더 약 오르고 속이 터져 죽을 것만 같았다. 조용히 둘이서 이야기하고 해결할 수 있는 일을 그를 데리러 온 경호원들을 일부러 교내까지 들어오게 해서 자신을 억지로 끌고 가는 연출을 이뤄냈으니……. 분명 내일은 민제후가 조폭 세계에 발을 담갔다느니, 또는 불쌍한 소년 가장, 사채에까지 손대서 쫓기는 몸이 됐다느니 등등 이상한 소문들이 더욱 부풀려지게 생겼다. 지금 떠도는 허무맹랑한 소문들도 감당 못하고 있는데.

'분명 자기 심심하다고 이런 일을 벌였을 테지! 저 망할 녀석!!'

그러나 세진은 음흉, 비열, 부정, 작당 등의 단어와는 전혀 인연이 없어 보이는 얼굴로 너무나 단정하고 착한 모범생의 모습으로 서 있을 뿐이다. 손가락으로 안경을 올려 쓰며 말하는 소리가 매우 깔끔하다.

'저 속 모를 미소는 절대 친절하고 순수한 것이 아니야!!'

"거래 조건은 당사자들 간의 문제입니다. 그런 걸 제후 군이 알 필요는 없겠죠. 그럼 수고하십시오. 전 아직 학생회 건안이 남아 있어서 말입니다."

날 팔았다며! 그런데 왜 내가 알 필요가 없다는 거샤!! 앙!!

"너, 임마… 너… 너…….."

"이만 가시죠."

그러나 말이 막히고 안색도 하얀색, 파란색, 빨간색 등으로 여러 번 바뀌던 제후는 자신의 양팔을 잡아끄는 두 명의 경호원에 이끌려 결국 반강제로 운동장에서 끌려 나가고야 말았다. 그리고 그 뒤로 얼떨떨해하는 많은 아이들과 귀엽게 웃으며 손까지 흔들면서 배웅하는 유세진을 남겼음은 말할 필요도 없었다.

웅성웅성 와글와글!

시끄럽게 웅성대는 아이들.

예상대로 그 소란 속에서 여러 가지 억측과 황당한 추측들이 난무하기 시작했다. 말이 여러 입과 입을 거쳐 옮겨지면서 부풀려지고 과장되는 과정을 그대로 보는 것은 신기하고 즐겁기까지 하다. 그중에 참신하고 독특한 추리는 적어놓고 싶을 만큼 재미있다.

그렇게 상황이 엉뚱하게나마 정리되고 나자 세진이 뒤돌아서며 언덕길 위의 한 소녀에게로 시선을 던졌다. 태양을 등지고 있어 그녀를 바라봄에 너무 눈이 부셔서 세진은 한 손을 들어 빛을 가리며 눈을 떠야 했다.

"……."

유리꽃 한예지.

유세진의 깊은 검은 눈이 그 소녀의 맑은 다갈색 눈동자와 정면으로 마주쳤다. 그녀에겐, 여신과 같은 당당함과 인간 세상의 것 같지 않은 아름다움이 그 소녀에겐 모두 있었다. 그렇기에 세진이 그 소녀를 시야에서 놓지 않는지도 모른다. 민제후와는 또 다른 아름다움과 강함.

세진의 이마로 흘러내린 몇 가닥의 검은 머리카락이 귀찮게 흩날린다. 그가 그 머리칼을 쓸어 올리며 피식 웃음 짓고는 그 아름다운 유리꽃을 향해 가볍게 목례하며 돌아섰다.

파란 하늘에는 아직 한창인 태양이 찬란하게 빛나며 세상을 더욱 뜨겁게 달구고 있었다.

 잊혀진 과거와의 조우

쾅! 쾅! 쾅!

"어이, 거기! 조명을 그쪽으로 잡으면 안 되잖아! 나랑 하루 이틀 일 해? 이렇게 손발이 안 맞아서 어떻게 한솥밥 먹고 살겠어? 엉!"

성전 밀레니엄 센터의 한쪽 별관을 차지하고 있는 촬영장의 한 스튜디오.

결코 좁다고 말할 수 없는 그 촬영 장소에 십수 명의 스태프들이 요란한 연장 소리들을 배경으로 분주하게 현장 점검을 마치고 있었다. 그리고 간간이 들려오는 총감독자의 높은 언성.

그런데 오늘 스튜디오의 분위기는 다른 어떤 때와는 달리 미묘하게 긴장되어 있어 의아하다. 프로 정신으로는 어떤 작업이 더 수월하다고 감히 말할 수 없는 것이지만, 그래도 나름대로 경중을 나눈다면 오늘 이곳에서 있을 촬영은 간단한 이미지 컷의 사진 몇 장을 뽑기만 하면 되는 것이기에 이런 긴장감은 제3자의 눈에는 더욱 의아할 수밖에 없다. 그리고 무엇보다 이처럼 사진 작가가 직접 나서서 마지막까지 세트와 조명을 세세히 지적하는 광경은 드문 일이 아닌가. 더군다나 오늘 사진 작가가 구상하고 있는 단 한 번의 컷은 말 그대로 이미지 컷이기에 이번 사진 촬영의 피사체가 되는 모델의 직접적인 얼굴도 나오지 않을 터인데. 그런데 스태프 한 명 한 명이 이런 상황을 너무나 당연하다는 듯이 받아들이고 긴장하고 있는 이 분위기란 또 무엇인가?

정말 지켜보면 볼수록 외부인은 더욱 알 수 없게 만드는 광경이었다.

"세트, 조명, 소품, 어느 것 하나 일정에 차질이 없어야 해! 신경 좀 더 쓰라고!! 아, 그리고 거기 자네!"

"아, 넷, 선생님!!"

보조인 나는 멍하니 있다가 사진 작가 조세희 선생님의 부름에 퍼뜩 놀라 뛰어갔다.

만약에 이름이 여자 같다고 부드럽다거나 인자한 인상을 상상했었다면 나는 일찌감치 꿈 깨라고 충고해 주고 싶다. '사진 작가 조세희'라고 한다면 이쪽 바닥에서는 거의 대적할 만한 사람이 없는 톱 클래스의 실력파인데다가 엄연히 남자였다. 그것도 중년을 한참 넘어서 앞머리에 희끗희끗한 머리칼이 보이는 괴팍한 선생님. 그러나 넘치는 에너지와 창의력, 사진 속에 담는 그 섬세한 감성은 한국 최고라는 것에 의심의 여지가 없다.

'불도저야, 불도저.'

아직 사진 작가 보조로 잡일만 처리하는 수준이지만 난 추호의 망설임없이 입 안으로 이렇게 중얼거리며 빠릿빠릿하게 뛰어갔다. 그것은 오늘 같은 날은 잘못 걸리면 작살난다는 걸 이미 어리버리한 신참 때

경험을 통해 생생히 깨우쳤기에 가능한 속도다.

"그래, 자네. 이번에 부탁해 놨던 특수 렌즈와 장비는 문제없는 거지?"

불러놓고 쳐다도 보지 않는 불도저 선생님. 아이디어 수첩에서 고개를 들지 않고 펜으로 뭔가를 열심히 날려 쓰며 건성으로 하는 그 질문은 당연히 그 모든 것들이 준비되어 있을 거라는 의미를 품고 있다. 그런데 그 순간 나는 얼굴에서 핏기가 싸악 사라지는 걸 느낄 수 있었다.

특수 렌즈? 오늘 촬영에 가장 중요한 특수… 렌즈가…….

'난 이제 죽었다!'

어쩌다가 이런 실수를 했을까!!

오늘 촬영은 성전그룹에서 본격적으로 출범하는 영상 사업단의 초기 이미지 작업이다.

성전그룹이라고 하면 캐릭터 어린이 소시지에서부터 인공위성까지 만들어내는 거대 그룹인지라 한국에선 이미 3살짜리 꼬마도 알고 있는 기업체! 바로 힘과 경제 권력의 상징.

얼마 전 자잘한 사업체는 정리하겠다 밝히고, 한국 정부에서까지 전폭적인 지원을 얻어낸 새로운 프로젝트로 세계를 떠들썩하게 만들었던 그 대(大)성전그룹이 그 프로젝트 이외에 새로운 기대를 안고 있는 분야의 첫 출범인 것을…….

모델도 '신비'라는 타이틀로 현재 최고의 주가를 올리고 있는 아이돌 스타인 '마리안'이다. 모시기 힘든 최고 스타인지라 스태프 잘못에 의한 펑크나 스케줄 차질은 있어서는 안 되고 있을 수도 없다. 게다가 더 큰 문제는…

"야, 그거 들었어? 성전그룹의 총수 있잖아, 그 신비의 인물 말이야. 그런데 뭐라 불러야 하나? 우리도 성전그룹 계열사 밑에서 일하니 넓은 의미에선 두목님이라고 해야 하나? 푸히히히. 어쨌든 소문엔 성전그룹 총수가 비교적 젊다던데… 뭐, 어떤 중늙은이인지는 모르겠지만 이번에 그 회장님이 이곳 촬영장에 몰래 시찰 온다고 하네? 어어, 정말이야. 진~짜 믿을 만한 소식통에서 들은 얘기라고. 쳇! 하지만 알 게 뭐냐? 그런 높은 자리에 있는 인간들, 연예인과 그렇고 그렇다는 거 알 만한 사람은 다 아는데. 진짜 관심은 사진 촬영이 아니라 마리안이 아닐까? 야야, 임마, 듣고 있는 거야!!"

'헉!!'

나는 같이 일하는 동료 중에 소문 좋아하는 녀석의 수다를 생각해 내곤 다시금 온몸의 피가 싸늘하게 식는 걸 느꼈다.

이번에 선생님께서 잡고 계신 이미지는 『신화(神話)』!!

그러나 지중해의 판타지를 단 한 장의 사진으로 사로잡기 위하여 꼭 필요한 장비들은 아직 도착하지 않았으니… 역시 아르바이트생에게 맡겨두는 것이 아닌데…

너무 정신없이 바빠서 다시 한 번 더 챙긴다는 걸 깜박한 것이 한스럽다. 어쩌다가 일이 이렇게 되었을까? 가벼운 부주의로 지금껏 쌓아 올린 공든 탑이 무너지는 소리를 듣게 되다니…….

재빠르게 손목시계로 시간을 살피니 곧 모델도 도착할 시간. 시간도 없다.

"뭐야? 무슨 문제 있나?"

순간적으로 내가 말문이 막혀 버벅대고 있자 조세희 선생님이 싸늘하게 힐끔 돌아보신다. 희번덕한 눈초리. 지, 진짜 무, 무섭다…….

'나, 죽어도 말 못해!!'

"아, 아닙니다!! 아무 문제 없습니다, 선생님!"

"그래? 흠, 그럼 다행이지만. 어? 이봐! 내가 원한 건 그런 것이 아니잖아! 내가 구상하는 컨셉은 말이야……."

나는 선생님이 준비 막바지에 이르고 있는 스튜디오 상황에 다른 곳으로 고함을 지르며 사라지자 일 분 일 초가 흐를수록 수명이 깎아먹히는 기분으로 핸드폰을 들고 연락할 수 있는 모든 곳에 미친 듯이 연락을 취하기 시작했다. 특수 렌즈와 그 또라이 알바생의 행방과 여차하면 다른 곳에서 조달해서 쓸 수 있는지의 여부까지. 자신의 미래가 걸려 있었기에 최선을 다하고자…

그러나 다시 한 번 확인한 단어는 '절망'.

역시나 그런 물건을 몇십 분 만에 조달할 수 있다면 기적일 테다.

그런데 그때였다. 조명기사 중 하나로 보이는 털털한 인상의 중년인이 안도와 분통이 동시에 터지는 한마디를 툭 던지며 지나갔다.

"어이, 거기 젊은 사진사 양반. 아까 전화가 왔는데, 무슨 아르바이트 학생인가 하는 아이가 전화를 해서 건물은 찾았는데 길을 못 찾겠다는구만. 요 어디 근처라던데, 바쁘더라도 잠깐 나가보지."

기, 길을 잃어? 그것도 밀레니엄 센터 안에서? 아하하하… 젠장! 순식간에 천국과 지옥을 동시에 경험하고 나니 도무지 무엇으로 표현해야 할지 알 수 없는 복잡한 기분이다. 할 말이 없다. 단 한 마디밖에.

'미치겠군.'

＊　　　＊　　　＊

위이이이잉—

　요란한 헬기 소리가 서울 상공 위를 누빈다. 하지만 영화 속에 나오는 장면보다는 조용하고 안정감있는 엔진음. 세계의 상업·금융·문화의 중심지인 뉴욕 맨해튼처럼 초고층 빌딩 숲은 아니지만 급속도로 성장하고 있는 아시아의 용, 그 대한민국의 눈부신 발전을 단적으로 보여주는 화려한 서울 상공 위로 날카로운 광택을 뿜는 날렵한 헬기 한 대가 놀라운 속도로 스치며 담담하게 그 위용을 뽐내고 있었다.

　바람처럼, 강물처럼 저 밑으로 눈부시게 흘러가는 도시.

　문명의 이기(利器). 그중 하나인 하늘을 나는 이 비행 동체 안에는 또 다른 작은 세계가 있는 듯 보였다. 눈부신 헬리콥터의 기체 안에 있는 것은 양복을 입은 두 명의 남자와 독특한 금갈색 머리칼을 가진 한 명의 소년. 그 두 명의 남자들도 뛰어나 보였지만 역시 이런 특이한 상황 속에선 나이가 어린 그 소년에게 더 눈길이 가는 건 어쩔 수가 없다. 게다가 이런 훌륭한 헬기를 타고 서울 상공을 누비고 있다면 충분히 흥분할 만도 하건만, 나이답지 않게 차분하고 익숙하게 행동하는 소년의 모습에선 은근한 카리스마까지 느껴진다.

　헬기 회전 날개의 소음과 바람, 강렬한 햇빛을 차단하기 위한 것인지 비행용 투명 고글을 쓰고 귀마개를 착용하고 앉아 일행들이 넘겨주는 브리핑 서류를 살피며 손바닥만한 작은 컴퓨터로 프로젝트 보고서를 결제하는 소년 민제후. 그 냉철한 두 눈은 그가 이제 겨우 열여덟이라는 것이 믿어지지 않을 정도로 진지하고 날카롭다.

　마침내 어딘가 목적지로 도착한 것인가? 그들을 싣고 춤을 추듯 가볍게, 그리고 빛살처럼 빠르게 비행하던 헬기가 성전 밀레니엄 센터 중 하나인 어느 고층 빌딩 위의 헬기 착륙장에 내리고, 탑승하고 있던 사람들과 제후는 아직 비행의 여파로 휘몰아치는 바람을 살짝 팔을 들어

밀어내며 내려서 그들을 기다리던 몇몇 직원들과 함께 이동하기 시작했다.

"어떠셨습니까, 도련님?"

"후후… 재밌는데?"

제후는 한지훈 실장의 웃음 띤 가벼운 질문에 자신도 가볍게 웃으며 대꾸했다.

현재 김 비서는 출장을 가 있기에 지금 이 순간은 한 실장이 그의 곁에서 그에게 방향을 제시해 주는 보좌관이었다. 하긴 이미 김성민과 한지훈은 장문수 회장이 퇴임하고 나서 그 직책의 업무보다는 민제후 회장의 비밀 보좌관 일이 더 많았으니 그렇게 불러도 무방할 것이다.

아직까지는 민제후에 관해서 공식적으론 모든 것이 일체 비밀! 그러므로 민제후 측근에 있는 인물들은 믿을 만한, 입이 무거운 인재들로 그 수가 많지 않았다. 그래서 그들에겐 업무 이외에도 힘든 일이 많을 것이란 걸 알기에 제후는 항상 미안하면서도 고마운 마음이 들었다. 자신이 전생에는 제법 큰 조직을 건사하고 인간의 인생에서 약 절반 정도를 살아봤다고는 하나 이렇듯 커다란 기업체의 사업에 관해선 거의 백지가 아니던가. 그런데도 여기까지 그럭저럭 끌고 올 수 있었던 것은 차근차근 이끌어주고 도와주는 이들의 노력이 있었기 때문이란 걸 제후는 잘 알았다. 그래서 민제후 자신도 한 그룹의 총수로서 지난 몇 달 간 뒤돌아보지 않고 이렇게 달려올 수 있었을 테다.

"멋있었어. 그리고 생각보다 훨씬 편안하더군."

"오늘 도련님께서 시승하신 것은 이번에 성전에서 제작한 세 개의 회전익 기종 중 하나인 「JUPI」입니다. VIP 분들의 수송에는 최고의 기종이죠."

"응?"

제후의 짧은 감상에 한 실장 이외에 제후의 옆에 있던 또 다른 한 남자가 부드러운 인상으로 설명을 덧붙였다. 그리고 걸음을 옮기면서 무겁지 않게 시작한 대화가 편안하게 이어져 갔다.

"단군 프로젝트 제3진의 회전익 담당 팀장인 이정윤입니다."

고개를 돌리는 제후를 보고 회전익 담당이라는 이정윤 팀장은 간단한 목례를 하며 어린 나이에도 불구하고 놀라운 수완을 발휘한 신비의 성전그룹 총수에게 다시 한 번 놀람과 호기심의 미소를 보냈다.

물론 지금 이정윤 팀장의 감정은 단군 프로젝트로 인해 최초로 이 소년을 만났을 때의 놀람과 경악보다는 훨씬 덜했고 익숙해졌지만, 또 그 이후에는 나이답지 않게 사람을 다루는 이 어린 회장님에게 계속적으로 감탄해 왔다.

하지만 아무리 그렇더라도 이 민제후라는 소년을 볼 때마다 깊은 인상을 받는 건 매번 마찬가지였다. 그들의 신비로운 대총수는 사업적 수완에서는 아직 몰라도 사람을 씀에 있어선 결단력있고 대범하여 절대 십대 소년의 그것이라고는 생각할 수 없을 정도로 비범했다. 마치 평생을 그렇게 살아왔던 것처럼.

그러나 제후는 그런 이정윤 팀장의 마음을 아는지 모르는지 그를 힐끔 보면서 재미있다는 듯 장난기있는 얼굴로 빙글거릴 뿐이다.

지금 이 순간 민제후의 표정을 본다면 어느 누가 이 소년을 평범하지 않다고 말할까? 혼혈의 피가 흐르기에 눈에 확 띌 만큼 잘생긴 외모는 아니지만 제후의 황금 실타래 같은 이국적인 금갈색 머리칼과 귀족적인 단정한 얼굴 선을 제외하면 반짝거리는 그 연한 갈색 눈동자는 서울 시내에서 너무나 쉽게 찾아볼 수 있는 평범한 고등학생의 그것이다. 새로운 것에 대한 반응과 호기심을 담은.

"아~ 이름 정도는 알고 있네, 이정윤 팀장. 정기 회의 때마다 봤으니까. 이렇게 가까이에서 얼굴 마주 대하는 건 오늘이 처음이지만 그쪽 프로젝트팀과는 만난 지 꽤 됐잖은가?"

…물론 가끔 평범하지 않게 노인네 말투를 쓰는 특이한 학생이긴 하지만 어쨌든 평범하다면 평범한…….

이 팀장은 이런 자신의 생각에 모순이 있다는 것을 미처 깨닫지 못하고 단지 알 수 없는 어떤 수렁에 빠져 허우적거리는 느낌에 당황해서 급히 제후에게서 시선을 돌렸다.

"오늘 선보인 「JUPI」는 성전그룹 단군 프로젝트의 첫 발걸음으로 개발하게 된 세 가지의 헬기 기종 중 하나로써 헬기 산업 부분 세계 선두 기업으로 인정받고 있는 Bell사와 공동 개발한 민수용 회전익 항공기입니다. 저희는 이번 회전익 사업에 약 3억 달러를 투자하였고 기술 인수를 중심으로 하여 개발 과정에서도 거의 전 과정에 참여하였습니다."

마침내 빌딩 안으로 들어선 일행은 제후를 성전 밀레니엄 센터 중앙 홀로 인도하며 방금 전의 시승에 대한 본격적인 이야기와 회전익 사업에 대한 간단한 브리핑을 시작하였다. 빠르지도 않지만 느리지도 않은 걸음들이 옮겨지면서 가볍게 여러 말들이 오고 간다. 하지만 그것들은 이미 예전에 정식으로 보고받은 적이 있고 서류로도 충분히 검토했기에 지금의 이 설명은 오늘 시찰의 이해를 돕기 위한 간략한 정보 제시일 뿐이다. 그러나 제후는 이번 사업의 결과가 들으면 들을수록 놀랍기만 했다.

"세 가지라면?"

제후는 말을 돌리려고 애쓰는 이 팀장의 모습이 재미있어 좀 더 구경하고 싶었지만, 문득 이번에 항공 분야에서 첫 성과를 이룬 세 개의 헬기 기종 이름이 기억나지 않아 장난기를 거두었다.

여기는 학교가 아니다. 그리고 지금 자신은 학생이 아니라 이들의 수장으로 서 있다.

'에구… 그래, 일해야지, 일.'

제후가 머리를 긁적이며 원판의 몸으로 들어오고 나서 한층 업그레이드됐다고 생각한 기억력을 점검하는 진지함을 보였다.

그래도 자랑스럽지 않은가! 전에는 의식적으로 십대 소년처럼 보이려고 노력했었으나 지금은 일부러 노력하지 않아도 자연스럽게 십대의 자태(?)가 나오는 것 같아 제후는 자신이 한없이 자랑스러워졌다. 가끔씩 튀어나오는 예전 말투를 빼면 이젠 누가 보아도 자신은 파릇파릇한 십대 소년.

이 놀라운 적응력! 회춘이로세!! 냐하하하하~

'아니, 험험! 이게 아니고 참… 그 세 가지의 이름이 뭐였더라?

"「Eagle」, 「Thunder」, 「Jupiter」입니다."

그때 간만에 빠져든 민제후표 특제 망상 릴레이에서 제후를 끌어내며 그의 의문을 깔끔하게 해결해 주는 목소리가 상쾌하게 울렸다.

「Eagle」, 「Thunder」, 「Jupiter」.

'독수리'라는 이름으로 「Eagle」, '천둥'이라는 이름으로 「Thunder」, 그리고 「Jupiter」는 「JUPI」라고 줄여 쓰고 또 다른 약어로 호칭한다.

"아, 맞아. 그랬었지. 그런데 왜 「Jupiter」는 '유피'라고 말하지?"

"「Jupiter」를 '쥬피터'라고 하는 것은 영어식 발음입니다. Jupiter는 로마 신화의 최고 신으로 천공의 신이자 뇌신(雷神)입니다. 하지만 발음되는 소리는 '유피테르'. 방금 전에 시승하셨던 헬기의 최첨단 기술과 성능, 번개와도 같은 최고 스피드와 신화적인 위용을 생각한다면 뇌신의 이름이 전혀 어색하지 않다 싶어서 그렇게 붙였던 것이죠. '유피' 또는 '유피르' 라는 호칭은 애칭으로 생각하시면 좋을 듯싶습니다."

한지훈 실장이 이정윤 팀장을 지원하며 설명을 도왔다. 제후는 이번 사업에서 실현 가능 여부와 프로젝트 자체의 존폐에 따르는 굵직한 문제를 주로 살펴왔기에 이렇듯 세세한 이야기가 흥미있게 들려왔다.

'유피, 유피테르, 천공의 신… 뇌신(雷神)이라…….'

"훗! 꽤 낭만적이군."

"최고의 집합체니까요. 게다가……."

재미있어하는 제후의 반응에 미소 띤 이정윤 팀장의 자부심이 담긴 음성이 계속 이어졌다.

"VIP 수송을 하는 데 전혀 무리가 없는 최상의 기종이지만, 긴급 의료 지원이나 인명 수색 및 구조, 산불 진화는 물론 해상 운용에도 가능하도록 설계된 다목적 헬리콥터이므로 「JUPI」는 전 세계적으로 증가하는 소형 다목적 헬리콥터 수요를 충분히 충족할 수 있습니다. 더군다나 「JUPI」뿐만 아니라 정찰 헬기인 「Eagle」, 대형 공격기인 「Thunder」까지… 현재 국제적 안전 기준인 Category 'A'를 만족하고 이번엔 VFR 인증과 IFR 인증을 FAA로부터 받았기에 전 세계의 소형 헬기 시장을 단시일 내로 석권할 것을 자신할 수 있습니다. 그리고 중국을 비롯해 아시아 시장에서 이미 상당량의 주문을 받아놓은 상태입니다."

아아, 그것은 이미 알고 있다.

완전 복합재로 이루어진 6.54m짜리 4개의 주 회전익과 회전 반경

0.875m의 꼬리날개. 이 기종은 동급 경쟁 기종인 여타 소형 쌍발 헬기 대비, 대형 윈도우를 채택하여 탑승객에게 탁월한 시야를 확보함은 물론 동급 최대 실내 공간 확보로 주문에 따라 인원 수송 및 응급 의료용, 방송용 등에도 적합하게 맞춤 생산이 가능하다.

그리고 그 외 또 다른 기종에 탑재한 쌍발 엔진은 Pratt & Whitney 社의 최신 개발 엔진으로 윤활유 없이 30분 운용이 가능하며, 710shp의 강력한 동력 성능을 가지고 있어 비상시 고난도 기동을 해야 하며 강력한 축력이 요구되는 탐색 구조, 산불 진화용 헬기로 적합하다. 또한 가볍고 강도가 강한 복합 소재를 항공기 동체에 광범위하게 활용함으로써 항공기 자중을 혁신적으로 줄이고, 동급 최대 항속 속도, 최대 항속 거리, 최대 체공 시간을 확보할 수 있게 되었다.

'그런데… 음, 설명이 뒤섞여 버렸군. 앞쪽이 「Eagle」이고 뒤쪽이 「JUPI」인가? 아니면 그 반댄가? 아하하하……'

"에궁, 나도 잘 모르겠다."

"도련님?"

"엉? 나하하하~ 아, 아무것도 아니야. 아무것도 아니라네. 알면 다쳐요, 다쳐. 나하하하~"

제후는 괜스레 잘난 척 한번 하려다─물론 혼자 마음속으로 꿍얼댔을 뿐이지만 너무 당황해서 자각하지 못하고 있다─망신살만 뻗치고 무안해지자 허둥지둥 웃음으로 때웠다. 역시 이런 복잡한 쪽을 아는 척하는 건 유세진이나 동민이 녀석 같은 수재들에게나 어울리는 거였다고 투덜대며.

"갑자기 무슨……"

"오~ 노올~랍군!! 이렇게 빠른 시일 내에 여기까지의 성과라니. 푸후후후~"

팔뚝을 들어 올려 주먹을 불끈 쥐며 열정적이게 한 실장의 말을 가로막으니 측근들의 얼굴이 이상하게 일그러진다. 잘 띄운 메주 색.

아, 너무 오버했나?

'하지만……'

놀랍다고 한 것은 진심이었다. 정말 무서울 정도다. 「성전(聖殿)」의 힘은 어느 정도인 것일까? 아무리 준비가 막바지에 이르렀던 사업들이라 하지만 동결되어 전면 중지되었다가 갑작스럽게 다시 시행된 단군 프로젝트였다. 그런데 아무리 소형 헬기라고는 하지만 세 개의 기종을 단 몇 달 만에 개발을 마치고 이렇듯 성과를 보여주다니. 어느 누가 믿을 수 있을까? 아무리 기술 이전과 합병이 있었고 실질적인 개발은 훨씬 오래전부터 시작된 것이라 해도 중지되었던 프로젝트가 발동되자마자 핵심 기술을 완성하여 눈에 보이는 결과물을 낸다?

여태껏 말도 안 되는 기현상들을 줄줄이 겪어왔던 제후도 자신이 직접 눈으로 보고 시승까지 하고 나서야 이 연달아 일어나는 기적 같은 일들을 실감할 수가 있었다.

'이런 속도로 나간다면 단군 프로젝트의 결과는 10년 안에 그 성패의 윤곽이 보여질 듯하다. 아니, 10년이 뭔가. 7~8년 안에 전부는 아니더라도 일부는 눈으로 직접 그 결과를 확인할 수 있을지도……'

원래대로라면 천천히 반세기는 족히 이끌어 나가야 되는 사업.

그런 프로젝트를 이렇게 급하게 이끌어 나가도 되는 것인지…….

하지만 지금까지 아무 문제가 없고 순조롭다. 정부의 지원과 사회적인 인정과 기대 속에 출발한 단군 프로젝트는 순풍에 돛을 달고 출항하여 지금까지 큰 문제 없이 달려오고 있었다. 자금과 기술 부분에서 잦은 난관과 고비를 만나야 했지만 정말 진땀나게 그때그때 이겨오며 여기까지 달려왔던 것이다. 그리고 그 고비를 넘기는 것에는 '최고의 혁신 경영자'로 부풀어 오른 소문의 주인공, 신비의 성전 총수에 대한 신뢰와 기대가 적지 않은 도움이 되었다는 것을 안다.

제후는 앞뒤없는 혼자만의 상념이 그곳에까지 이르자 썩 유쾌하지 않은 기분을 느껴 결국 눈빛을 어둡게 가라앉혔다.

하지만 아직 제후는 몰랐다. 그 비밀 때문에 멀지 않은 미래에 많은 사람들을 잃고, 많은 소중한 것들을 망가뜨리게 될 것이란 걸. 그것도 자신의 손으로 직접 그렇게 만들 것이란 것을. 미래란 누구도 먼저 알 수 없는 것이기에.

"얼래? 여긴……."

단출하다 싶을 정도의 제후 일행이 막 밀레니엄 센터 본관의 중앙홀이 내려다보이는 복도로 들어서자 기다렸다는 듯이 은은한 햇살이 그들에게로 쏟아져 내렸다.

크리스털과 유리 구조물의 장점을 최대한 살린 창과 벽면. 중앙홀 공간이 높은 천장을 가지고 수 개의 층의 복도로 둘러싸인 채 자리 잡은 모양은 마치 보이지 않는 공기 기둥이 빛의 건축물 안에 자리 잡은 것과 같은 착각을 불러일으킨다. 그리고 저 밑으로 내려다보이는 중앙홀은 제후 일행이 걷고 있는 이쪽 통제 구역 층과는 달리 직원들과 업무 관계로 방문하는 손님들로 분주해 보인다.

낯설지 않은 경관. 그곳은 바로 장문수 회장이 은퇴하기 전 민제후가 총수 자리를 내놓을 수 있냐고 허세를 부리고 의기양양하게 지나갔던 바로 그 장소였다.

'크흑! 그때 내가 쓰잘데기없이 총수 자리 어쩌고 하며 헛소리만 안 했어도…….'

그러나 제후가 오랜만에 와보는 추억(?)의 장소에서 남몰래 피눈물을 흘리든 말든 한지훈과 이정윤이라는 인간은 걸음이 점차 느려지는 제후의 팔까지 잡아 이끌며 자기들 할 일만 너무나 충실히 이행 중이었다. 마지막 일정을 위한 씩씩한 발걸음!

그렇다. 지금 가는 곳은 제후가 쪽팔리다고 극구 거부 반응을 보이는 오늘의 마지막 일정, 영상 사업의 출범을 알리는 이미지 포스터의 사진 촬영장 시찰이다.

사진 작가는 사진계의 대부로 불려지는 조세희 선생님, 모델은 신비의 요정으로 유명한 마리안이라는 최고의 아이돌 스타!

특히 마리안이라면 그들의 수장인 제후 도련님 또래의 소년들이 만나보고 싶은 연예인 1위로 꼽고 있는 대스타이기에 측근들은 제후의 거부 반응을 순진한 소년의 단순한 쑥스러움이라 치부하고 깊이 생각 않고 있었다. 아니, 오히려 더욱 이번 일정을 빼지 않고 강행하는 것은 부끄럼이 많은(?) 도련님을 위하는 진정한 충성(?)이라고 생각하고서 밀어붙이는 중이었다. 물론 그 충성심 밑으로 부끄러워서 얼굴을 붉힌 제후 도련님을 보고 싶다는 욕구가 없다고는 말할 수 없었고.

평소에 덤벙대고 방실방실 웃으며 다니는 도련님이었지만 나중에 곰곰이 기억을 더듬어보면 이상하게도 그 소년이 진정으로 마음의 평정을 잃은 적은 없었다는 걸 깨닫는다. 그리고 그것을 자각할 때, 각성한 자는 정말로 깔끔하지 못한 기분이 된다. 어린 것이 아니라 어린 척이 아닐까?

그런데 그때였다.

최고 간부들에게만 허용되는 통제 구역인 이 공간에 웬 낯선 남자가?

"에? 누구… 우, 우아아앗~"

퍼억!

"아, 코야~"

뭐, 뭐야?! 갑자기 돌진해 온 저건!

제후는 느닷없이 자신의 얼굴에 헤딩을 하며 쓰러진 낯선 인물 덕분에 하늘이 노래지는 충격을 받고 바닥으로 나뒹굴었다. 절대 우아하지 않은 포즈로. 게다가 콧등으로 찡~하게 전해지는 찌릿찌릿한 통증… 순간적으로 별도 보였다.

귀로는 사람들이 놀라서 그를 부르는 소리가 웅웅거리는 벌 소리처럼 들리고, 눈으로는 그 무식한 헤딩의 충격에 눈물이 찔끔찔끔 흘러나왔지만 그는 당황해서 어쩔 줄 모르는 보좌관들에게 손을 들어서 괜찮다고 손짓하며 비틀비틀 일어섰다.

"아아, 괘… 괜찮아. 코뼈는 안 나갔어."

너무 아파서 자신도 한순간 놀랐지만, 어느 정도 통증이 가라앉은 후 살펴보니 다행히 뼈에 이상은 없는 것 같았다. 부지불식간에 일어난 일이라 미처 대비도 못하고 그대로 부딪혔으나 그래도 이 정도로 끝난 것을 보면 무의식 중에 외부의 충격을 완화하기 위해서 순간적으로 힘의 반대 방향으로 몸을 빼냈던 모양이다. 안 그랬으면 코뼈가 완전히 주저앉을 뻔했다.

'그럼 이렇게 코피 정도로 끝나진 않았지.'

그렇지 않아도 약간 뭉뚝한 게 별로 모양새 좋은 코는 아닌데 코뼈까지 부러졌으면 얼마나 미모에 타격이 컸겠는가 말이다.

제후가 옆에서 건네주는 손수건으로 코를 잡고 불안하게 일어서며 힘들게 정신을 챙겼다.

가뜩이나 요즘은 인물발 한번 끝내주게 날리는 신동민 때문인지 자신까지 덩달아 비교당하고 있다고 여겨지는데─이상하게도 최근 들어 여학생들의 힐끔거리는 시선을 느끼는 건 그 이유밖에 납득되지가 않는다─그렇기에 제후는 코에서 느껴지는 상당한 통증과 함께 속된 말로 엿 같은 기분을 느끼며 자신과 부딪친 인간을 정신없이 찾았다.

'만약 고의로 그랬으면 반 죽.여.놓.겠.어!!'

라고. 그런데…

"어라? 누구… 세요?"

고개를 들어 자신을 들이받은 테러범(?)을 찾은 제후는 화가 눈 녹듯 사르륵 사라지는 것을 느꼈다. 대신에 그 자리를 차지하는 것은 순간적으로 번뜩인 어떤 아이디어와 왕성한 호기심!

먼저 화가 나지 않는 이유는 들이받힌 자신은 이미 어느 정도 정신 차리고 일어서 있는데 반해 오히려 머리꼭지로 들이받은 범인은 아직도 바닥에 드러누워 헤롱대고 있기 때문이고, 번뜩이는 아이디어는 바로 자신을 들이받고 반기절 상태에 빠져 있는 저 어리버리 청년의 복장을 보고 떠오른 것이었다.

학생 아르바이트인가? 마크를 알아볼 수가 없어 어느 회사 소속인지는 모르겠으나 청바지 위에 걸쳐 입은 저 유니폼은 분명 작.업.복!

제후는 오늘의 죽도록 가기 싫은 마지막 스케줄이 떠오르자 자신의 코피를 터뜨린 이 낯선 청년의 몸에서 서광이 흐르며 하늘에서 내려온 동아줄로 보였다. 호랑이에게 쫓기다 나무 위로 기어오른 남매에게 하늘이 내려준 구원의 동아줄!

'할렐루야!!'

그 순간 마음속으로 진심 어린 감동에 신을 찬양하는 제후였다.

"제5구역 영상 별관의 직원인가? 그런데 어떻게 이런 사람이 여기에서 헤매고 있는 거지? 이봐! 정신 좀 차려봐! 자네, 여기엔 어떻게 온 건가?"

"그만 하지, 한 실장. 그 사람 어디 크게 다친 것일 수도 있잖아."

제후가 얼굴 팔리는 짓을 안 당해도 되는 너무나 간단한 계획을 발견하고 그것을 실행하기 위해 너무나 뻔뻔스런 얼굴로 걱정하는 듯한 표정을 지었다. 정말로 엉뚱한 쪽으로만 잘 돌아가는 머리다. 그러나 우선 자신의 탈출 계획이 성공하려면 여기에서 한지훈에게 주도권을 뺏기면 안 된다는 사실은 너무나 명확하다.

"여보세요. 괜찮아요, 형?"

"우… 머리 아파… 아앗! 죄, 죄송합니다. 너무 급해서 뛰다가 그만……."

예상대로 어리버리 대학생이다.

'에구~ 저 빙글빙글 안경은 또 뭐야?'

한눈에도 뭔가 부족해 보이는 아르바이트생이었다. 나사 한두 개쯤 부족한 느낌이랄까?

제후가 재미있어하며 한쪽 무릎을 굽히고 앉아서 말을 걸자 아직 바닥에 나뒹굴어 헤롱대는 그 청년이 변명을 하며 허둥지둥 일어서려 한다. 그러나 제후는 그 청년이 벌떡 일어서려는 것을 만류하며 뒤쪽에 남겨놓은 일행들에게는 잘 들리지 않을 목소리로 나직하게 말을 빨리 했다.

"어쩌려고 이런 일을 벌였어요? 이곳은 일반인 통제 구역이라 곧 경비가 달려올 텐데. 이제 큰일이다, 형은. 쫓겨나고 말 거야."

"에? 그럼 안 되는데. 저, 정말 급하게 배달 가야 할 물건이 있거든요. 정말 죄송하… 어?"

뭔가에 놀라는 듯하기에 제후가 고개를 갸우뚱하며 눈을 말똥말똥하게 떴다. 패닉 상태에 빠져 허우적거리던 청년이 정신을 차리자 드디어 대화다운 대화를 나눌 수 있을 것 같아 기쁘면서도 그가 자신의 배경을 알아보고 너무 얼어붙지 않기를 바랬다. 민제후가 누구인지는 알아차릴 리 만무하지만 적어도 '우리는 엘리트' 라는 분위기 팍팍 풍겨대는 양복쟁이들이 뒤에서 그들을 둘러싸고 있으니 주눅 들지도.

"뭐야? 어린애였잖아?"

…주눅 안 든다.

무식하면 용감하다고 했던가? 아니, 우선 그보다,

'뭐? 어. 린. 애?'

빠직!

어딘가에서 뭔가가 부서지는 듯한 소리가 들려온 건 환청일까?

상식의 힘이란 정말 대단한 것이다. 순진한 건지 부품이 부족한지 헷갈리는 저 아르바이트 학생이 높은 사람과 부딪쳤다고 생각해서 열심히 고개를 조아리다가 그 상대가 훨씬 어리다는 걸 깨닫고는 바로 말이 짧아지니.

말로 잘 타이르려 했더니… 작전 변경이다!

'잠시 죄송!'

그리고 민제후의 눈빛이 사악하게 번쩍이는 그때였다.

퍽!

그 순간, 비명도 없이 눈을 부릅뜬 채 고꾸라지는 아르바이트 대학생.

그러나 민제후의 등이 그를 가리고 있었기에 아마도 한지훈이나 이정윤 일행에게는 빠르게 지나간 민제후의 주먹이 보이지 않았을 것이다. 특히나 보통 때라면 몰라도 그 소년이 일부러 눈치 채지 못하게 신경 쓴 속도의 것이었다면 눈치 챘을 가능성은 더욱 없다.

'미안하오, 젊은이. 하지만 나도 살아야 하기에.'

제후는 자신 쪽으로 쓰러지는 청년을 부축하는 듯한 모양으로 부여잡고 일어서며 조금 과장된 목소리로 소리쳤다. 아니, 정정하자. 과장되었다기보단 국어책을 읽는 것 같은 목소리였다.

"이런~! 아무래도 아까 부딪친 것 때문에 머리에 타격이 큰가 보네~? 빨리 의무실에 데려가야지~!"

"저, 저, 도련님!!"

한지훈 실장의 당황한 외침이 들려왔지만 제후는 다시 정신을 잃은 그 청년의 몸을 들쳐 업고 최선을 다해 도망쳤다. 이 순간 다시 한 번 산신령신에게 한없는 고마움을 느끼는 민제후다. 원판의 이 작은 체격으로 예전 내 몸의 근력을 낼 수 있으니 이렇게 다 큰 총각도 번쩍번쩍 들어서 토낄 수 있는 것이 아닌가.

제후에게 오랫동안 잊혀져 있었는데 한번 생각나기 시작하니 하루에도 여러 번씩 욕과 감사를 번갈아 듣는 산신령신이었다.

"어딜 가시는 겁니까!! 서세요!!"

'헹, 너 같으면 서겠냐? 이럴 때 잽싸게 튀는 거지!'

제후가 그들에게 보이지 않게 혀를 낼름 내밀고 더욱 속도를 내어 사라졌다. 그리고 놀란 수행원들이 뛰어서 그 소년이 돌아서 들어간 복도로 뛰쳐 들어갔을 땐 이미 그 금갈색 머리칼의 화려한 소년의 모습은 찾을 수 없었다. 그곳은 일반 사무실과 직원들로 분주한 일반 구역이었다.

"어떻게 됐어? 찾았나?"

민제후가 사라지고 난 후 그 근처 구역은 약 10여 분 간 몇 명의 남자들에게 철저하게 수색당하고 있었다. 그 남자들의 얼굴을 모르는 이가 본다면 산업 스파이를 잡기 위해 온 건물을 다 뒤지는 형국.

"한 실장님, 저기… 이거……."

긴소매이지만 더운 날씨에 시원하게 디자인된, 도련님께서 입고 계시던 옷.

"저쪽 화장실에서 발견했습니다. 그리고 아까 도련님과 같이 사라졌던 그 임시 직원도 옷이 벗겨진 채 그곳에……."

수행원 중 하나가 다급히 상황을 전하다 마지막에는 말을 잇지 못했다. 하지만 한지훈은 그것이 무엇을 뜻하는 것인지 충분히 인지한 상태였다. 한동안 이런 일이 없어서 잊고 있었던 자신의 멍청함이 짜증났다. 제후 도련님, 아니, 회장님의 성격을. 김 비서님이 그렇게 주의를 주셨건만.

그러나 지금은 그것이 문제가 아니다.

성전그룹의 신비의 총수.

아무리 비밀로 유지하고 있다지만 그 비밀은 사람이 지키고 있는 것이기에 완벽할 수 없다. 더군다나 장태현 이사가 어떤 꼬투리라도 잡기 위해 혈안이 되어 그들을 감시하고 있고, 이곳은 그의 홈그라운드라고 할 수 있는 밀레니엄 중앙 센터.

'이런 젠장!'

"경비! 경비원 불러!!"

빨리 찾아야 한다!! 수단과 방법을 가리지 말고!

한편, 긴급 호출을 받은 경비원들이 분주하게 움직이며 중앙 센터 일반 구역을 지나가는 직원들의 얼굴을 일일이 확인하느라 바쁠 그때, 검은 모자를 깊게 눌러쓰고 한쪽 어깨에 꽤 묵직해 보이는 촬영 가방을 메고 그 뒤쪽으로 바쁘게 사라지는 직원 하나가 있다는 것을 아무도 눈치 채지 못하는 듯했다. 아니, 신경 쓰지 않는다고 하는 것이 더 옳았을까?

덩치가 산만한 경비원들이 살벌한 분위기로 엘리트 중의 엘리트라고 자부하는 성전그룹 본사 직원들의 신분을 까다롭게 확인하고 다니자 모두들 영문도 모르고 불만에 가득 차 투덜대는 통에 그들 뒤로 슬그머니 바쁘게 사라지는 임시직 아르바이트에게 누구도 신경 쓸 여유가 없었다. 자신들 일도 바쁜데 누가 그런 하찮은 것에 일부러 신경 쓰겠는가?

어쨌든 많은 경비원들이 건물을 거의 봉쇄하고 뒤지다시피 하는 일을 벌이고 있었으나 검은 모자를 쓴 그 알바생은 완전히 출입구가 막히기 전에 오히려 그 소란을 틈타 유유히 중앙 센터를 빠져나왔다. 그리고 얼굴을 가린 모자 챙 밑으로 드러나는 알바생의 입가엔 그 순간 어떤 야릇한 미소가 떠올랐다.

"오~ 마리안 양!"

그때 또 다른 어느 공간에서 누군가도 목소리에 야릇한 미소를 담아 웃음 짓고 있었다. 그러나 그것은 상쾌한 해방감이 어린 야릇한 승리감이 아니라, 어쩐지 끈적끈적한 느낌이 묻어나는 소유욕이 번들거리는 느끼한 웃음. 그 야릇한 억양의 목소리는 대화를 받는 이로 하여금 오싹한 느낌을 갖게 하기 충분했다.

"하하하! 드디어 이렇게 만나게 되는군. TV에서 항상 지켜보고 있었지. 팬의 한 사람으로서 이렇게 마리안 양을 직접 만나게 되어 굉장히 영광으로 생각해요. 이렇게 가까이에서 보니 훨씬 예쁜걸? 하하하! 아, 나는 대(大)성전그룹의 장태현이라고 하지. 현재는 아직 이사의 직책을 맡고 있지만 앞으로는 더.욱. 높은 자리에 있게 될 거요. 예를 들면… 후후후, 성전그룹의 '총수' 같은……."

강조하는 어느 부분에서, 그리고 혼자 중얼거리듯 천천히 말을 늘이는 몇몇 부분에서 장태현 이사의 눈빛이 비릿하게 웃음 짓는다.

자신의 지위를 거들먹거리는 것은 자기가 가진 힘을 과시하기 위함인가? 그렇다면 충분히 성공한 듯싶다. 주변에 마리안이라고 예상되는 한 소녀만을 제외하고 나머지 스태프들은 다들 눈에 띄게 몸을 움찔하는 것이 보였으니.

장태현 이사.

성전그룹에 적지 않은 영향력을 가진 인물로 유명한 자. 갖가지 안 좋은 소문과 수많은 더러운 스캔들에 연루되었으나 그때그때 교묘하게 법망을 빠져나간 것으로도 유명한, 아주 위험한 인물이다. 일반인들은 잘 모르더라도 언론의 기자들이나 성전그룹에 발을 담그고 사는 사람들 중에는 모르는 사람이 없는 인간. 최근 들어서는 새롭게 떠오른 현(現) 성전그룹 총수에게 그 세력이 조금 밀리고 있었으나 그럼에도 아랫사람들에겐 여전히 무시할 수 없는 자인 것은 틀림없었다. 그리고 확실히 그의 인간성은 모르더라도 수단 방법을 가리지 않는 그의 사업 수완은 탁월한 것도 사실이었다. 촬영장에 쳐들어와 저렇게 누구의 눈치도 받지 않고 자신의 힘을 과시하며 권력을 휘두를 정도로.

그리고 그의 측근들이 시끄러운 주변을 물리치자 장태현은 더욱 음흉한 눈빛을 빛내기 시작했다. 더욱 역겹고 노골적이게.

"아, 그리고 난 이번에 마리안 양이 이미지 촬영을 하게 된 회사에 상당한 영.향.력.을 갖고 있는 사람이기도 하고. 어때요, 마리안 양의 생각은? 그대가 생각이 있다면… 흐음~ 내가 훨씬 좋은 조건을 알아봐 주는 건 전혀 어려운 일이 아니라고 보는데. 아버지처럼 편하게 생각해요. 후후후, 말 나온 김에 오늘 밤에 내 개인 소유 별장에 가서 조용히……."

"네네, 이사님! 아하하하하! 오늘 이렇게 직접 찾아주시고 너무 감사합니다. 마리안도 수줍음을 타서 그렇지 속으로는 이사님을 뵙게 되어 지금 아주 기뻐하고 있을 겁니다. 뭐 해? 빨리 인사드리지 않고."

장태현 이사가 어떤 작은 소녀를 향해 말하고 있을 때 당황하며 끼어드는 목소리. 요새 최고의 주가를 올리고 있는 스타를 직접 만나기 위해 일부러 직접 스케줄을 조정하라고 지시했던 장태현이기에 이런 끼어들기는 그의 기분을 거스르기 충분했다. 하지만 어리고 싱싱한 좋은 먹이 앞이기에 장태현은 중역의 관록을 보이며 불편한 심기를 감추고 웃으면서 돌아섰다.

'그래, 너무 쉬우면 재미가 없지. 쿡!'

"아하! 매니저신가? 인사가 늦었군. 난 장태현이라고 하외다."

"아, 넷, 이사님! 잘 알고 있습니다. 전 마리안의 매니저 김정진이라고 합니다. 저, 여기 제 명함."

매니저가 재빨리 명함을 꺼내어 굽신대며 인사를 하였다.

"오늘 높은 분이 시찰을 나오신다고 하더니 이사님이셨군요. 아하하하, 이렇게 뵙게 되니 소문처럼 기품이 느껴지는 분이십니다. 게다가 이번 촬영 건은 단 한 장의 이미지 포스터 촬영일 뿐인데 이렇게 관심을 가져 주시고."

장태현은 자신에게 허리를 굽히며 어쩔 줄 몰라 아첨하는 매니저를 보고 한쪽 입 끝을 기분 좋게 올렸다. 약하고 약은 인간이다. 약아빠진 놈. 하지만 장태현의 입장에서는 그런 인간들이 훨씬 더 기분을 좋게 만들었다. 그들은 힘있는 자들에게 빌붙어 무엇이든 강한 자의 요구에 맞춰준다. 잘하면 마리안이라는 저 작은 여자 아이 하나 어떻게 하는 것쯤은 그렇게 오래 힘들이지 않아도 될 것 같았다, 저 매니저란 놈을 잘만 이용한다면.

'마리안(Marian)'.

한국 이름은 '채마리'.

여태껏 수많은 여자 연예인과 놀아본 장태현이기에 이 소녀가 얼마나 최상급의 물건인지 한눈에 알아볼 수 있었다. 아직 좀 어리기는 했지만.

'영계가 더 감칠맛이 있는 법이니까. 쿡쿡쿡.'

직접 보니 더욱 손에 넣고 싶단 생각이 깊어진 장태현 이사였다.

지금껏 간 크게도 자신을 거절한 여배우는 없었다. 아니, 오히려 어떻게든 그에게 잘 보여 뜨고 싶어하는 여배우들이 끊이지 않고 엉겨붙었으니 장 이사는 마리안이 좀 어리다고 해도 손에 못 넣을 것이라곤 꿈에도 생각 않고 있었다. 그리고 고개도 못 들고 눈을 내리깔고 있는 화사한 미소녀의 자태는 자신의 딸뻘이라는 생각이 싹 가시게 만들었다. 오랜만이었다, 이런 만족스런 기분. 장태현 이사는 자신의 아랫도리가 뻐근해지는 것을 느끼고 다시 한 번 그 비릿한 웃음을 흘리며 여러 가지 생각에 빠졌다.

한동안 제후인지 뭔지인 머리에 피도 안 마른 애송이 녀석 때문에 쌓인 울화와 스트레스가 모두 날아가는 것 같다고, 그래서 이 소녀를 자신의 정부로 삼아도 좋겠다고 말이다. 그만한 가치가 있는 상품이었다. 더군다나 평소에도 십대 소녀를 데리고 노는 것에 더욱 스릴을 느끼는 장태현이기에 이번 자신의 눈에 띈 상대가 현재 최고의 인기를 구가하는 아이돌 스타라는 점까지 마이너스가 아닌 플러스되어 한껏 화통해졌다. 아무리 도도한 여자라도 인기를 먹고 사는 연예인인 이상 세계 진출을 미끼로 요구하면 넘어오게 되어 있었다.

"아니지, 마리안 양이라면 곧 세계 진출도 꿈은 아닌 촉망받는 샛별인데."

역시나. 은근히 떠보는 말에도 즉각 눈을 빛내며 반응을 보이는 매니저였다.

"게다가 이번 성전 영상 사업단의 이미지는 만장일치로 마리안 양으로 결정된 것이니, 아무리 책상이 더 익숙한 오너라도 한번쯤 와보고 싶은 것이 당연한 것이 아니겠나. 하하하! …아, 그런데 마리안 양은?"

순조로운 진행에 기분이 더욱 좋아진 장태현은 매니저에게서 시선을 떼고 시선을 돌렸으나 당연히 그 자리에 있을 것이라 여겼던 한 소녀의 모습이 없는 것에 의아해하며 말을 끌었다.

도망간 것인가?

"흠! 바쁘긴 바빴나 보군. 말도 없이 사라지다니. 버릇이 없구만."

"아… 아… 저, 이사님?"

장태현 이사가 다시금 쩔쩔매는 심약한 매니저를 무시하며 입술을 비틀었다. 표정을 알 수 없었던 소녀의 얼굴을 기억해 내자 그의 신경이 약간 더 날카로워졌다. 말투에 약간의 가시가 돋는 것이 느껴진다.

'아아~ 아니지. 아무리 어려도 여자는 여자니까. 여자는 역시 튕기는 맛이야.'

“어, 저, 저, 마리안이 이런 애가 아닌데… 촬영 준비가 늦어져서 마음이 바빠졌나 봅니다. 조세희 선생님도 잠시 자리를 비우신 데다가 이번 촬영 의상과 분장도 어려우니까, 그러니까…….”

“아, 됐네. 잠시 내가 피곤해서 신경질을 부린 모양이군. 바쁜 와중에 찾아와서 내가 미안하지. 그리고 자네는…….”

장 이사가 얼굴을 풀고 다가서며 말을 부드럽게 건넸다. 그리고 매니저의 어깨를 두드리며 남들에게는 잘 들리지 않을 정도의 작은 소리로 나직이 웃으며 친근한 척 속삭인다.

“언제 한번 따로 조용히 보자고. 응?”

“예?”

“훗! 그럼 우린 이만 가지.”

“앗! 네, 넵! 안녕히 가십시오! 잘 부탁드리겠습니다!”

매니저라는 얼빠진 놈이 어리둥절한 사이, 장태현 이사는 자신의 측근들을 부르며 촬영장을 빠져나갔다. 마리안이 어디론가 사라져 보이지 않아 한 번 더 못 보고 사무실로 돌아가는 것이 아쉽기 그지없었다. 언론에서 침이 튀기도록 떠들던 그대로의 아이였는데.

‘마리안이라…….’

분명 조용히 눈을 내리깔고 얌전했던 이국적인 매력의 미소녀였지만 그 작은 몸 안에는 작지 않은 불꽃과 성깔이 있는 것 같았다. 너무 조용히 있었기에 알 수 있었던 변화. 금세 눈을 내리깔았기에 확실하진 않았지만 자신이 말을 걸자 그 큰 눈에 잠시 스쳤던 감정은 ‘경멸’이라는 이름 같았다. 처음엔 좀 괘씸한 느낌도 없지 않았으나 지금은 그것으로 유쾌해졌다. 인형 같은 여자는 얼마든지 있으니까.

장태현은 이런 정복 욕구가 경멸받을 일이라곤 생각하지 않았다. 자연스러운 일이 아닌가. 힘있는 자는 군림하고 많은 여자가 따르는 법이다. 게다가 마리안이라는 계집애도 아직은 어려서 그렇지 한번 사내 맛을 들이게 되면 지금의 순수한 모습이 무색하게 더욱 밝히며 자신에게 달려들 터였다. 그럼 그때 자신은 그 어린 계집애를 몇 번이고 천국 구경을 시켜주면 될 터였다.

"하하하하하하하하!! 좋아! 아주 좋았어!! 크하하하하……!!"

성전 밀레니엄 센터, 영상 사업단 별관 제5촬영소에 오싹한 느낌의 웃음소리가 한동안 여운으로 남아 지워지지 않았다.

"여긴 도대체 어디인 거야!!"

한편 그때 어느 건축 구조물 한복판에 검은 모자를 눌러쓴 한 소년이 절규하고 있었다.

두 주먹을 불끈 쥐고 하늘을 향해 주먹질을 하며 죽어도 자신의 엉망진창 길치 능력은 인정치 않고 씩씩대다 풀썩 쭈그리고 앉는 아르바이트 작업복의 학생. 포즈만으로는 마치 신혼여행지에서 건달 하나가 '어이~ 그림 좋은데~' 하는 분위기의 자세이지만, 푹 꺾인 고개는 검은색 야구 모자 챙 밑에서 힘들다고 헥헥대고 있었다. 얼굴은 잘 보이지 않지만 진짜로 힘들긴 힘들었나 보다.

하지만 이게 무슨 일인가? 화려하고 웅장하기 그지없는 성전그룹 본사 건물 한복판에서 길을 잃고 헤매는 사람이라니…….

비록 성전그룹 밀레니엄 센터가 단 한 개의 빌딩으로 이루어진 것이 아니라 3개의 본관과 5개의 별관, 정원과 편의 시설 등 각각 6개의 부가 시설을 통틀어 이루어진 구역을 이르는 말이라지만, 아무리 그래도 어린아이가 아닌 이상 이런 곳에서 길을 잃고 헤맨다는 것은 너무 어이가 없었다. 초고층 빌딩인 3개의 본관을 중심으로 별관과 시설물들이 시립하듯 그 뒤쪽으로 포진되어 있기에. 그리고 부채꼴 모양을 이루고 있는 성전 밀레니엄 센터의 구조는 군데군데 친절하게 표시된 안내 표지판을 제외하더라도 길을 잃을래야 잃을 수가 없을 정도로 너무나 단순하고 편리한 구조인데, 그런데도 길을 잃다니…….

길을 잃은 것이 정말인가? 찾는 것보다 잃는 것이 더 어려울 것 같은데.

"에잇! 왜 지나다니는 사람도 없난 말이야!!"

그 순간 소년이 다시 벌떡 일어서며 두 주먹을 불끈 쥐고 소리쳤다. 그러나 그 소리에 되돌아오는 대답은 정말로 그 공간을 울리는 그의 목소리뿐.

…정말로 길을 잃긴 잃은 모양이다. 인적도 드물긴 드문 이곳은 멀리 작게 보이는 본관 빌딩을 보아하니 밀레니엄 센터의 최변방. 아마도 5개의 별관들 중에서도 가장 멀리 있고 한적한 마지막 별관까지 온 모양이었다.

"으~ 서울 땅이 얼마나 비좁은데 이따위로 무지막지하게 공간을 낭비한담. 뭐, 아주 조금 멋지긴 하지만. 이씨, 저 정원들은 또 뭐야? 전원 주택 모델 하우스도 아니면서. 쳇!"

소년이 주변의 아기자기하고 멋들어진 작은 정원을 둘러보며 툴툴거렸다. 그 주변에는 중앙 센터인 본관에 비하면 아담한 건축물들이 몇 개씩 보였으나 무슨 창고인지 잠겨 있는 것이 대부분이고, 좀 큰 건물들은 멀기도 멀거니와 아직도 자신을 쫓는 것으로 보이는 떡대 경비원들이 눈을 부라리고 있기에 감히 들어가서 탈출을 위한 출구를 물어볼 엄두가 안 났다.

"에라, 모르겠다! 조난자(?)는 원래 한자리에 가만히 있어야 되는 법이지. 누군가 지나갈 때까지 여기에서 죽치고 앉아 놀지 뭐. 설마 오늘 안에 이곳으로 한 사람도 안 지나가겠어? 냐하하하하~"

한참을 좀 고민하는 것답게 고심하는 것 같더니만 그나마 몇 분을 넘기지 못하는 소년. 그리고 독특한 웃음소리.

이런 성격, 이런 웃음에 겹쳐지는 어떤 인상… 누군가 생각날 것도 같은데?

"앗싸~!"

그런데 그때였다. 아르바이트생으로 보이는 그 남학생이 햇빛 잘 드는 정원 한쪽 구석 잔디가에 다가가 벌렁 누워버린다. 그리고 그 바람에 얼굴을 가리듯 푹 눌러쓰고 있던 모자가 벗겨져 옆으로 데구르르 굴렀다. 그러자 그 순간, 놀랍게도 산뜻한 초여름 바람에 사르륵 풍성하게 흩어지며 나타난 금빛 머리칼!

모자에 눌렸다가 쏟아져서 그런지 단정치 않게 제멋대로 흐트러진 머리칼이지만 오히려 그 느낌이 더욱 상쾌하고 신선하게 느껴지는, 햇살을 머금은 화사한 이미지가 나타났다. 낡고 헤진 청바지에 추레한 작업복 차림이었으나 햇빛에 그대로 드러난 소년의 새하얀 얼굴과 귀족적인 인상은 그 화려한 머리칼과 어우러져 탄성을 자아내게 하기 충분했다. 더군다나 가장 인상적인 것은 그 눈에 가득 찬 자신감과 당당함!

굳이 따진다면 이목구비는 그리 뚜렷하지 않아 잘생겼다고 말할 수 없더라도 그 눈빛만으로도 사람을 잡아끄는 매력이 가득했다. 그것은 같은 몸, 같은 육체를 가졌지만 예전의 그와 지금의 그를 구분하는 가장 큰 차이점이 될 것이었다.

바로 원판 민제후와 현재의 민제후를 구분하는 가장 큰 다른 점!

"까하~ 날씨 한번 더럽게 좋네."

별로 곱지 않은 말투를 쓰지만 나른한 분위기에 유쾌한 치기가 어려 있어서 그런지 그리 상스럽다고 느껴지진 않았다. 두 팔로 뒷머리를 받치며 잔디 위에 벌렁 누운 제후는 얼굴을 가리던 모자가 벗겨진 걸 알았지만 보는 사람도 없기에 특별히 신경 쓰지 않고 하늘 위에 유유히 떠가는 양떼구름을 감상하며 중얼거렸다.

생각해 보니 이런 시간, 정말 오랜만이었다. 제이가 미국으로 떠나고 난 후 이렇게 하늘을 바라본 적이 있었던가? 그동안 너무 정신없어서…….

"에이! 요즘 내가 뭐 하는 짓이람! 이 나이에 벌써 일에 치여서… 으음, 아니지, 아니지. 내 나이가 원래 지금 한창 일할 때이긴 하잖아? 남자 나이 중년이면 이제 한창 사회에서…… 아, 이게 아닌데… 우~ 그런 게 아니구… 으아아~ 몰라몰라. 모르겠다."

'지금의 난 어디에다 기준을 맞춰야 하는 거지?'

제후는 자신의 비정상적인 생활과 혼란으로 얼굴을 한껏 찌푸리며 머리를 마구 흔들었다.

좀 복잡하긴 하지만 지금은 그 자신도 그리 심각하게 생각하지 않는 가벼운 혼란. 그러나 제후는 이것이 결코 작지 않은 어떤 사건의 신호일지도 모른다는 것을 지금 너무나 가볍게 흘려 버리고 있었다. 자신의 나이조차 어떤 것으로 생각해야 할지 모르는 혼란인 것을.

40대의 중년의 자아라고 하기에는 너무나 가볍고 순수한 민제후. 그렇다고 완벽한 십대의 자아라고 하기에는 너무나도 차갑고 냉정한, 때로는 소름 끼치도록 잔인해질 수도 있는 그런 무서운 눈을 가진 그.

지금의 제후는 40대의 중년인도, 10대의 소년도 아닌 어정쩡한 상태가 극으로 서서히 다가가고 있었다. 하지만 그때가 되면 과연 어떤 일이 벌어질지는 본인인 민제후를 포함해서 현재는 아무도 몰랐다. 알 수가 없다. 때가 되지 않고서는.

그러나 지금은 너무나 평화롭다. 민제후의 마음도, 밀레니엄 센터 별관 주변의 작은 정원의 분위기도. 아무것도 일어나지 않은 지금은 안락한 평화만이 가득했다. 끝까지, 마지막까지 이 평화로움이 계속되기만을 바랄 뿐이다.

"…현성우."

고요한 수면 같은 제후의 눈동자가 잔디 위에 누워 파란 하늘을 바라보며 하나의 단어를 중얼거렸다. 하나 그것은 단순하지 않은 이름. 그 이름 하나에 민제후의 온갖 고통과 상처가 집결해 있는 것이기에 이리도 담담하게 내뱉는 그 이름에서 느껴지는 의미는 남달랐다.

'이젠 성우의 이름을 생각해도 예전처럼 숨이 막히진 않는다. 물론 아직은 생각날 때마다 가슴 한가운데가 조금 아릿하긴 하지만, 적어도 예전처럼 그 이름 하나만으로도 죽일 듯한 분노가 치솟진 않아. 이제 진짜로… 잊어가는 것일까? 현성우, 그 녀석 지금 뭘 하며 살고 있을진 모르지만… 훗! 지금의 난 전생의 나나 복수엔 관심없으니까. 그리고 어쩌면……'

그것이 그 녀석과 나의 운명이었을지도 모르니까.

"그런데 왠지… 내가 아주 중요한 무언가를 놓치고 있는 듯한 이 느낌은 뭐지?"

또다시 긴 한숨과 함께 밀려오는 답답함.

제후는 하얀 조각구름이 둥실둥실 떠가는 파란 하늘을 멍하니 바라보며 점차 자기 혼자만의 생각 속으로 빠져들었다.

그는 박경덕이었을 때의 생(生)을 생각하기 시작하자 전생의 기억이 전보다 더욱더 불완전하다는 것을 깨달았다. 마치 구멍이 난 넝마처럼 여기저기 비어서 뿌옇게 변해 있는 기억들… 그리고 요새 계속해서 꾸게 되는 꿈속의 낯선 여자 아이도 계속해서 생각이 났다. 그러나 그럴 리는 없다. 여자라니…….

물론 기억의 공백이 간간이 조금씩 있다고는 하지만 그것은 경덕의 전 생애를 통틀어서 생각하자면 극히 일부분에 지나지 않는다. 또한 몇 년씩의 공백으로 비어 있는 것도 아닌, 마지막쯤에서 여기저기 물어뜯긴 것처럼 조금씩 사라진 기억들. 그렇기에 꿈속에서 보았던 그 소녀가 자신의 생 한 부분을 차지했을 가능성은 희박할 것으로 보였고, 요즘 꾸고 있는 꿈은 제후가 실제 가지고 있는 기억과 일치하지 않는 부분이 많기에 더욱 그 소녀가 자신의 전생에 현존했을 가능성은 없어 보였다. 하지만…….

제후가 잔디를 잡아뜯으며 손장난을 치다가 갑자기 벌떡 일어나 앉았다. 부드러운 금갈색 머리칼이 푸른 바람에 풍성히 흩날리며 햇살을 부순다.

'하지만 그렇다면 이 답답함은 뭐야? 게다가 생각날 듯 말 듯하며 떠오르지 않는 꿈속의 그 여자 아이의 얼굴과 이름은… 이씨!!'

자신의 전생의 기억에 의하면 여자 따윈 없었다. 성우와의 마찰과 배신도 파벌 간의 불화가 원인이었고, 자신은 사업 확장과 조직 운영에 불만을 품고 내몰린 것이었다. 여자 따윈 없었다!!

'그런데, 그런데 난 분명히 꿈속에서 그 여자애를 알고 있었고 이름도 불렀다. 기억은 나지 않지만…… 으아아~ 아냐아냐!! 꿈이니까. 꿈이니까 그런 건데, 이제 생각하지 말자!! 머리가 터질 것 같애. 그 꿈들은 내 기억들과도 다르잖아? 그래, 꿈에서 기억이 재구성되어 나타난 거야. 그 여자애는 현존 인물이 아니야. 별일 아냐.'

연녹색의 정원 한복판에서 어디에선가 날아 들어온 작은 산새가 기분 좋게 뽀로롱 지저귄다.

"별일 아냐… 아니야… 아무것도 아니야, 민제후."

제후가 자신에게 안심시키고 다짐하듯 계속 멍하니 바닥에 주저앉아 아니야를 연발했다. 꿈에서 깨고 나면 기억나지 않는 얼굴과 이름이건만, 그럼에도 그 생각만 하면 가슴이 저려오는 그것을 부정하고 있는 제후였다.

그런데 그때,

콰당—

정원의 뒤쪽, 별관의 외부 복도 쪽에서 들려온 작지 않은 금속성의 부딪침 소리.

'누구?

제후가 갑작스런 소음에 눈을 날카롭게 하여 고개를 획 돌렸다. 그러나 곧 고개를 돌리다 말고 크게 들이키는 숨!

민제후의 연갈색 눈동자가 휘둥그레지며 동공이 최대로 확대된다.

한낮의 화려한 햇살 아래로 나타난 그것은 녹색의 요정?!

아름다운 작은 정원 너머에 안개처럼 스며들듯이 나타난 그 요정은 나풀거리는 녹색의 님프 의상을 입고 활기 찬 에메랄드 빛 청록색 눈동자를 갖고 있는 소녀였다. 생기 넘치는 실버 블론드. 윤기 넘치는 빛나는 은빛 실타래가 구불구불 녹색의 짧은 드레스 위로 하염없이 흩어져 있었다. 햇빛 아래에 숨죽인 은은한 달빛 속삭임이랄까? 순간적으로 제후의 눈동자에 들어온 소녀의 모습은 정말 하나의 요정이었다.

도무지 인간이라고 생각되지 않을 정도의 신화(神話) 속의 순수한 자연의 정령…

　아름다움도 아름다움이었으나 마치 사라질듯 아스라이 빛나는 투명한 피부와 달빛을 녹여낸 듯한 은빛 머릿결은 손에 잡히면 신기루처럼 사라질 듯한 그림이었다. 유리꽃 한예지와는 또 다른 느낌을 일깨우는 천상의 아름다움!

　제후는 고개를 돌리다 그것에 숨을 들이켰다. 그러나 진정으로 놀란 것은 그것 때문만이 아니고…

　'저 얼굴……!'

　멍하니 주춤거리며 서 있던 제후는 눈앞에 환상처럼 서 있는 녹색 요정에게서 시선을 떼지 못한 채 조금씩 조금씩 손을 뻗는 것처럼 팔을 들었다. 그리고 쉰 듯한 음성으로 간신히 내뱉는 말.

　커다랗게 확장된 동그란 민제후의 두 눈에서 투명한 액체가 흘러넘쳤다.

　"혜… 혜서……?"

　'저것은 꿈속의 그 여자 아이의 얼굴. 그 소녀의 슬픈 눈.'

　꿈인가?

　그래, 꿈이구나. 꿈이다. 아주 지독한 꿈. 아니면 환상이겠지. 지겹게… 아주 지겹게도 또다시 되풀이되고 있다. 꿈과 현실이 뒤섞이고 있어. 슬픔과 기쁨도 뒤섞이고 있다. 그럼 이 뒤로는 다시 내가 죽는 모습이 보여지게 되는 걸까? 내가 입에서 피를 쏟으며 아스팔트 위로 고꾸라지는 모습을 다시금 잔인하게 보여줄까? 부랑자가 되어 증오에 몸부림치는 추한 그 모습을.

　'가슴이 아파… 너무 아파……. 보이지 않는 검은 손이 내 심장이

틀어쥐고 있어서 숨을 쉴 수가 없어! 저 얼굴은, 자세히는 잘 모르겠지만 저 여자는…….'

정신적인 쇼크가 큰 탓인지 제후의 얼굴이 보기에도 애처로울 정도로 일그러지며 자세가 흐트러졌다.

'나의 상처!!'

"윤혜서……!"

제후는 순간 비틀거리는 자신의 입에서 낯선 여자의 이름이 튀어나오고 있다는 것을 자각하지 못했다. 그리고 곧 민제후는 상처로 얼룩진 눈을 하고서 그 아름다운 녹색의 요정에게 손을 뻗으며 그녀를 놓칠까 봐 무섭다는 듯 숨 막히게, 안타깝게 비명처럼 부르짖었다.

"혜. 서. 야—!!"

*　　　　*　　　　*

내 이름은 '마리안'.

한국 이름은 '채마리'.

이름에서 느껴지는 느낌으로도 그렇지만 실제로도 난 완벽한 토종 한국인은 아니다. 한국인 아버지와 외국계 어머니를 가진 혼혈아. 머리 색도 눈동자 색도 한국 사람들과는 판이하게 다른 색을 가지고 있는 혼혈이다. 피가 섞였다는 거, 한국에서는 외국인과 피가 섞인 혼혈에 대해서는 별로 좋은 시선이 아니기 때문에 좀 힘든 감이 있다. 신기하게 쳐다보거나 거부감을 보이거나.

뭐, 나도 거울을 빤히 쳐다보다 보면 이해가 안 가는 것은 아니다. 한국인의 검은 머리와 검은 눈동자가 아니라 그 반대의 색이라고 할 수 있는 은색 머리칼. 언뜻 보면 그냥 하얀 백발처럼 보이기도 하는 머리 색. 어릴 때부터 벌써 할머니처럼 하얀 머리라고 손가락질을 받는 것은 별로 유쾌한 일이 아니었다(특히 같은 또래의 여자애들의 쑥덕거림이 심했다. 남자애들은 항상 황홀한 듯 쳐다봤지만 남자에게 관심은 없었으니까 별로 기분이 좋아지진 않았다).

눈동자 색도 수많은 한국 사람들처럼 짙은 색이 아니라 녹색인지 파란색인지 헷갈리는 청록색이니. 그래서 난 어린 시절부터 줄곧 내 자신의 외모에 대해서 말하는 것에 대해 콤플렉스를 가지게 되었다. 평범한 보통 여자 아이처럼 생겼으면 좋았을 텐데… 라고.

그나마 좀 나은 것은 눈, 코, 입까지 외국인처럼 생기지는 않았다는 것이다. 얼굴 생김새는 오밀조밀하게 한국 사람의 분위기를 갖고 있다는 것이 얼마나 다행인지 모른다. 외국 여자들처럼 코 크고, 입 크면…

"으~ 싫어."

어쩌다 보니 내 외모 이야기로만 복잡한 생각을 하게 되었네. 이게 다 그 변태 이사 때문이다.

'그래! 지금은 내 얼굴이 한국에서 환상적인 분위기로 인기가 높다는 건 알아! 안다고! 하지만 그렇다고 이젠 그런 중년 변태까지 꼬이다니… 으으으~ 그 소름 끼치는 물고기눈 하며… 그런데도 다소곳이 얌전 빼고 있어야 해?!'

지금의 생활에 크게 불만이 있는 건 아니다. 아까 포스터 촬영 준비를 하다가 만난 그런 변태 이사 같은 것들만 없다면.

이 세계는 대중의 인기를 먹고 사는 연예인들에게 돈과 권력, 그리고 성공을 미끼로 걸어오는 유혹— '찝쩍거림', 또는 고상하게는 '수작'이라고도 표현한다—이 생각보다 엄청 많다. 나는 모델 겸 가수로 연예인이 된 지 일 년이 채 안 되는 신인 중의 신인이지만 다른 연예인 소녀들보다 독특한 외모 덕분인지 그런 수작들이 벌써 몇 번째인지… 세기도 귀찮을 정도다.

물론 이번에 끈적이는 시선으로 내 온몸을 훑던 그 '장태현'이라는 중역은 좀 힘든 상대이긴 하다. 성전그룹에서 무시할 수 없는 영향력을 지닌 인물이라고 겁을 주던 매니저가 생각이 났다. 더군다나 공식적으로는 깨끗하나 은근히 입소문으로 맴도는 장태현 이사의 지저분한 루머들은 촬영 전날부터 긴장하게 만들었다. 그러나 매니저는 약간은 기대하는 투로 그 사람과 스캔들이 있던 여배우들은 크게 성공한 사례도 많았다고 날 떠보기도 했기에 난 더욱 경계하게 되었다.

저 망할 놈의 매니저가!!

또한 솔직히 직접 만나보고 나서는 그 인물에게선 그런 배경보다 그 길게 찢어진 섬뜩한 물고기 눈매에 겁이 좀 나긴 났었다. 수틀리면 신인 가수 한 명 정도는 철저하게 망가뜨릴 수 있고, 또 그렇게 매장시켜버리는 건 그 장태현 이사에겐 일도 아니라는 걸 그 아저씨의 징그러운 눈에서 직접 느낄 수 있었으니까. '마리안'의 소속사가 성전 계열사가 아니었더라도 말이다.

'흥! 그래도 변태는 변태일 뿐이잖아!'

"하지만… 음, 그렇게 생각해 보면 성전그룹 총수보다야 좀 낫군. 오늘 성전그룹의 총수인지 뭔지가 구경 나온다고 해서 잔뜩 긴장했었는데… 어떤 늙은 영감탱이(?)인진 몰라도 이사가 아니라 총수가 위협을 해왔다면 꼼짝달싹할 수 없었을 거야. 이사가 그 모양인 걸 보니 성전 총수도 변태 늙다리임이 틀림없어!"

나는 매니저와 그 이사라는 아저씨를 남겨두고 분장실로 빠져나와 의상을 입으며 경멸감으로 눈을 빛냈다.

열여섯이란 내 나이 따위는 안중에도 없다니… 오히려 어려서 더 좋다는 식으로 나오는 그런 인간들을 보면 소름이 쫙 돋는다.

"변태, 변태, 변태들! 성전그룹 총수고 이사고 다 변태들이얏!!"

아직 만나본 적은 없지만, 생각하면 생각할수록 끔찍한 느낌을 주는 그 망할 놈의 변태 이사와 별다를 바가 없을 총수 영감탱이(?)까지 싸잡아서 고래고래 소리 질러 욕했다. 방음이 잘 되어 있어서 다행이다.

연예인이 된 것은 언제고 시작했을 자신의 길이었기에 만족하고 있다. 다만 노래를 하고 싶었을 뿐인데 이리저리 끌려 다니면서 인형처럼 웃어야 되고 사진까지 찍어야 된다는 것이 좀 힘들지만 말이다. 노래를 부른다는 것은 즐거운 일이다. 노래하고 있을 때는 내 자신이 공기 속에 녹아드는 것 같은 즐거운 환상에 빠지게 되니까.

'그래, 좀 더 많은 사람들 앞에서 노래하기 위해서라면…….'

나는 의상을 모두 갖춰 입고 거울에서 머리와 옷매무새를 점검하며 생긋 웃어 보았다. 거울 속에 아름다운 녹색의 요정, 그리스 신화 속에 나오는 활달한 님프 소녀가 환상처럼 웃고 있었다.

태양의 사랑을 받은, 태양신 아폴론의 연인.

하신(河神) 페네이오스의 아름다운 딸, 녹색 생명력의 님프 다프네(Daphne)!

나풀거리는 연녹색의 짧은 님프의 드레스 위로 달빛 폭포수 같은 실버 블론드가 허리까지 찰랑이며 흘러내려 있다. 그리고 그 속에 에메랄드를 박아놓은 듯한 오목조목한 이목구비 속에 빛나는 커다란 청록색 눈동자가 존재한다. 그녀는 완벽한 다프네, 그 자체!

바로 이번의 촬영 이미지인 「신화(神話)」가 그곳에 있었다.

"아아~ 바람이나 좀 쐬고 와야겠다. 여긴 왜 이렇게 조명들이 다
뜨거워?"

그러나 거울 속의 청초한 다프네는 숲을 뛰어 다니는 님프의 모습으
로 현신하고서도 얼굴을 찌푸리며 손으로 그 긴 달빛 폭포수 같은 머
리칼을 엉망으로 흐트러뜨렸다. 모습은 아름다운 님프이나 장난꾸러
기 같은 행동.

촬영 의상이기에 조금은 노출적이고 하늘하늘한 소재의 옷감이 유
혹적으로 몸을 감싸고 있었으나 나는 용감하게 분장실을 나서서 근처
수목 정원으로 씩씩하게 걸음을 옮겼다.

"하아~ 가도 가도 끝이 없는 것 같네? 역시 성전 밀레니엄 센터에
대한 소문이 전부 허황된 것은 아니었구나. 이 회사 주인은 도대체 어
떤 사람일까?"

나는 조금 전까지 변태 늙은이일 것이라고 욕을 하던 성전그룹의 신
비의 총수에 대해 호기심이 일어나는 것을 알았다. 이렇게 거대하고
웅장한, 그리고 아름다운 하나의 세계를 이끌어가는 위인이라면 평범
할 것 같지 않았다. 게다가 최근엔 뉴스를 비롯한 각종 매체에서 이번
에 새로이 시작된 성전그룹의 사업과 프로젝트를 입에 침이 마르고 닳
도록 칭찬하며 띄워주고 있기에, 또 직접 눈으로 바라보는 성전(聖殿)
의 그 어마어마한 규모에 질려서 다가오는 위압감과 그것에 의해 머리
드는 호기심.

'아마 분명히 머리가 하얗게 샌 쭈글쭈글한 할아방구겠지만 그래도
대단한 노인네일 거야. 아! 어쩌면 배 나온 대머리 아저씨일 수도 있겠
군. 여태껏 만나본 기업체의 높은 사람들은 표준 스타일이 모두 그것
들이었으니.'

　물론 장태현 이사는 그 두 가지에서 예외였지만 로리타 중년 변태벌 레니까 제쳐 두고.

　"어?"

　그때 난 너무나 아기자기하고 예쁘게 꾸며놓은 숲 속 같은 수목 정원을 돌아다니다 어떤 신비한 느낌에 이끌려 시선을 돌려서 어딘가를 바라보게 되었다. 의식하지 않고 지나가려 해도 무심할 수가 없는 어떤 강렬한 기운에 고개가 저절로 돌아갔다. 햇빛은 눈을 감고 있어도 밝음과 따뜻함이 느껴지는 것처럼, 바람은 보이지 않아도 피부에 부딪치는 무형의 힘의 크기를 알 수 있는 것처럼 너무나 자연스럽고 당연하게 느끼게 되는 강렬한 에너지.

　사람을 끌어당기는 마력(魔力).

　그 에너지가 밀집되어 있는 곳에 존재하고 있는 것은…

　'남자애?'

　낯선 남자 아이가 있다. 옆모습만 보였으나 단정한 얼굴 선과 태양을 이고 있는 것처럼 햇살을 지배하며 빛나는 금갈색 머리칼, 그리고 또 그 밑으로 반짝이는 것은 그 끝이 보이지 않는 깊고 깊은 수렁 같은 눈… 심연의 눈…….

　나는 그것을 한동안 멍하니 쳐다보며 이렇게 생각했다.

　깊은 강이 소리없이 흐른다고 하지. 그렇게 따진다면 저 남자 아이는 그중에서도 정말로 깊고 깊은 강일 것이다. 아마도 내가 지금 상상하는 것보다 훨씬 더 깊은.

　콰당―

　'아코코코! 아~ 아파라~'

　처음으로 누군가를 몰래 훔쳐보고 있다는 것에 대해 당황한 탓일까?

어색하게 주춤주춤하다가 그만 쓰레기통을 발로 걷어찬 꼴이 되고 말
았다. 무릎에 느껴지는 통증에 방송 이미지고 뭐고 간에 다 날려 버리
고 한 발로 깡충깡충 뛰었다. 그런데 문제는 이 소란통에 그 남자애를
몰래 훔쳐보던 걸 들켰을 것 같다는…….

　“…….”

　“…….”

　…들켰다.

　서로 눈이 딱 마주치고 말았다. 어쩔 수 없이 이럴 땐 웃어줘야지.
설마 웃는 얼굴에 침 뱉겠어? 나 특별히 잘못한 것 없는데 뭐.

　저기, 저… 안녕?

　“혜… 혜서……?”

　혜서?

　“윤혜서……!”

　‘누구? …설마 나?’

　나는 내가 보여줄 수 있는 최고의 호의적인 미소를 보여주며 안녕이
라고 인사하려다 갑자기 상대방 남자애가 눈을 동그랗게 뜨고 부르는
것을 보고 어리벙벙해졌다. 주변을 순식간에 샅샅이 둘러보았으나 나
말고는 아무도 없는데.

　하지만 그 남자애는 그 깊은 눈에서 눈물을 주룩주룩 흘리며 처음
듣는 이름으로 나를 부른다.

　“혜.서.야—!!”

제4장 **마리안**(Marian)

파라락!

"이건 도대체 어떤 미친놈이야?"

테이블 위로 수십 개의 편지지와 봉투가 내던져지자 종이들이 어지럽게 날려 흩어진다. 그리고 그 어수선한 분위기 사이로 들려오는 골치 아프다는 목소리.

그러나 바닥에 구겨져서 엉망으로 떨어져 있는 편지들은 얼핏 보기엔 보통의 팬레터로 보였다. 하나하나가 모두 노랑, 연두, 분홍색 등 예쁜 꽃봉투였고, 그 안의 종이들도 예쁘게 접어 정성껏 봉한 듯한 팬레터. 그런데 방금 그 편지들을 짜증난다는 음색으로 던져 버린 사람은 예쁘게 보내온 그 편지들을 끔찍하다는 듯 얼굴을 일그러뜨리며 발로 구석으로 밀어버린다. 이상한 일이 아닐 수 없다. 예쁜 것을 보고 알레르기 반응을 일으키는 사람은 없을 터인데.

　물론 그 편지들에게서 보통의 팬레터와 다른 점이 있다면 글자들이 자필이 아니라 컴퓨터에서 출력된 문자라는 것이 조금 남달랐지만 깔끔한 이미지를 위해서 그렇게 편지를 쓰는 사람도 있기에 그리 이상할 것도 없었다.

　"같은 놈이지?"

　"…모르지."

　그때 그 옆에서 업무를 보고 있던 또 다른 남자 직원이 다가와서 묻는다. 그리 고급스럽지 않은 편안한 양복을 입었으나 그 두 명의 남자가 서니 이상하게 그림이 되었다. 외모는 둘 다 평범한 얼굴. 그냥 '젊은이들'이라고 표현하기에 딱 좋은 부담없는 인상들이다. 굳이 구별하자면 이상한 괴편지들로 화를 내던 남자는 얼굴이 조금 각이 져서 딱딱한 인상을 준다는 것이고, 다른 한쪽은 그보다는 조금 부드러운 인상으로 넉살 좋게, 사람 좋게 생겼다는 것만이 조금 달랐다. 그러나 그 두 남자가 그림이 되는 이유는 외적인 눈요깃거리보다는 그들 내적인 곳에서 흘러나오는 기운 탓으로 보인다. 일하는 남자가 아름답다는 한때의 CF 광고처럼. 이들에게 딱 어울리는 말이 아닌가.

　어쨌든 그 두 사람 중 처음에 편지 뭉치들을 내던졌던 남자가 피곤하다는 듯이 손바닥으로 얼굴을 문지르면서 곧 흐리멍덩하게 대답하자 사람 좋아 보인다는 소리 좀 들었을 법한 청년이 책상 위에 걸터앉으며 가볍게 말을 받는다.

　"흠… 좀 성가시긴 하지만 우리 마리안 양의 인기가 너무 좋아서 그 인기값을 좀 톡톡히 치른다고 생각하자고. 나도 저번에 편지 속에 면도날이 들어 있는 걸 모르고 뜯었다가 정말 큰일 날 뻔했었어. 조금 심한 감도 있지만 원래 스타를 관리하다 보면 이런저런 일들이 많은 법이잖아."

"면도날? 허~ 그때는 그래도 좀 정상적인 방법이었군 그래."

남자는 같은 매니지먼트 소속사에서 동료 직원으로 일하는 친구가 다가와 어깨를 두드리자 입술을 비틀었다.

"그 정도로 끝났다면 그건 그놈이 보낸 게 아니었을지도 몰라. 다른 팬이었겠지. 아니면 그놈이 그날은 기분이 좋아서 사이코 변태 짓거리를 잠시 휴업하고 일시적으로 정상인 흉내를 냈던가."

"그 정도… 야?"

"그래."

남자의 무감동한 평이한 목소리가 울리자 자세히는 잘 모르지만 그 수준이 짐작이 되는 것인지 말을 걸던 동료도 얼굴이 굳어졌다. 이러다간 자신들이 관리하는 스타에게 직접적으로 스토커 위협이 전해질지도 모른다.

"역시 경찰에 신고해야 할까?"

"김지선 씨, 저쪽에 있는 편지와 물건들은 사람을 시켜서 깨끗하게 소각시키도록 해요. 그리고 무엇보다도 보안에 신경 쓰도록 하고."

"네. 알겠습니다, 실장님."

신고를 들먹이자 딱딱한 인상의 남자가 그 말을 무시하며 여직원을 부른다.

"이봐. 너, 지금 무슨 짓이야! 미쳤어? 정말 네 말대로 문제가 심각하다면 수사하는 데 증거물이 될 텐데 그걸 지금 없애 버리겠다니!"

"알려져서 좋을 거 없어. 이번에 어렵게 성전그룹 영상 사업 모델로 발탁되었는데 그런 스캔들이 좋은 영향을 끼칠 것 같아? 마리안의 이미지는 '순수'와 '신비'야. 그 이미지를 만들기 위해서 내가 얼마나 노력했는지 너도 알잖아. 아무것도 아닌 애를 픽업해서 여기까지 키워 놓은 게 거저 된 건 줄 아냐고!"

조금 강하게 반대를 하고 나서자 실장이라고 불린 남자가 빠르지 않게, 냉정하게 말했다.

"어차피 이런 애들은 소모품이야."

그러나 감정이 너무 없어 차갑다는 느낌조차 들지 않았다. 당연하다고까지 느끼게 만드는 평상시의 음성일 뿐. 특별한 이야기도 아니고 아침에 일어나 세수하고 이를 닦는 것처럼 너무나 당연한 것을 말하는 듯 별 감흥 없는 목소리다.

그런 그가 자신과 마주 보고 있던 친구이자 동료를 스치고 지나가 쌓여 있는 일거리 중 하나를 집어 들어 서류 몇 장을 건성으로 들고 살 피며 말을 잇는다.

"대중에게 환상을 보여주지 못하는 스타는 상품 가치가 없어. 그건 우리에게 더 이상 필요없어진다는 뜻이야. 인기있을 때 앞뒤 가리지 말고 밀어붙여야 해. 그러니 너도 이번엔 냄새 잘 맡는 기자들 특별히 잘 단속하도록 하고."

'…응?'

팔랑팔랑 넘어가는 종이 소리만이 귓가를 스치고, 아무런 대답 없이 너무 조용하다 싶자 그가 들고 있던 서류철에서 눈을 들어 고개를 돌 렸다.

뭐라고 대답 하나 정도는 나올 줄 알았는데.

"쿡! 결국 그 편지들도 마리안이 걱정돼서 그런 건 아니었군. 어릴 때부터 알고는 있었지만, 너 정말로 냉혹하다. 아아~ 알았어, 알았다 고. 그렇게 무섭게 쳐다보지 마. 난 힘없는 말단 직원이야. 살려줘~"

일부러 돌린 시야로 조금은 책망하는 듯한 얼굴로 중얼거리는 녀석을 볼 수 있었다. 하지만 남자가 조금 가늘게 실눈을 뜨자 그 친구는 환하게 웃으며 개구쟁이 표정으로 두 손을 과장되게 흔든다.

"게다가 난 인기 떨어질 염려도 없고 스타도 아니니까… 설마 나까지 내버리진 않을 거지? 응?"

'훗! 말속에 뼈가 들었군.'

그런데 그런 말을 생글생글 웃으며 할 수 있다는 것이 놀랍다. 양손의 검지손가락으로 얼굴을 가리키며 귀여운 척하면서, 마치 장난치듯이.

진짜 무서운 것은 자신보다 더욱 속내를 알 수 없는 저놈이라고 생각하는 실장이었다. 그리고 또한 직장 동료이자 죽마고우로서 해주고 싶은 한마디는…

'징.그.럽.다, 자식아.'

한데 그때였다. 갑자기 그 두 남자들이 대화하는 공간에 전혀 새로운 낯선 목소리가 끼어들었다.

"호오~ 누가 누굴 버린다고요?"

'하이에나, 권인욱 기자?!'

"이거이거, 어디선가 특종의 냄새가 나는데? 후후후, 채마리 양을 비롯하여 현재 최고의 인기를 누리는 스타들을 발굴해 이 바닥에서 독야청청 거칠 것 없이 질주하는 「N-씨너기획」… 그리고 그 「N-씨너기획」에서 내세우는 두 명의 최고 기획자들이 머리를 맞대고 뭔가 심각한 토의를 한다라……. 하하하, 재미있는데요? 스타 사업에 뛰어들어 단번에 정상을 탈환한 그 두 명의 젊은이들이 이번엔 대체 무슨 꿍꿍이를 벌이고 계신 걸까?"

"아니~ 이게 누구야~!! 권 기자님 아니세요? 하하하, 잘 지내셨습니까? 정말 오랜만에 뵙는 것 같은데요?”

악수를 청하며 다가서는 넉살 좋은 청년.

하지만 권 기자는 그 인상이 부드러운 청년이 다가오자 노골적으로 경계의 빛을 띠며 한쪽 볼에 가늘게 경련을 일으킨다. 옛날에 이 청년에게 돈이라도 떼인 걸까?

“이번엔 얼렁뚱땅 못 넘어갑니다, 이우진 씨.”

“권 기자님도 참. 제가 무슨 힘이 있나요. 전 여기 「N-씨너기획」의 말단 직원일 뿐인걸요. 아하하하하!”

그 서글서글하고 넉살 좋은 청년을 이우진이라고 부르며 나타난 권인욱이란 기자는 동그란 색안경을 걸쳐 쓰고 수염을 적당히 길러 예술가처럼 보이는 사람이었다. 그런데 그런 사람이 지금 이우진의 붙임성 좋은 말투에 피식 실소를 내뱉으며 적대적이지는 않지만 그렇다고 그다지 호의적이지도 않은 반응을 보이면서 말을 이었다.

“이우진 씨가 말단 직원이요? 후후후, 「N-씨너기획」에서 통곡할 일이겠군요. 진심으로 그렇게 생각하는 건 아니겠죠, 마이더스의 한 손, 이.우.진. 씨?”

여기에서 어떻게 나올 것인가?

무례함에 화를 낼 것인가, 난처함에 쩔쩔맬 것인가?

권인욱 기자는 부처님 손바닥도 가지고 논다는 이우진이라는 청년을 바라보며 다음에 나타날 반응을 흥미롭게 지켜보고 있었다. 자신도 예전에 몇 차례 그의 허술하면서도 이상한 페이스에 말려들어 특종을 놓치고 분통을 터뜨린 게 기억났다. 그것에 비하면 이번 자신의 도발은 너무나 약했지만 적어도 이 말에 긍정하든 부인하든 그가 내뱉을 대답은 이번에 성전그룹 산하로 들어가 비약적으로 성장하고 있는 「N-

씨너기획」에서의 '이우진'이라는 인물의 입지가 어느 정도인지 짐작할 수 있게 할 것이다. 전면에 나서고 있는 「N-씨너기획」의 실장 문기현을 잘 알리려면 이우진을 빼놓으면 일이 안 되니까.

권 기자는 그런 생각에 자못 흐뭇한 표정을 입가에 띠었다. 그러나 그가 한 가지 생각 못한 것이 있었으니…

"저기, 근데요… 저 말단 직원 맞거든요?"

이것이 이우진이 생긋 웃으며 권 기자를 가리키며 한 대답이었다.

그리고 그 순간, 한쪽에서 문기현 실장이 죽마고우의 대답에 무엇을 힘들게 참고 있는지 불쌍하게도 서류에 얼굴을 박고 떨고 있는 뒷모습을 보여주고 있었다.

권 기자의 얼굴이 완전히 물먹은 표정으로 돌변했지만 이우진은 그 얼굴을 봤는지 못 봤는지 투덜투덜 푸념을 늘어놓기 시작했다.

"직책이 없잖아요, 직책이. 그렇잖아요, 권 기자님? 기현이 놈이야 실장이라는 번듯한 자리 하나 떡~하니 꿰차고 있지만, 나야 뭐 어디에 운전 기사가 부족하네~ 하면 달려가서 운전해 주고, 이놈이 복사 좀 해와라, 커피 좀 타와라 하면 또 쪼로로 달려가서 복사해 주고 커피 타주고밖에 하는 일이 없답니다. 하아아~ 하지만 드.러.버.도. 먹고 살려면 어쩔 수 없지 않겠습니까? 그죠? 그죠? 권 기자님은 그렇게 생각 안 하시나요?"

권인욱 기자가 이우진의 말에 마땅히 대답할 말이 떠오르지 않는지 입만 뻐끔거리고 있었다. 그게 아닌 것 같은데 이우진이라는 청년의 말을 들으면 어쩐지 할 말을 잃고 입을 다물게 된다. 그 와중에도 속으로는 '이게 아닌데… 아닌데…'를 외치며 머리털을 쥐어뜯고 있지만 결국에는 그렇게 되고 마는 것이다. 도대체 왜 저 허술한 분위기로 매번 끌려들어 가는지 미치고 환장할 뿐이다.

"게다가 아까 얘기요? 별거 아니었는데. 뭐, 굳이 설명해 달라고 하시면야… 글쎄, 기현이 저놈이 말입니다……."

그러나 의외로 그 순간 이우진이 자신이 냄새를 맡은 일에 대해 스스로 입을 열자 권 기자의 얼굴색이 확 바뀌며 눈을 번쩍였다. 기현도 마찬가지였다.

도대체 무슨…

"남자가 생겼다네요!"

"푸웃!!"

웃음을 참다가 겨우 진정이 되자 커피나 한잔 마시려고 했던 기현은 이우진의 충격 발언에 입에 넣었던 내용물을 뿜어내고야 말았다.

"아니, 세상에~ 이 세상에 예쁘고 늘씬한 쭉쭉빵빵 낭자들이 얼마나 많습니까? 아, 권 기자님은 연예계를 두 손에 움켜쥐고 있으니 더 잘 아시겠네요. 이 세상에 얼마나 예쁜 언니(?)들이 많은지 말입니다. 그런데 금단의 사랑이라니……."

"이우진 씨, 지금 저를 놀리시는 겁니까!"

"아, 벌써 시간이 이렇게 되었네? 많이 늦긴 했지만 여기 이 말단 직원, 일하느라 바빠서 아직 점심 끼니도 챙겨 먹지 못했군요. 권 기자님도 저랑 같이 가셔서 식사나 하시죠. 좀 이른 저녁이라고 생각하시면 될 것 같은데. 그리고 저와 식사하시면서 이 연예계에 얼마나 어여쁘고 아리땁고 섹시함까지 두루 갖춘 튼실한 낭자들이 많은지 토론 좀 하시고요."

어서 빨리 사무실에서 내보내고 싶은지 친한 척 어깨동무까지 해가며 은근슬쩍 권 기자를 끌어내는 우진을 바라보면서 문기현은 피식피식 웃음 지으면서도 약간은 복잡한 마음이 되었다.

이우진. 자신의 친구이지만 해를 거듭해 갈수록 정말 모를 녀석.

"아니, 됐습니다. 난 그보다……."

"좋습니다. 이번엔 제가 선심 좀 쓰죠. 권 기자님이 관심있어하실 좋은 정보와 자료, 제공해 드리겠습니다."

갑자기 진지하게 변하는 이우진의 눈빛. 같은 인물인데도 분위기를 달리해서 진지하게 말하자 매섭기까지 하다. 그리고 믿음을 주는 태도. 그것에 깐깐하기로 유명한 권인욱 기자마저 수긍하는 눈치를 보인다.

'우진이 녀석, 얼렁뚱땅 하는 듯하면서도 할 일은 다 알아서 해낸다니까. 훗.'

"자자~ 그럼 우선 이야기가 길어질 것 같으니 자리를 옮깁시다~! 아참! 권 기자님, 혹시나 노파심에서 드리는 말씀입니다만, 저놈하고 같이 붙어 다닌다고 해서 저까지 남.자. 취.향.으로 보시면 아니 되십니다. 하히하하~"

"푸웃—!"

다시 커피잔을 기울이다가 멀리서 들려오는 우진의 웃음소리에 기현은 삼키기 직전의 커피를 다시 쏟고야 말았다.

저놈의 자식이!

똑! 똑!

"뭐야? 우진이 형이 오늘 또 한 건 해결한 거야? 옛날부터 저 형은 정말 웃기다니깐."

"승현아!"

그때 우진과 권 기자의 정신없는 퇴장으로 인해 이미 열려진 사무실

문에 한 소년이 노크하며 들어섰다. 기현은 사무실로 들어서는 그 소년의 얼굴을 보고는 뜻밖에도 그 냉랭함을 버리고 반색을 하며 그 아이를 반겼다. 누구……?

"어서 와. 네가 여기까지 웬일이냐?"

"답답해서 놀러 왔어."

가느다란 모발의 옆 가르마, 그리고 무심해 보이는 얼굴 한가운데에 자리 잡고 있는 무심한 회색 빛 눈동자. 학교에서 바로 왔는지 사립학교 교복 차림의 그 모습이 더욱 신선하게 느껴졌다.

피식 웃는 그 얼굴은… 문승현이었다.

*   *   *

"혜서? 너, 지금 날보고 하는 말이니?"

"응?"

'이상하다. 내가 저 아일 알았나?

제후가 갑자기 퍼뜩 든 정신에 어리둥절해져서 멍하니 상대방을 바라보았다.

녹색 요정이 다가와서 자기 앞에 쭈그리고 앉아 빤히 쳐다보며 뭔가를 묻고 있다. 그 은빛 폭포수 같은 머리 타래가 고개를 숙이자 앞으로 쏟아졌다. 아니, 그보다…

'청록색 눈동자? 예, 예쁘다!

한국에서는 낯선 눈동자 색깔, 그리고 신기한 색깔이라는 것을 둘째로 친다 하더라도 너무나 예쁜 눈.

"야, 임마! 혜서가 누구냐니까?"

‘에? 엄… 엄마?!’

제후는 너무나 예쁜 눈의 응시에 넋을 잃고 쳐다보다 느닷없이 들려온 거친 말투에 말문이 막혔다.

설마… 이 상소리가 내 앞에 있는 이 요정이 내뱉은 소린 아니겠지? 아하하하…….

“너, 지금 내 말 씹냐?”

컬럭.

환상에 쩍쩍 금이 가더니 와장창 무너져 내렸다. 하지만 그 녹색 요정은 패닉 상태에 빠진 제후를 아랑곳하지 않고 이번엔 민제후의 어깨를 짤짤짤 흔들어대며 아주 적극적으로 돌진해 온다.

‘아니, 이 여자가 미쳤나… 우어어어어~’

“윤혜서가 누구야? 나 닮았니? 예뻐? 나보다 더 예뻐?”

제후는 마치 얼굴이 맞닿을 듯이 바짝 다가온 요정의 얼굴에 슬금슬금 뒤로 물러나며 얼굴을 붉히면서 복잡한 머리 속을 더듬었다. 그 소녀의 달빛 머리카락이 바람에 날려 제후의 코를 간지럽혔다.

그런데 왜 이렇게 남의 일에 관심이 많은 거야?!

“…모르겠는데.”

“뭐?”

“잘 기억이 안 나. 이름밖에 모르겠어.”

정말이다. 기억 안 난다, 꿈에서 본 단편적인 영상들밖에는.

윤혜서? 꿈속의 그 여자애 이름이 윤혜서였나 보구나. 혜서라는 이름이었어.

이상하게 그 이름만으로도 가슴 저미는 슬픈 이름. 그런데 이름과 얼굴이 기억이 났다고는 하지만 솔직히 실제로 실존 인물인지도 애매

모호한 인물에 대해선 정말 할 말이 없다.

제후는 여전히 쭈그리고 앉아 턱을 괴고 자신을 빤히 바라보는 그 요정 소녀를 다시 한 번 힐끔 바라보았다. 그러자 신기한 것을 쳐다보듯 자신을 찬찬히 관찰하는 천진한 얼굴이 눈에 들어온다. 확실히 자신의 꿈속에 나타난 그녀와 닮긴 닮았다. 제후는 그것만큼은 가슴속으로 마지못해 인정할 수밖에 없었다.

순수해 보이는 동그란 눈, 서구의 미인상처럼 날카롭고 오뚝하진 않지만 작고 둥글게 생긴 귀여운 낮은 코, 앵두처럼 새빨갛진 않지만 오밀조밀한 느낌을 주는 아담한 입술.

윤혜서라는 슬픈 눈을 한 그녀와 정말로 닮은 얼굴이다. 순간적으로 이 아이가 혜서라고 착각했을 만한 비슷한 느낌.

하지만 그녀는 이 요정 소녀와는 달리 검은 머리, 검은 눈을 가진 평범한 여자였다. 게다가 그녀는 제후의 눈앞에 자리하고 있는 이 소녀처럼 결코 화려하지 않았고, 사람의 혼을 빼내갈 정도로 아름답지도, 이렇게 매혹적이지도 않았다. 더군다나 그녀는 이렇게 거침없이 말하거나 표현하지도 않았던 것 같다. 비록 꿈일 뿐이고 많은 장면들이 기억나지는 않지만 혜서는 항상 조용했고, 꿈속의 내가 무어라 재촉하거나 걱정하면 말없이 웃으며 고개를 끄덕일 뿐이었다. 비록 꿈속의 인물이지만 그녀는 그런 여자였다.

그런데,

"너, 또라이지?"

"엑?"

그때 가라앉은 눈빛으로 생각에 잠겨 들어가던 제후는 갑작스레 툭 던져진 깨끗한 목소리에 현실로 퍼뜩 돌아왔다.

‘컥! 또, 또라이?!’

말하는 것만 들으면 완전 생날라리 여학생 같은데 상대의 얼굴을 보니 그 큰 눈을 깜박이며 순진한 표정으로 중얼거리는 폼이 특별히 악의가 있다거나 일부러 무시하려는 태도는 아닌 것 같다. 그렇다면, 믿을 수 없지만 혹시 이것이 그냥 일상의 말버릇이라는 소리… 는 아니겠지? 아하하…….

어찌해야 할지 몰라 당황한 소년은 화려한 겉모습과는 달리 때묻지 않은 들꽃 같은 녹색 요정 소녀를 보며 두 눈을 소처럼 끔벅였다.

“또라이가 아니면 멍충이던가. 그렇지 않다면 잘 모르는 여자 이름을 부르면서 어떻게 닭똥 같은 눈물을 그렇게 뚝뚝 흘려? 하여간~ 요즘 남자애들은 너무 약해 빠져서 탈이라니까.”

‘약… 약해?’

물론 지금의 그의 육체는 여리여리해 보이고 바쁜 학교 생활과 회사 업무 때문에 운동도 예전보다 많이 하고 있진 못하지만, 아무리 그래도 썩어도 준치라 했거늘. 제후는 자신에게 남자가 돼서 약해 빠졌다는 소리에 어이가 없어져 피식 웃고 말았다.

자신의 꿈속의 여인인 윤혜서와 닮았다는 것도 이유가 되었지만 한국 사람의 검은 머리, 검은 눈동자가 아닌 결코 쉽게 볼 수 없는 허리를 넘는 긴 은빛 머리칼과 보석 같은 청록색 눈동자에 매혹되어 어쩌다 보니 말 한마디 제대로 못해보고 어린 소녀한테 당하고 있는 자신을 발견하게 되었다. 물론 처음 눈이 마주쳤을 때 또다시 꿈과 현실이 뒤섞여 버린 줄 알고 자신도 모르게 펑펑 눈물을 쏟은 것도 한몫했고 말이다.

어쨌든 제후가 어이없어서 웃어버리자 소녀는 그가 할 말 없고 무안해서 그러는 줄 알고 생긋 웃으며 다시금 민제후의 옷차림을 위아래로 훑어보았다. 비서실 직원들과 경비원들을 피해서 몰래 바꿔 입고 도망친 옷이라 그리 구경할 건 없는데 그녀는 뭔가 열심히 쳐다본다. 그래봤자 때 낀 낡은 청바지에 추레한 아르바이트생 작업복과 임시 직원임을 나타내는 글자가 쓰인 조끼, 그리고 구겨진 검은 캡이 전부라 쑥스럽구만.

"뭐야? 너, 아르바이트 노가다였어?"

"에?"

"흠, 처음부터 연예인하고 싶다고 깐죽대며 기웃거리는 애들은 아닌 것 같았지만… 뭐, 전체적으로 어딘가 좀 귀티가 나긴 해도 솔직히 얼굴은 조금 딸리잖아?"

'뭐, 뭐시라!!'

"그래도 그렇지, 박수 부대 따위도 아니고 그 몸으로 당일치기 막일하러 왔다니. 약값이 더 나오겠다. 파하하하~"

'여자애가 웃음소리하고는… 쯧.'

제후는 점점, 아니, 이젠 완전히 첫 이미지의 환상을 왕창 깨뜨려 버린 채 세상을 달관한 고승처럼 자신을 밝히는 건 포기하고 고개를 흔들었다. 어떻게 생각하든 어떤 말을 듣든 무슨 상관이랴. 적어도 이 아이는 성전특고의 특별 전형 아이들처럼 일부러 상대를 깔아뭉개려고 하는 발언은 아닌 것이다. 그냥 생각하는 대로 바로바로 입 밖에 내뱉는 스타일. 어떤 이들은 이런 성격을 무례하다고 여기고 불쾌하게 생각할지는 모르지만, 적어도 이 소녀는 단순하고 직선적인만큼 꾸밈없고 순수하다. 확실히 권모술수가 난무하고 아부와 비방이 난무하는 어른들의 더러운 환경을 충분히 겪었고, 지금도 겪고 있는 제후에겐 그것이 신선하고 새롭게 느껴져 불쾌하기보다는 재미있게 느껴지고 있었다. 게다가…

'냐하하하~ 반짝이 파리들도 저 아이를 만나 아주 좋아 죽는구나. 저 녀석들은 깨끗한 영혼일수록 신나서 달려드는데.'

녹색 요정의 의상을 입은 진짜 요정 같은 소녀와 진짜 정령들의 모습은 정말로 잘 어울려 보였다.

소녀도 보이진 않지만 뭔가가 느껴지는지 약간 귀찮은 듯이 그 긴 은빛 머리 타래를 어깨 뒤로 넘겼다. 그러자 그 바람에 한 움큼의 별가루를 뿌린 듯 그 아이에게서 튕겨져 나와 어지럽게 날리는 색색가지의 반짝이 파리들. 꺄르르 웃는 소리가 맑은 방울 소리처럼 일제히 울리며 날아올랐던 반짝이 무리들이 다시 그 소녀에게 다가가 그녀에게 붙어 기분 좋게 부대낀다. 그리고 정령들이 너무나 좋아하며 끊임없이 재잘재잘 떠들어대는 수다 소리. 그것은 곧 이 소녀의 영혼이 그만큼 순결하고 달콤하다는 소리!

하지만 제후는 덕분에 자신에게서 약간 떨어져 나간 반짝이 파리들 때문에 홀가분함을 느끼고 눈앞의 여자 아이에게 눈물나도록 고마움을 느꼈다. 그리고 약간의 미안함도 함께. 물론 그 정령들이 물질이 아니기 때문에 무게가 느껴지거나 움직이는 데 제약을 받는 것은 아니지만.

'그래도 저 정도 떼거리면 아무리 둔해도……'

"염~병. 여긴 왜 이리 더운 거야? 조명발 피해서 바람 좀 쐬려고 나왔구만."

'쿠… 쿨럭… 저거 진짜 지지배 맞어?!'

제후가 너무나 많은 무리가 달려드는 게 아닌가 걱정하며 식은땀을 삐질삐질 흘리자—특히 화기(火氣)와 빛의 속성인 붉은색과 노랑색 반짝이 파리가 너무 많아지는 것 같아서—그때 막바로 날아온 그녀의 박력적인 한마디!

그녀가 머리를 탈탈 털며 눈을 부라리자 제후도 얼었지만 얼어버린 건 정령들도 마찬가지였나 보다. 그렇다고 그 철없는 자연의 존재들이 완전히 떨어진 건 아니지만, 시끄럽지 않게, 보통 사람들이 불편을 느끼지 않을 정도로 적당히 그 소녀 주위에 맴돌며 애교도 부린다.

보이지도 않을 텐데… 쳇!

제후는 자기 말은 죽어도 안 들으면서 이 낯선 여자애에겐 살갑게 구는 반짝이 파리 놈들이 괘씸하기도 하고 조금 약도 올라서 이글거리는 눈빛으로 쳐다보았다. 그러자 청록색 눈동자의 소녀가 제후의 그런 모습에 그 큰 눈을 반짝이며 제후의 얼굴 쪽으로 자신의 얼굴을 상큼하게 바짝 마주 대고는……

'윽! 서, 설마… 아니 돼! 우린 아직 어려… 가 아니고, 우리는 만난 지 10분도 안 됐… 어. …가. 아.니.잖.아!! 으아아아~ 나는 아직 마음의 준비가…… 엥?

그래도 끝까지 싫다는 소리는 안 하는 민제후. 남자는 다 늑대라더니…….

그러나 소녀의 얼굴은 점점 더 가까이 다가와서는… 그.냥. 똑같이 째려봐 주었다. 그리고 억양을 넣어 내뱉은 또 다른 한마디.

"써글 놈. 왜 야려? 야리면 워쩔 거냐?"

"……."

날씨는 따뜻하다 못해 더운 초여름인데 어디선가 찬바람이 느껴졌다. 제후는 돌이 되어 이렇게 생각했다.

나 지금까지 혼자서 뭐 한 거지?

“하! 하하하… 하하하하하~ 아하하하하하하하!!”

성격이 아무리 소탈하다 하더라도 세상 모든 남자들이 꿈꾸는 여신 같은 외모로 다가와서는 막판에 그렇게 배배 꼬인 시선과 함께 그런 말로 판을 뒤집는다면 어떻게 안 웃을 수 있을까? 화를 낼 수도 없는데.

제후는 순간적으로 다가왔던 그 천상의 미(美)에 또다시 얼굴을 붉혔다가 느닷없이 자신의 뒤통수를 친 황당한 말투에 허탈함과 약간의 아쉬움, 그리고 즐거움이 한껏 담긴 웃음소리를 배를 잡고 쏟아냈다. 조그만 여자애가 어째 학교 친구들보다 더 웃기고 특이했다. 언제고 한번 이 여자애의 평소 때 진짜 모습을 보고파진 제후였다.

한데 이번에 얼굴이 붉어진 쪽은 그 아름다운 요정 소녀 쪽이다.

“뭐, 뭐야! 왜 웃는 건데?”

“하… 하… 하……. 아, 미안미안. 그런데 너, 진짜로 재미있는 녀석이구나? 처음엔 그냥 생긴 것처럼 연약하고 화려한 난초라고 생각했는데.”

‘왜 웃냐고? 푸후후후후.’

민제후가 잠시나마 이상한 상상을 하며 당황했던 자신을 기억하고는 어이없어 한쪽 손바닥으로 자신의 얼굴을 가리고 키득댔다. 그리고 약간 그 웃음이 잦아들자 손 사이로 얼굴을 들며 강한 힘이 담긴 어두운 눈을 유쾌하게 빛냈다.

“지금 보니 아주 싱싱한 들꽃이야.”

‘귀여워서.’

제후가 입도 좀 험하고 망아지 같은 아가씨를 노인네 같은 눈으로 흐뭇하게 바라보다가 마침 생각났다는 듯이 갑작스레 질문을 하였다.

원래대로라면 처음 만났을 때 했어야 했을 물음.

"이름이 뭐니?"

이제 보니 아직 서로 통성명도 안 하고 있었다니. 보통 여자애는 아닐 거라고 생각되지만… 왜냐면 성전그룹의 중앙 센터 한복판을 저렇게 튀는 차림으로 활보할 수 있는 인물이 많을 거라 생각하지 않으니까.

제후는 잔디 위에서 일어서며 악수를 청했다.

다른 소년들 같았으면 이런 요정 같은 미소녀와 악수했다면 한 달은 손 씻지 않았을 절대미. 물론 제후는 그런 마음을 먹고 있진 않았으나 너무나 인간의 것 같지 않은 그 청초함에 자연히 약간 들뜨는 기분이 되긴 하였다.

"난 민제후라고 한다. 너는?"

"나? 어, 내 이름은……."

그녀가 여태껏 보여줬던 무지막지한 성격에도 불구하고 당당하게 악수를 요청하며 이름을 물어오자 약간 말을 더듬는다. 지금까지 자신에게 그런 태도로 나온 사람이 없었던 탓일까?

이유가 무엇이든 간에 하여튼 그 소녀는 이름 말하는 것을 망설이다 뭔가 결심의 빛을 띠고 나서야 눈을 똑바로 들며 손을 내밀었다. 그리고 나서 강한 음성으로 말했다.

"마리안(Marian)."

입가에 미소까지 번지니 더 이상 예뻐질 수 없을 것만 같은 마리안.

"내 이름은 '마리안'이야. 한국 이름은 '마리'. '채마리'."

마리… 마리안…….

'마리안!'

어디선가 들어본 듯한 이름인데…… 어디서 들었었지? 음, 음, 으음,

‘끄응~ 기억이 안 난다.’

뭐, 어쨌든 저 여자애의 이름이 ‘채마리’ 렷다. 채씨 성이라… 흔치 않은 성이네? 그렇다면 영어 이름은 ‘마리안 채’ 가 되는 건가? 어라? 마리안 채?

채마리… 마리 채…….

“파리채?!”

발음이 꼬이다 보니 아주 자연스럽게 파리채로 들린다. 오호~ 세종대왕 만만세! 우리 나라 국어는 정말 오묘한 현기를 지니고 있도다. 이름이 파리채라니.

“푸헤헤헤헤헤헤헤헤헤~!!”

웃어주자! 아주 열심히!! 이럴 때 웃지 않으면 언제 웃어보리오. 꺄울~

제후가 이름을 듣고 눈을 몇 번 굴리다가 입을 크게 벌리고 방정맞게 웃음을 터뜨렸다. 그러자 한동안 그 영문을 몰라 벙쪄 있던 마리안이 곧 그 이유를 알아채고 붉어진 얼굴로 조용히 화를 발산하며 생긋 웃어주었다. 차곡차곡 눌러 담은 화가 그 연약한 외모임에도 불구하고 마리안을 무시무시하게 만든다.

“인생 종치고 싶구나. 그치?”

“아하… 하하하…….”

귀염성있게 생긋 웃으며 날리는 너무나 친절한 마리안의 목소리에 제후는 웃다가 사례들려 기침과 딸꾹질을 번갈아가며 하는 새로운 체험을 할 수 있었다.

설마 저 하얀 주먹에 죽기야 하겠느냐만… 아무리 그래도 왠지 여성분들의 박력은 무시할 수가 없으니.

게다가 오뉴월에 서리도 너끈히 내리게 한다는 여성 분들의 집념과

줄기줄기 뻗어 나오는 그 분노. 오늘도 제후는 여자는 역시 무섭다고 생각하며 하루를 마감하는가 싶었다. 예전부터 느낀 거지만 정말 예쁠 수록 더하다.

'마리안도 그렇지, 생긴 건 연예인 뺨치게 예쁘면서 어째 말투만은 이상하… 게… 어라?'

연예인? 그리고…

'마리안?!!'

"맞아, 마리안!!"

제후가 혼자서 꿍시렁대다가 머리 속을 스쳐 지나가는 어떤 이름에 손바닥에 주먹을 내려치며 소리쳤다.

생각났다! 마리안이라는 이름. 어디선가 들어본 것 같은 이름이라고 생각했더니만 얼마 전에 성전그룹에서 새로 출범하는 영상 사업의 이미지 모델로 결정된 그 아이돌 스타였다. 결제할 때 그녀가 아직 나이는 어려도 여러 방면으로 재능을 보이며 앞으로도 발전 가능성이 아주 높은 기대주라고 침을 튀기며 설명했다는 영상 사업단 관계자 이야기도 들었다. 그리고 무엇보다도 현재 한국에서 십대와 이십 대에게 가장 넓은 팬 층을 형성하고 있는 최고 인기 스타가 그녀라는 것도.

그렇다면 오늘 이곳에 마리안이 있다는 건 바로 그 이미지 촬영을 하러 온 것인가?

하지만 제후는 도무지 잘 믿어지지가 않았다. 모든 상황이 앞뒤가 맞아 들어감에도 바로 수긍이 되지 않는다. 마리안은 조용하고 차분한 성격의 소녀로 은은한 달빛을 연상시키는 신비로운 외모와 분위기가 환상을 자아내는 힘이 있다고 들었던 것이다. 그런데 지금 마주하고 있는 소녀에게서 신비는 무슨 놈의 신비란 말인가. 생긴 것만 빼놓고 보면 성격 급하지, 입도 험하지, 거기다 욕도 잘해요. 또한 조용하고 차분? 그건 이미 예전에 물 건너간 이야기다.

뭐, 입이 좀 걸해도 거의가 귀엽게 생긋 웃으며 내뱉는 말이라 음 소 거만 시키면 완벽한 요정이지만.

그렇기에 제후는 눈을 휘둥그레 뜨고서 마리안을 검지손가락으로 가리키며 놀란 목소리로 물어볼 수밖에 없었다.

"엑?! 잠깐! 그럼 네가 십대들의 우상이자 최고의 청순 가련 아이돌 스타 '마리안' 이라고?"

"그럼 씨발아, 내가 그 마리안이지 저 마리안이냐?"

순식간에 확인 사살 들어왔다.

쿨럭, 쿨럭…….

'적응됐다고 생각했는데… 마리안 양, 제발 나 기침 좀 그만 하게 해줘.'

"네 눈깔은 뒤통수에 달렸냐? 그런 건 물어보기 전에 재깍재깍 알아 차려야 될 것 아냐! 그렇지 않아도 내숭 한번 떨려고 하면 존나 대가리 쑤시는구만."

"컥!"

역시… 이름 가지고 놀렸던 것에 기분 많이 상했었나 보다. 마리안 의 더욱 험해지는 말투가 위험 수위로까지 도달했다.

이미지가 더욱 매치되지 않는다. 맘먹고 쏘아붙이니 적재적소에 배 치된 쌍시옷 발음과 된소리 현상, 속어와 은어가 제후를 패닉 상태에 빠지게 했다. 저런 얼굴로 이런 말들을 쏟아내다니… 저 싱그럽고 풋 풋한 미모가 너무 아깝다. 표정과 행동은 얌전하긴 하지만 툭툭 던지 는 말투는 정말이지 깬다. 하지만 조용히만 있다면 정말 조신한 처녀라고 착각할 것 같은 영상이긴 한데.

'그러니 정말 할 수만 있다면 누가 음 소거 좀 시켜달라구~!

그런데 그때 제후가 영상과 음향의 불협화음과 엄청난 괴리감으로 머리를 부여잡고 괴로워하는 도중이었다.

"이번 건 좀 심했나? 실장님이 이 말버릇 고치랬는데. 웅~"

소년은 자신을 책망하는 듯한 마리안의 음성에 고개를 들어 조금은 새로운 시선으로 그녀를 쳐다보았다. 역시 그의 예상대로 그 험한 말버릇처럼 이 소녀의 내면까지 험하진 않은 듯. 회의에서 모델 결정 시 했었던 상상과는 조금 다른 방향이지만 어쨌든 인공적으로 다듬어지지 않은 진짜 순수함을 간직한 아이. 야생 들꽃.

"그러니까… 음, 헤헤, 이상하지? 방금 전에 만났을 뿐인데 이상하게도 네 앞에선 내가 원래대로 행동하게 되네? 원래는 안 그러는데… 정말 이상하게도 TV에 나올 때처럼 우아한 척, 연약한 척 안 하고 연예인이 되기 전의 나처럼 행동하게 돼버린다구."

마리안이 손가락으로 자기 뺨을 살짝 긁적이며 어색하게 중얼댄다. 그 모습은 만약 제후가 아니라 다른 남자들이 보았다면 넋이 나가서 줄줄이 도미노처럼 넘어갔거나 또는 출혈 과다로 실려 나갈 만큼 너무나 사랑스러웠다.

도화빛으로 말갛게 물든 두 뺨과 깃털처럼 살풋한 느낌을 주는 핑크 빛 입술. 은은한 화려함을 발산하는 달빛 머리 타래 사이로 반짝이는 두 개의 청록색 보석. 보호 본능을 불러일으키는 가녀린 몸매까지.

하지만 민제후는 워낙에 유리꽃이라고 불리는 예지의 천상미에 면역이 되어 있다 보니 마리안과 처음 만났을 때나 좀 경탄했을까, 지금은 안 어울리게 고분고분해진 마리안을 보고 경악할 뿐이다.

혹시 지금 쟤가 쑥스러워하는 거야?! 너, 뭐 잘못 먹었냐?

"그, 그런데 네가 먼저 날 열받게 하니까 나도 모르게 그런 거잖아!!"

그럼 그렇지. 에효~

"푸홋!!"

정말 재밌는 녀석이다.

처음 마리안과 눈이 마주쳤을 때 난 또다시 그 지독한 꿈의 향기에 취한 것이라 생각했다. 그런데…… 풋! 이렇게 되고 보니 어떻게 저 여자 아이가 꿈속의 그녀라고 생각됐었는지 신기할 뿐이다. 이토록 다른데… 완전히, 전혀 다른 소녀인데.

"좋아, 마리. 마리라고 불러도 되지? 그리고 내가 더 나이가 많아 보이는데 오빠라고 불러라."

원래는 아저씨라는 소리를 들어야 했지만 제후는 이런 말을 하면서 가슴이 뿌듯해지는 걸 느꼈다. 이 세상 어떤 남자가 오빠 소리보다 아저씨 소리를 더 듣고 싶겠는가 말이다. 특히나 이렇게 아리따운 여학생들에게 오빠 소리를 당당하게 들을 수 있다니, 눈물이 앞을 가리지 않는가!

제후는 자신은 나중에 파파 할아버지가 되어도 영원히 '젊은 오빠'라고 부르도록 하겠다고 주먹 쥐고 굳게 결심하였다. 한데 그 염원의 오빠 소리를 과연 듣게 될려나?

"사회 생활 하면 자잘한 건 안 따지는 거야. 그것도 몰라?"

"이게 왜 자잘한 거냐?"

"자기가 더 늙었다는 걸 왜 이렇게 만천하에 공개하고 싶어할까? 나보다 일찍 피부가 축축 늘어지게 된다는 게 그렇게 자랑하고 싶어요?

게다가 여자가 정신 연령이 더 높다고. 더군다나 난 특별히 위아래로 각각 10년쯤은 커버할 수 있어!"

의기양양하게 허리에 두 손을 올리고 단 한 마디도 안 지며 대답하는 마리안이다.

지겹군. 싸우기도 귀찮다. 그것도 어린 여자애와의 말싸움이라니.

제후는 그런 마리안의 모습을 말끄러미 바라보면서 자신도 상큼하게 웃으며 깔끔하게 한마디 해줬다.

"…그래, 네 똥 굵다."

그리고 잠시 시간이 멈췄다. 냐하하하하하~

"끄아아아악!!"

물론 그 이후에 제후는 이마에 십자가 문양이 여러 개 새겨진 마리안 양의 샤프 슈터와 코브라 트위스트에 걸려서 여유롭게 차 한잔 마실 정도의 시간 동안 비명을 질러야 했지만.

"헥… 헥… 우리 오늘 처음 만난 거 맞니? 꼭 오~래~ 만난 사이 같다."

"쌍성이 좋으가 보지 뭐. 너무 신경 쓰지 마세요."

제후가 간신히 마리안의 기술에서 빠져나와 비꼬듯이 주절거렸지만, 마리안은 나무 그늘 좋은 곳으로 다가가 마치 진짜 숙녀처럼 치마를 정리하면서 다소곳이 자리에 앉아 사랑스럽게 말한다. 제후는 그 다정한(?) 대답에 혼백이 빠져나가는 기분을 느끼며 이렇게 생각했다.

정말 보면 볼수록 이 여자애 웃.기.는. 짬.뽕.이다.

＊　　　＊　　　＊

“그래, 동민아. 학교는 어떻게 됐니? 결심은 굳혔고?”

느지막한 오후, 성전특고의 상담실에서 한 학생과 선생님의 면담이 이루어지고 있었다. 아니, 면담이라곤 하지만 그것은 특별히 학생의 성적에 맞춰 대학 자료를 찾아보는 그런 자리가 아니니 조금 어색한 감이 있다. 학생은 아직 고3도 아닌데다가, 이건 오히려 학생은 그리 깊은 생각이 있는 것 같지 않은데 선생님이 더 적극적으로 나서서 외국의 명문대학 진학을 권유하고 설득하고 있으니.

그러나 그 대상 학생이 성전특고생이라면, 그것도 천재 집단(Genius Group)으로 불리는 최고 영재 클래스의 신동민이라면 이야기가 달라진다.

상담실 창가에서 밝게 들어오는 빛이 어두운 눈빛으로 상담실 소파에 걸터앉아 있는 신동민의 위로 비스듬하게 내리비쳤다. 적절히 그늘지는 음영이 신동민의 샤프한 얼굴에 멋진 선을 그리며 그림자를 만들었다. 비록 교복을 입은 고등학생일 뿐이나 한숨이 나올 만큼 멋있는 그 소년은 아직 마음의 결정을 내리지 못한 듯 조금 머뭇거리며 입을 열었다.

“네, 선생님. 저, 우선 되는대로 예일대(Yale University)와 컬럼비아대학(Columbia University)의 경영대학원에 서류는 보냈습니다. 그리고……”

약간 허리를 숙여 무릎 위에 팔을 기대고 생각에 빠져 가는 신동민. 요즘 이 소년의 마음을 복잡하게 만드는 것이 무엇인지 모르겠기에 불안하기만 하다. 정말 떠날 생각일까? 도무지 그의 생각을 알 수가 없다.

그런데 순간, 그 신동민이 갑자기 눈을 들어 선생님을 똑바로 쳐다보며 굳어진 목소리로 입을 열었다. 그리고 그 핸섬한 눈매가 총명한 빛을 뿜으며 처음과 달리 흔들리지 않는 음성으로 차갑게 말을 이었다.

"그리고 프린스턴 대학(Princeton University)과 하버드(Harvard University)에서는 제게 마음이 있다면 다음 학기부터 좋은 시간 갖길 기대하겠다는 답신을……."

신동민의 눈의 깊이가 더욱 깊어져 갔다.

"이미 받았습니다."

탁!

상담실 문을 열고 나온 신동민은 문을 닫자마자 잠시 탈진한 듯 그것에 잠시 기대어 숨을 골랐다. 마치 숨 한 번 쉬는 데 정성을 기울이지 않으면 질식해서 죽을 것처럼 들이쉬고 내쉬는 들숨과 날숨.

어지러웠다. 이게 과연 잘하는 짓일까?

"어디로 정하셨습니까?"

'……?'

동민은 누군가 다가온 기척도 없었는데 갑자기 가까이에서 들려온 어떤 목소리에 깜짝 놀라며 고개를 돌렸다. 대부분의 학생들이 귀가하여 한적하다 못해 적막해야 할 이곳에 누가?

"아, 세진이었구나."

신동민이 복도 한 켠에서 자신이 바라보자 생긋 웃으며 가볍게 목례하는 유세진을 발견하고 문에 기대 있던 몸을 일으켰다. 다른 사람이었으면 몰라도 그 인물이 세진이라면 어쩐지 수긍이 갔다. 워낙에 비밀이 많고 불가사이한 구석도 많은 희한한 녀석이니까.

"정하다니 뭘?"

"아무래도 프린스턴이겠죠?"

동민이 짐짓 모른 척하며 걸음을 옮기자 유세진도 자연스럽게 따라 걸으며 중얼거렸다.

"……!"

막 교정으로 나오던 동민은 단정 짓듯이 말하는 세진의 목소리에 멈칫 멈춰 섰다. 그리고 고개를 돌려 날카롭게 노려본다. 그러나 유세진이라는 아이는 마치 풍경의 한 부분인 양 정물처럼 아무렇지도 않게 그 시선을 받았다.

저 녀석, 지금 뭐 하자는 것이지?

"어째서 그런 결론을 내리느냐… 그 눈은 그런 뜻이죠?"

세진은 그런 신동민의 반응에 피식 웃고는 두 손을 교복 바지 주머니에 찔러 넣으며 말을 이어갔다.

"프리스턴 대학이면 지난해 미국 대학 순위 평가에서 박사 학위까지 수여하는 대학 중 1위를 차지한 대학입니다. 학사 학위만 수여하는 인문학 교육 기관 분야에선 앰허스(Amherst College)와 스워스모어(Sworthmore C.) 대학이 공동 1위를 하기도 했지만, 프리스턴과 앰허스트는 연속 1위의 평가를 받은 아주 훌륭한 대학이죠."

성전특고의 교정의 녹음(綠陰)이 그들에게로 시원하게 드리워졌다. 그 속에 유세진의 목소리가 초여름 초록 풍경과 어울려 공기 중에 잔잔히 퍼져 간다.

"우리 나라에서는 하버드(Havard U.)와 예일(Yale U.)의 명성이 더 자자하지만… 뭐, 하버드와 예일은 같은 대학 평가에서 공동 2위를 했으니까. 물론 대학 평가가 전부는 아니고 그 학교를 평가하는 데 절대적 기준이 될 순 없지만, 적어도 하버드와 예일만이 지상 최고가 아니란 걸 알게 해주죠. 쓸데없이 '간판'이 아니라 진짜 '공부'를 하러 간다면 실속파가 되어 학교를 선택하는 것이 훨씬 현명한 것 아니겠습니까? 또 그걸 모를 리 없는 것이 동민 군이겠고요."

주머니에 손을 넣은 채 고개를 숙이고 흙바닥을 내려다보고 있던 세진이 그때 비스듬히 신동민 쪽으로 얼굴을 들고 말했다. 무언가 깊은 의미를 담은 눈으로 의미심장하게 웃으며.

"물론… 간.다.면. 말입니다만."

'무슨 뜻이지?'

아무리 총기가 넘치는 신동민이지만 유세진의 마음만큼은 도무지 읽을 수 없는 그였다. 겉모습은 어디 하나 흠 잡을 데 없는 모범생에 단정한 상류 자제이지만 항상 뭔가 많은 비밀을 안고 있는 것처럼 보여 아무것도 짐작할 수 없었다. 저 푸른빛 검은 머리처럼 '비밀' 이라는 말을 생각하게 하는 녀석.

"게다가 프린스턴이면 아이비 리그. 더군다나 그곳은 신동민 군에게 큰 관심을 보이며 전액 장학금과 함께 후원을 약속하는 두 개의 대학, 즉 프린스턴과 하버드, 그 두 곳 중의 하나이니까요. 제가 보기엔… 이미 동민 군 마음속에서 어떤 결정이 내려졌다고 보는데요."

그런데 그 순간 세진의 목소리가 내뱉은 어떤 단어가 귓속을 파고들자 신동민의 눈동자가 흔들림없이 고요해졌다.

아이비 리그(Ivy League).

이것은 미국 동부에 있는 8개의 명문 사립 대학의 총칭이다. 이곳에 속하는 대학으로는 세계적으로 유명한 하버드(Harvard U.)와 예일(Yale U.)을 포함하여 브라운(Brown), 컬럼비아(Columbia), 코넬(Cornell), 다트머스(Dartmouth), 펜실베이니아(Pennsylvania), 프린스턴(Princeton) 대학이 있다.

아이비 리그란, 이들 대학에 담쟁이덩굴[ivy]로 덮인 교사(校舍)가 많은 데서 이 명칭이 생겼다고 하며 1946년에 스포츠 경기의 리그로 결성한 것이 그 시초. 그런데 지금은 대학 간의 스포츠 경기를 위해 만든 조직의 의미에서 조직의 구성체인 사립 대학을 가리키는 일반적인 호칭이 되었다. 더군다나 아이비 리그로 불리는 이들 대학은 모두 명성이 자자한 세계적인 명문대이며 세계에서 손꼽히는 최고의 교수진과 학생들을 갖춘 전통있는 학교들이다. 학문을 연구하는 이라면 동경하는 학업의 전당.

그때 유세진이 막 생각났다는 얼굴로 한 가지 덧붙였다.

"아, 그리고 제가 하버드가 아니라 프린스턴을 지목한 이유는 신동민 군의 취향이 그쪽이라고 제 느낌이 그렇게 말하더군요. 제가 틀렸습니까?"

세진이 마지막 말을 마치고 천사처럼 해맑게 생긋 웃는다.

쏴아아—

얕은 솔바람이 스쳐 가며 그들에게 초록빛 그늘을 만들어주던 나무를 흔들자 나뭇잎들이 사락사락 부대끼며 노래를 부른다. 그 바람에 점점이 쏟아지는 햇살·그물이 어지러이 흔들렸다.

"쿡쿡… 그런가?"

동민은 지금껏 멍하니 세진의 말을 듣고 있다가 어느 순간 고개 숙여 키득거리기 시작했다. 역시 내 마음은 그랬던 것인가?

그렇다면 이제 남은 것은 매사추세츠 주(州) 케임브리지 시(市)냐, 뉴저지 주(州) 프린스턴 지역이냐… 그 결정만이 남았다. 고민하고 있는 듯했지만 자신의 마음 한구석에선 계속 저 넓은 세상으로 뛰쳐나가고자 하는 욕망이 숨어 있었던 것이다. 그리고 그것을 꿰뚫어 보고 자

신도 아직 자각하지 못했던 선택까지도 정확하게 짚어낸 것은 유세진
이었다.

따가웠던 햇살이 점점 기울어져 갔다.

*　　　*　　　*

"깝치지 말고 조용히 들어."

그런 말은 그렇게 예쁘고 상큼하게 생긋 웃어가며 하는 게 아닌데…
쿨럭!

그 비슷한 때, 제후는 성전 밀레니엄 센터의 제5별관 소정원에서 마
리안과 그늘에 앉아 담소 중에 있었다. 하나같이 화려하고 수려한 외
모를 갖춘 한 소년과 한 소녀의 화기애애한 만남이…

"성질 나오면 확 다 조져 버리는 수가 있어요."

…이루어지지 않는지도.

가까이에서 다가가 바라보면 그 화기애애함에 어딘가 어색함이 있
다는 것을 느낄 것이다. 마리안의 허리까지 치렁한 은빛 머리칼이 그
녀가 잔디 위에 앉자 바닥에 닿고도 남아서 마치 은색 실타래처럼 흩
어져 놓여 있는 모습이 너무나 아름다웠지만, 그리고 한국 청소년들의
최고 우상으로 떠오른 아이돌 스타 마리안이 깜찍하게 눈웃음 치며 생
긋생긋 미소 짓고 있었지만, 또 그 맞은편에 아르바이트 작업복을 입은
금갈색 머리칼을 가진 남학생이 그 귀여움에 답하듯 다정하게 웃고 있
는 듯했지만… 어딘가 이상했다. 우선 그런 이상적인 풍경에서 들려오
는 음향이 귀를 의심케 했고, 작업복의 남학생의 웃는 얼굴은 뺨과 웃
고 있는 눈매에 바르르 경련이 일고 있다는 것이 그러했다. 정말 이상

하지 않은가!

'역시 여자들은 무서워.'

제후는 웃는 낯을 유지하는 데 전심 전력을 기울이면서 속으로 피눈물을 흘렸다.

'제발 그렇게 친절하고, 귀엽고, 깜찍하고, 청순하고, 순수한 미소를 생긋 지으면서 그런 말 내뱉지 마라죠~'

민제후, 그가 허허로운 표정으로 먼 산을 바라보며 생각했다.

예지가 보고 싶었다.

보통 때 같으면 그 마녀를 보고 싶다고 생각하는 자신에게 소스라치게 놀랐겠지만 지금은 널 이해한다고 자신의 여린 심장을 쓰다듬어 주고 싶었다. 적어도 한예지는 저렇게 귀엽고 깜찍한 척하면서 엽기적인 말을 풍풍 내뱉지는 않는다. 또 장혜영 여사도 아무리 엽기적인 그녀라고 생각했었지만 마리안에 비하면 조금 약하다는 생각도 들었다. 그래도 아무 말 할 수 없는 건…

'쟨 말투만 저럴 뿐이란 거야~! 으아아~'

도대체 어느 동네에서 살았었길래 말을 해도 꼭 저런 표현만 쓰냐고!!

악의는 없다는 걸 안다. 다만 친근한 표현, 또는 '조용히 내 말부터 들어줘', '나 화나면 무서워' 라는 걸 나타내고 싶었다는 건 알겠는데… 그런데 다른 사람 앞에선 잘 안 그런다면서 나한테 무슨 역하심정이 있어 오늘 처음 본 날 앞에 앉혀놓고 저러는지. 화났을 때만 그러는 줄 알았더니 그 막 나가는 말투가 원래 생활이었다는 것이다. 얼마나 어이없고 놀랐는지 모른다. 마리안이라는 황홀한 그림에 취해 있다가 그런 말들이 툭툭 뛰어나오면 심장이 벌렁거렸다.

‘허허허~ 그래, 어쩌겠어. 같은 말이라도 자기도 모르게 옛날에 살던 동네 언어로 나온다는데. 자.기.도. 모.르.게. 그렇게 된다는데.’

“자제해 줘. 적응 안 돼.”

“알써. 노력 중이야.”

제후가 그 대답을 듣고 나서야 다시 마리안의 담소에 귀를 기울였다.

지금은 바로 그 소녀의 이야기를 듣는 중이었다. 마리안이 연예인이 된 경위와 어려웠던 스케줄, 활동 사항 등 파란만장한 그녀의 일대기를 전해 들으며 얼굴 근육에 경련을 일으킬 정도로 자상하게 웃고 있는 중이었다. 그런데 솔직히 그 이야기를 듣다 보니 제후에게도 공감이 가는 부분이 많았다.

발을 뺄 수 없이 깊게 들어온 새로운 생활.

하고 싶은 일만 하고 살 순 없다며 지워진 책임과 의무.

좀 힘들게 살았지만 나름대로 만족했던 옛 터전을 버리고 자신을 자신이 아닌 것처럼 포장하고 포장해서 타고난 외모만을 갈고닦아 연약한 공주님으로 치장하며 살고 있는 현재의 괴로움.

‘그래, 알지. 내가 그 맘 잘~ 알쥐!!’

제후의 경우는 외모가 아니라 강제로 떠맡게 된 그룹 총수 직위와 엄청난 부(富) 때문이라는 것이 달랐지만, 어쨌든 지금의 주변 것들이 자신이 원했던 그것들은 아니라는 것이 같았다. 또 그가 원했던 생활은 아니나 그래도 민제후의 경우는 휘둘리는 쪽보다는 휘두르는 쪽이라는 것이 다를까? 물론 이 부분은 본인은 아니라고 극구 부인할 테지만. 그럼 매번 그 소년 때문에 생고생하는 그의 친구들과 비서들, 부하 직원들만 불쌍해질 뿐이다.

"맨날 이거해라 저거해라, 이건 된다 안 된다. 내 인생은 내 것이 아닌 것 같아. 하아~ 하긴 너같이 평범한 애가 뭘 알겠어? 넌 내 맘 몰라."

"아냐. 나, 나도… 알… 어… *끄윽*… 흑흑……."

마리안의 계속된 하소연에 제후가 손으로 입을 틀어막으며 서럽게 끅끅대었다. 마리안의 이야기가 자신과 동화되어 감정이 북받친 모양이다.

그리고 어느새 이야기의 주체가 마리안에게서 민제후에게로 옮겨졌다.

"허구한 날 책임이 어쩌구 업무가 어쩌구 하지, 어떨 땐 내가 꼭두각시 같다는 생각까지……."

"병신, 그런 생각 하지 마. 세상일이 좀 어렵더라도 말이지… 자, 한 잔 받어."

웬 술?

녹색 소주병이 마리안의 작은 손아귀에 잡혀 있는 것이 보였다.

'어라? 작은 일회용 소주잔까지?

뭐, 같은 녹색이라 입고 있는 옷하고 썩 어울리긴 하지만… 저런 건 갑자기 어디에서 생겨난 거야?

"이건 또 어디에서 난 거야?"

"너무 많이 알면 다쳐. 조용히 잔이나 받어."

"그래도 지금은 아직 대낮인데다가… 게다가 넌 미성년자……."

제후가 미간을 찡그리며 어른이 꾸중하듯 쳐다보자 마리안이 낼름 귀엽게 혀를 내밀며 종알댄다.

"아아~ 알았어, 알았다구요. 그치만 이건 뭐 비상용이니까. 꾜호호호~ 원래 사회에 나와서 일을 하려면 말이야 알코올이 들어가야 능률

이 잘 오르는 법이거덩. 꺄하~ 좋다! 자, 그런 의미에서 한잔 받아!"

"미성년자가 무슨 술이야!"

쬐그만 게 벌써부터 술이라니! 세진이 또래밖에 안 돼 보이는데.

제후가 약간 언성을 높이며 마리안의 단풍잎처럼 작은 손에서 소주 병을 빼앗아 들자 소녀가 당황해서 또 막말이 나오나 보다. 하지만 화 가 나서 하는 말이 아니라 어쩔 줄 몰라 허둥대며 하는 말이라 어떻게 보면 귀엽게 보이기도 한다.

"이 씹탱, 혼자 마시려고? 자작할 생각 하지 마. 자작하면 영웅이나 고자래더라."

'컬럭…….'

…그래도 아직은 이런 말투를 들으면서 아무렇지도 않은 척 예쁘게 만 보이지는 않는다. 하루 만에 익숙해질 리도 없겠지만 완벽하게 익 숙해질 것 같지도 않았다.

내 수양이 부족한 게야. 끄응~

"앗! 미안. 쌍시옷 발음 안 쓰려고 했는데. 헤헤."

이러니 미워할 수도 없다. 역시 근본은 예쁜 아이라니까.

"그런 의미에서 한잔 받아."

"안. 돼."

"에이, 은근슬쩍으로도 안 넘어오네? 귀여운데, 오빠?"

몇 잔에 애가 아주 망가졌다. 허허~

"너, 오늘 여기 사진 촬영 있다며? 그런데 여기에서 이러고 있어도 돼?"

"괜찮아. 난 슈퍼스타라구! 스타가 좀 쉬겠다는 데 다들 기다려 줘 야 하는 건 당연한 거지 않겠어? 오호호호호~"

마. 녀. 투.

그런데 어쩐지 믿지가 않다. 싸가지없게 들릴 수 있는 말인데도 진심으로 하는 소리도 아닌 것 같고, 왠지 그냥 가벼운 애교 같다고나 할까?

"피식—"

그래, 아무리 쉽게 털어내는 성격이라도 스트레스가 많을 것이다. 자신도 처음엔 얼이 나갔을 정도로 아름다운 외모 때문에 말 못할 일도 없진 않았을 테고, 여러 가지 압박감과 자신에게 몰려 있는 기대감에 숨이 막히고 무서울지도 모른다. 연예계는 잘 모르지만 풍문에 전해 듣는 것만으로도 힘들 것 같다고 생각했으니까.

제후는 마리안이 촬영장에 들어가기 싫어서 자신을 붙잡고 끈질기게 잡담을 늘어놨던 것이 아닌가 하는 생각이 들었다. 일을 싫어하는 것 같진 않은데 저렇게 피한다는 것은 그곳에서 불쾌한 일이 기다리고 있거나 이미 그 불쾌한 일을 당했었다고도 생각될 수 있었다.

정말 무슨 일이 있었던 걸까?

"하아~ 좋구나, 좋아. 바람도 좋고… 역시 일하기 전에 알코올 성분이 혈관 속을 좀 돌아야 감정이 팍팍 살아난다니깐. 포호호호호호호호~"

"넌 내숭도 없냐?"

"어머머~ 내가 왜 내숭이 없어요오~"

"대한민국 국민들은 모두 단체로 사기당했어. 환상의 요정 마리안이 이런 성격일 줄이야. 쳇!"

제후의 허탈한 말에 마리안이 입을 삐죽인다.

'가만히 저렇게만 있으면 진짜 예쁜데 말이야.'

　민제후가 그런 생각을 하며 손에 들고 있던 검은 모자를 들어 머리에 눌러썼다. 기울어가는 햇빛이 따갑기도 했지만 어쩐지 지나가던 사람이 자신을 보면 곤란할 것 같다는 생각이 스쳤기에 좀 답답하더라도 쓰고 있기로 하였다. 그리고 마리안이 없어진 것을 알고 관계자들이 찾고 있을 것 같다는 생각도 들었다. 그런데 마리안은 갑자기 분위기 잡으며 일어설 것처럼 물건을 챙기는 제후의 모습에 좀 당황스런 모양이었다.

　"에이! 기분이다! 내가 노래 한 곡 뽑아줄게."

　이건 '조금만 더 있어줘' 의 제스처?

　"노래?"

　"나 원래 가수잖아."

　"……."

　"……."

　"…몰랐었군."

　싸늘하게 식어가는 마리안의 표정. 은색 머리칼이 때마침 불어오는 바람에 날리자 어메이징 스토리 따위에 나오는 얼음마녀 뺨친다. 무섭다.

　"아하하하…… 저기, 그게 말이지… 원래 사람이 나이가 들면 젊은 애들처럼 그렇게 연예인에 관심이 없거든. 그, 그러니까… 너도 내 나이 돼보면 내 말뜻을 알게 될 거다!"

　"이쒸~"

　…산새들이 날아올랐다.

　"「Save the best for last」!"

"엥?"

'끝났나?'

제후는 한참을 마리안에게 바가지를 긁히다가 씩씩대던 마리안이 갑자기 뭐라 중얼대자 고개를 들어 그녀의 안색을 조심스레 살폈다. 자신이 왜 이 소녀의 눈치를 봐야 하는지 잘 몰랐지만 좋은 게 좋은 거라고 길게 생각 안 했다. 그리고 꿈속의 그녀 윤혜서와 닮은 얼굴 때문인지 자신에게 화도 내고 투정 부려도 그저 안쓰럽고 흐뭇한 기분만 들 뿐이다. 꿈속에서 혜서에게 느꼈던 박경덕의 마음이 그대로 전이된 듯이.

단지 그녀는 꿈에서 만들어낸 가상 인물이라 생각하고 잊으려 노력하지만, 그래도 전생의 자신과 정확히 어떤 관계인지는 알고 싶은데 기억나는 장면이 몇 개 없어서 안타깝기만 하다.

"노래 제목 말이야, 제목! 내가 한 곡 뽑는다고 그랬잖아."

"어… 그래……."

제후가 멍한 눈으로 쳐다보고 있자 마리안이 그 반짝반짝거리는 청록색 눈동자로 째려보며 틱틱거렸다. 자신에게 관심 가져 주지 않는다고 울상을 짓는 것이 신동민에게 떨어지지 않으려고 하는 독점력 많은 꼬마 숙녀 신동희를 연상시켜서 매우 귀여웠다.

여동생이 있었다면 이런 느낌일까?

"잘 들어, 당신 취향 고려해서 조용한 걸로 할 테니까. 또 딴생각하지 말고! 응?"

"알았어, 알았어."

어쨌든 마리안의 노래를 듣게 되나 보다.

마리가 민제후의 웃음기 담긴 대답을 듣자 그제야 방긋 웃으며 일어선다. 촬영 의상이라고 생각되는 그 녹색 님프의 스커트가 사각거리며 솔바람에 흔들렸다. 소녀가 치마를 잡고 무릎을 살짝 굽히며 단 하나의 관객에게 인사를 하고 가슴에 손을 얹고서 숨을 고르자 허리까지 쏟아져 내린 은빛의 비단 실타래가 함께 흔들린다.

경국지색(傾國之色).

보면 볼수록 이 아이의 미색은 나라를 망칠 수도 있을 것 같다고 생각하면서 제후는 마리안에게 점차 매혹되어 갔다. 그리고 곧 이어 마리안이 감고 있던 눈을 천천히 뜨며 입을 열자 제후는 마리안의 아름다움에 이어 그 다음엔 마리안의 목소리에 매혹되어 갔다.

'이 아이는……!'

민제후의 눈동자가 크게 확대되었다.

마리안(Marian). 단지 얼굴이 예뻐서 연예인이 된 소녀인 줄 알았는데 그게 다가 아니었다. 맑디맑아 공기 속에 녹아 들어가는 투명한 미성. 그 소녀가 다시 한 번 제후를 놀래켰다.

산뜻하고 깔끔한 고음 처리, 부자연스럽지 않게, 귓가에 거슬리지 않게 이어가는 마리안의 노랫소리는… 마치 바람이 부는 것처럼 햇볕이 따사롭게 내리쬐는 것처럼, 숲 속에 풀벌레 소리가 울리는 것처럼 부드럽고 자연스럽게, 상쾌하게 만들어주는 노래. 마치 성가(聖歌)를 듣는 듯하달까?

Sometimes the snow comes down in June.
때로는 6월에도 눈이 내리죠.
Sometimes the sun goes round the moon.
때론 태양이 달 주위를 돌고요.
I see the passion in your eyes.

당신 눈에 열정이 보여요.

Sometimes it's all a big surprise.

가끔은 모든 게 다 큰 놀라움이죠.

Cause there was a time when all i did was wish.

내가 하는 건 모두 소망일 뿐이었을 때가 있었으니까요.

You'd tell me this was love.

당신은 이게 사랑이라 했죠.

It's not the way i hoped or how i planned

이건 내가 바라던 바도 의도하던 바도 아니었지만

But somehow it's enough.

어쨌든 이걸로 충분해요.

감미로운 팝송의 멜로디가 새로운 감각을 불러일으킨다. Vanessa Williams가 부르는 것과는 또 다른 느낌의 노래.

푸른 수목 한가운데에서 두 팔을 벌리고 노래하는 마리안은 진짜 요정이 되어 자연 속으로 녹아 들어가고 있었다. 그리고 제후는 그런 그녀를 넋을 잃고 바라본다. 근처를 날아가던 산새들도 그 노랫소리에 이끌려 마리안의 주위 나뭇가지로 하나둘 내려와 앉았다. 햇빛도, 바람도, 풀 내음도 숨을 죽이고 마리안의 감미로운 그 음색에 모두 귀를 기울이는 듯했다.

But now we're standing face-to-face.

지금 우린 얼굴을 마주 보고 서 있네요.

Isn't this world a crazy place?
이 세상은 가끔 미친 거 같지 않나요?
Just when i thought our chance had passed
이제 기회는 다 지나갔다고 생각했을 때
You go and save the best for last.
그대는 마지막을 위해 가장 소중한 걸 남겨놓았군요.

사랑에 대한 노래라 생각했다. 하지만 아닐 수도 있다고 생각됐다. 원곡은 몰라도 지금 그녀가 부르는 노래는 남녀 간의 애정을 가슴에 품고 말하는 것이 아닐 거라고. '나' 가 아닌 '우리' 들을 말하는지도 모른다. 살아가면서 느끼는 감정들… 한낱 인간이 보이지 않는 그것들을 어떻게 모두 정의 내릴 수 있을까? 그렇기에 '환상' 이라든가 또는 '신비' 따위와 같은 단어가 있는 것일 테다.

이 순간 마리안의 노래는 흔해 빠진 단순한 사랑만을 말하고 있지 않았다.

Sometimes the very thing you're looking for
때론 그토록 찾고 있는 것이
Is the one thing you can't see.
그대가 보지 못하는 유일한 것일 수 있어요.

Sometimes the snow comes down in June.
때로는 6월에도 눈이 내리죠.
Sometimes the sun goes round the moon.

때론 태양이 달 주위를 돌고요.
Just when i thought our chance had passed
이제 기회는 다 지나갔다고 생각했을 때
You go and save the best for last.
그대는 마지막을 위해 가장 소중한 걸 남겨놓았군요.

내가 찾고 있는 것이 내가 보지 못하는 유일한 것일 수도 있다.
마지막을 위해 남겨둔 가장 소중한 것…….

제후는 자신도 모르게 영어로 된 가사를 듣고 그 뜻을 중얼거리고 있었다. 어쩐지 요즘 자신이 답답하게 여기는 어떤 의문에 공명하는 구절.
하지만 그보다 더 놀랄 일은 너무나 빛나고 있는 마리안의 노래와 마리안의 모습에 깊이 빠져 있었기 때문에 깨닫지 못하고 있었지만 민제후, 그 자신이 자연스럽게 영어를 듣고 말하고 있다는 사실이었다. 물론 스스로 깨닫고 있지 못하기에 당연히 어떤 놀람이나 반응은 없었다. 지금의 그 소년에겐 다만…

You went and saved the best for last, yeah.
그대는 마지막을 위해 가장 소중한 걸 남겨놓았어요.

그녀의 노래가 라스트로 치닫고 있다는 것만이 중요했다. 그리고 노래하는 그 순간 가장 아름답고 가장 행복해 보이는 달의 여신 같은 마리안만이 중요했다. 노래하는 마리안은 정말 행복해 보였다. 자신의 꿈속의 혜서와는 달리.

마리안이 행복했으면 좋겠다… 마리안만큼은…….

잃어버리지 않게!

'저 아이는 내가 지켜주겠다!'

제후의 어두워진 두 눈이 어떤 결심으로 검은 모자 챙 밑에서 깊게 빛났다.

그런데 그때였다.

"마. 리. 안. 양!!"

마리안의 노래가 마지막 한 소절까지 공기 중에 녹아내려 잔잔한 여운을 주는 그때, 박수 칠 기회도 없이 낯선 누군가의 놀란 목소리가 마리안의 이름을 소리쳐 불렀다.

'이크! 결국 내가 들킬 줄 알았어.'

제후가 어떤 남자가 그들 쪽으로 뛰어오는 걸 보고는 재빨리 시선을 피하며 모자를 더 깊이 눌러썼다. 그런데 지금 한창 기분이 좋은 마리안은,

"어머, 작은 선생님이다! 안녕하세요!!"

활짝 웃으며 발랄하게 인사한다.

'으이구, 저 화상~ 땡땡이 치다가 걸렸는데 뭐가 그리 좋아서 낭랑하게 안녕하세요야!'

아니나 다를까 마리안이 작은 선생님이라고 부른 남자는 미간을 찌푸리며 말한다. 그래도 차마 화는 내지 못하는 모양이다. 하긴 저렇게 아무것도 모른다는 얼굴로 방긋방긋 웃는 미소녀에게 화낼 수 있는 남자가 어디 있을까.

"마리안 양! 지금 여기서 뭐 하는 거지? 지금쯤 촬영장에 있어야 하

잖아!"

"죄송해요, 선생님. 머리가 너무 아파서 잠깐 바람 좀 쐬러 나왔었어요."

오늘 이미지 포스터 촬영 스탭 중 한 명인가 보다. 사진 작가?

제후는 그 둘의 대화를 들으면서 그들과 얽히지 않기 위해 살그머니 도망칠 때부터 가지고 다니던 검은 가방을 들고 주춤주춤 제2의 탈출을 위해 기회를 엿보고 있었다. 여기에서 걸리면 한 실장에게 잡히는 건 시간문제였다. 그래도 다행한 것은 김 비서가 지금 출장 중이라는 것이다. 김 비서가 있었다면 잡히는 게 문제가 아니라 도망칠 기회조차 못 잡았을 수도…

'아니, 지금 내가 또 무슨 쓸데없는 생각을. 빨리 토낄 궁리부터 하자고.'

그런데 그건 그거고, 채마리, 저 녀석… 정말, 저 가증스러움.

"뭐? 많이 아프니? 그럼 얘길 하지. 그리고 그렇게 얘기하고 누구랑 같이 나오지 그랬어."

"그, 그럴려고 했는데 아직 촬영 전이기도 하고 다들 바쁘신데… 또 별것도 아닌데 모두에게 걱정시키고 싶지 않았어요. 폐가 되잖아요. 아……."

마리안이 말을 다 마치기도 전에 조금 휘청인다.

도대체 왜, 왜? 좀 전에 마신 깡소주가 인제 도는 것이냐?

"마리안 양! 괜찮나? 이래서야… 오늘 촬영할 수 있겠어?"

"괘, 괜찮아요. 그냥 약간 빈혈기가……."

촬영 스탭으로 보이는 남자가 마리가 약간 발을 헛디디자 깜짝 놀라며 그나마 조금 찌푸리던 안색을 걱정하는 얼굴로 돌변시켰다.

‘마리야, 너 가수라매……’

제후가 어이없는 얼굴로 너무나 연약하고 순진한 연기를 하는 마리안을 허탈하게 쳐다보았다. 가수라면서 연기도 수준급. 게다가 다른 사람 앞에선 정말로 목소리 볼륨 키우지도 않고 나긋나긋하게 예쁜 말만 쓴다. 그런데 더 큰 충격으로 다가오는 건……

‘너.무.너.무 잘 어울려~!! 크흑!!’

분하지만 사실이었다.

그런데 왜 내가 분하지?

“엇? 이 가방은… 너.”

“……?”

제후가 순식간에 연약한 숙녀로 돌변한 마리안의 모습에 벙쪄 있자 그 순간에 마리안과 이야기하던 촬영 스탭이 제후를 발견하고 뭐라 중얼거렸다. 아니, 정확히는 민제후가 메고 있던 검은색 가방을 발견하고 나서 제후를 날카로운 눈초리로 빠르게 위아래로 훑어 내렸다는 것이 더 옳겠다. 어쨌든 영문을 몰라 어리둥절해 있던 제후는 다음 순간에 그 남자가 자신의 뒷덜미를 낚아채서 호통을 치자 정신이 없어졌다.

“이 녀석!!”

“우갸갸갸!!”

왜… 왜 이러는 겁니까!! 이봐요, 젊은 사람이 생전 처음 보는 사람을 보자마자 이렇게 함부로 대해도 되는 거요!! 이 나라는 법도 없고 도덕도 없는 나라인 줄 아쇼? 내가 지금은 이렇게 비리비리해 보여도 왕년엔…

“오늘 촬영 때 쓴다고 그 짐 좀 잘 옮겨오랬더니 그새 길을 잃었다고? 여기서 빈둥거리고 있는 게 길을 잃은 거야! 앙!!”

"그니까 나도 왕년에…… 엥?"

무슨 소리? 절 아시나요?

"너 때문에 오늘 촬영이 펑크날 뻔했잖아, 이놈의 자식!! 아무리 파트 타임 알바라지만 무슨 일을 그렇게 설렁설렁하게 하나! 빨랑 오지 못해!! 오늘 촬영은 모델이 마리안 양이고 조세희 선생님이 하신다. 빠릿빠릿하게 움직이지 않으면 불호령이 떨어질 거야!"

제후가 어벙하게 있는 사이 마리안과 그 남자는 벌써 근처에 보이는 별관들 중 하나로 움직이고 있는 중이었다.

'그러니까 뭐야, 지금 내가 저기 촬영장의 아르바이트하러 온 일꾼이란 소리네? 이 옷이랑 가방이 저쪽 동네 것이었나?'

제후는 자신이 옷 빼앗아 입고 나왔던 그 어리버리 남학생을 기억해 내고는 쓴웃음을 지었다. 그리고 자신의 추레한 작업복과 촬영 장비라던 커다란 검은 가방을 물끄러미 내려다보았다. 순식간에 하루도 안 되어 그룹 총수에서 시간당 몇천 원의 알바생으로 추락이라… 재미있었다.

그런데 그때 다시 날카로운 호통 소리가 날아왔다.

"그거 잘 옮겨! 그 안의 장비 하나하나가 몇천이야!! 그리고 빨랑 안 와!! 잘라 버린다!"

"앗, 네네~ 가요, 가. 간다구요."

제후가 그 묵직한 검은 가방을 어깨에 둘러메고 뛰어갔다.

뭐, 아무려면 어때. 연예인 사진 촬영도 구경하고 좋지 뭐.

'그런데 알바비로 얼마나 주려나? 냐하하하하~'

제5장 사고, 음모, 그리고 스토커

"그래서? 그럼 이번 단군 프로젝트의 회전익 사업에선 아무 문제가
없다는 건가! 번갯불에 콩 구워 먹듯 출시된 헬리콥터들이 완벽하다
고? 자네, 나랑 장난하나?"

유진한은 외부에서 일을 보고 이사실로 들어서다 안에서 들려오는
호통 소리에 노크하기 위해 가져가던 손을 잠시 멈췄다. 지금 이사님
이 다른 직원들의 보고를 받고 계셨던 듯. 격양된 목소리는 듣자 하니
이번에도 몇 달 전에 취임한 민제후 회장에 대한 일 때문인 것 같았다.
민 회장에 관한 일이 아니라면 성전그룹에서 최고의 실세로 이름을 날
리는 장태현 이사가 저렇게 화를 낼 일이 없었다.

'오늘이 단군 프로젝트의 첫 노선인 항공기 사업 중 회전익 부분 시
승식이 있다고 들었는데. 흥, 그 일 때문이겠군.'

유진한은 문 앞에 멈춰 선 그 몇 초 동안에 머리 속으로 상황 정리를

끝내고 다시 손을 올려 노크했다. 그리고 부름을 받고 문을 열자 때마침 장 이사는 서류를 내던지며 직원들을 막 내쫓고 있었다. 몇 명의 직원들이 서류철을 챙겨 들고 허둥지둥 이사실을 빠져나오고 있었다. 또 이사실에서는 여전히 머리끝까지 화가 난 장태현 이사의 고함 소리가 터져 나왔다.

"하나같이 제대로 된 것들이 없어! 비행기에 문제가 없긴 왜 없어! 니들이 무능해 터졌기 때문에 못 찾는 거 아냐!! 가서 찾아!! 없으면 만들어서라도 가져와!!"

그동안 쌓였던 것이 한꺼번에 터진 것인지 진한의 눈으로 보기에도 오늘의 장태현 이사는 보통 때보다 부하 직원들을 무섭게 몰아붙이고 있었다.

씩씩대며 숨을 몰아쉬며 신경질적으로 넥타이를 잡아당겨 느슨하게 만들던 장 이사는 이사실 한쪽에 마련된 바로 가서 잔에 위스키를 따라 들이켰다. 울화통이 터지는 모양이다. 하긴 그도 그럴밖에. 어려도 한참 어린 새파란 고등학생이 그를 밀어내고 이 거대한 성전그룹의 최고 수장으로 올라섰으며, 단군 프로젝트의 발동으로 기울어갈 줄 알았던 성전그룹이 요즘 보란 듯이 승승장구한 데다 정부의 지원이 이어지고 있었으며 시민과 언론들의 반응도 좋았다. 도무지 뚫고 들어갈 방법이 없었다.

진한도 정말 궁금했다.

민제후 회장, 그리고 줄을 잇는 성공.

아직 소년일 뿐인 그는 과연 오랫동안 자신을 감추고 있던 천재였던 것인지, 아니면 단순히 장문수 전(前) 회장의 수족들이었던 측근들의 뛰어난 보좌 때문에 여기까지 올 수 있었는지, 그것도 아니면—정말 아주 희박한 가능성이지만—그냥 단순히 운이 좋아 여기까지 왔던 것인지… 알 수가 없다.

자신의 이복 동생인 세진의 말을 듣자면 학교에서는 그리 특별할 것이 없어 보이는데 말이다.

"아, 유 군 왔군. 일은 잘됐는가?"

유진한은 장태현 이사의 목소리에 퍼뜩 정신을 차리고 단정한 자세로 장 이사에게 다가가며 대답했다.

"예, 이사님. 잘됐습니다. 이제 폐기물 처리장 쪽은 신경 안 쓰셔도 좋을 듯싶습니다. 조금 무거운 지위는 돈으로 입을 막았고, 가벼운 쪽은 가까운 조직원들에게 해결 보라고 지시했습니다. 농성하던 주민들도 해산시켰고, 탄원서 따위의 귀찮은 것들도 이젠 다시 안 올라올 겁니다."

유진한은 지금 한 이틀 지방에 내려가 폐기물 매립에 대한 시비를 해결하고 온 참이었다. 그런데 의외로 그 근처 폐기물 매립장 주변의 주민들이 유해 폐기물을 불법으로 엄청나게 쓸어다 묻고 있다느니, 자신들의 고장은 자신들이 지킬 거라느니 헛소리를 떠들어대며 완강하게 협상을 거부하는 통에 생각보다 고전을 면치 못했었다. 그대로 두다간 잘못하면 새로운 폐기물 처리 시설을 건설하려다 엄청난 자금과 보상금 문제로 시끄러워질 것 같았다. 그래서 진한은 고민 끝에 줄이 닿는 해결사들을 동원해서 깔끔하게 처리하고 올라오던 길이었다. 세상일이란 건 원래 원리 원칙대로만 움직이는 것은 아니니까.

"수고했네. 그래, 일이란 건 이렇게 시원시원하게 해결돼야지! 자네밖에 없군. 그런데 저 머저리 같은 것들은…… 으득!!"

유진한의 보고에 장태현 이사가 그나마 풀어진 얼굴로 비릿한 웃음을 지었다. 그래도 자신의 가장 충실한 충복이 그가 맡고 있는 사업체의 골칫거리 하나를 해결하고 왔다고 하니 기분이 나아질 수밖에 없었다. 하지만 오늘 있었던 단군 프로젝트의 회전익 사업 첫 출시 헬리콥터 성공 소식을 생각해 내자마자 그의 속은 다시금 뒤집어졌다.

머리에 피도 안 마른 어린놈의 자식이 운만 좋아서…….

"항상 지능적으로 싸울 필요는 없겠죠."

"뭐라고?"

장태현이 부들부들 떨면서 꽉 틀어쥐었던 위스키 잔을 한번에 들이키자 옆에서 묘한 어감의 목소리가 들려왔다. 그는 이마에 주름을 잔뜩 잡으며 유진한에게 고개를 돌렸다.

"무슨 소린가, 유 군?"

"어린애를 상대로 꼭 서류와 숫자를 가지고 경쟁할 필요가 있을까 여쭈었습니다. 원래 아이들이 잘못하면 매를 들어서라도 바른길로 바로잡아 주는 것이 어른들의 의무이자 권리이니까요."

감정없이 냉정하게 요점만을 말하는 유진한의 모습에 장태현의 눈이 흥미를 보이며 말한다.

"그러니까 지금 나더러… 민제후를 손봐주라 그 말이군 그래."

"꼭 이사님이 직접 손을 더럽힐 필요는 없습니다."

"아무리 그래도 그렇지, 나보고 한 집안의 어린아이를 없애란 말인가! 날 뭘로 보고 그런 말을 하는 거지, 유 군!"

쨍강!

장태현 이사가 뜻밖에도 무섭게 눈을 치켜뜬 채 고함을 지르며 손에 들고 있던 위스키 잔을 유진한을 향해서 내던졌다. 평소 민제후를 눈엣가시로 여기던 장태현을 생각한다면 지금의 반응은 너무나 의외였

다. 진한은 자신의 옆으로 비껴가 벽에 부딪쳐 산산조각난 유리잔에도
불구하고 태연하게 서 있었다. 그의 한쪽 뺨엔 유리 파편이 튀어 피가
배어 나오고 있었지만 전혀 동요없이 자세를 유지하는 모습이 대단하
다 느껴질 정도였다. 그런 그가 한동안의 여운을 두고 장 이사의 물음
에 대답을 했다.

"뭘로 보다니요. 당신은 장태현 이사님이시죠."

당연히 그는 '장태현' 이라는 이름을 가진 성전그룹의 이사이다. 그
러나 유진한이 내뱉는 말은 그 당연하고 단순한 말을 안 당연하고 안
단순한 말처럼 느껴지게 만들었다. 그리고 그런 그의 모습을 매섭게
노려보며 서 있던 장태현 이사도 변함없는 진한의 태도에서 점차 얼굴
이 풀어졌다.

"크하하하하하!! 역시 유 군이군. 자네다워. 잠시 시험해 봐서 미안
하네. 내가 자네를 이래서 좋아한다니까."

"……."

한참을 웃어 젖히던 장 이사가 마침내 얼굴에 그만의 비열한 웃음을
띠며 입을 열었다.

"무슨 생각은 있는 건가?"

"목숨을 노리는 것이 아닙니다. 경고를 하자는 것이죠. 아직 한참
어린 나이이니까 조금 놀라게 하는 것만으로도 효과가 있을 겁니다.
이번 폐기물 매립 사건에서 도움을 준 인물이 있습니다. 그의 세력을
빌리기엔 너무 과하다 싶지만 확실한 게 좋은 거니까. 우선 가볍게 운
을 띄워보겠습니다."

장태현은 유진한 정도의 사람이 이번 일에 과하다고 여길 만큼 대단
하게 평가하는 인물이 누군지 궁금해져 눈을 빛냈다. 유진한이 추천하

는 자라면 정말로 틀림없을 터였다. 장 이사는 진짜 확실하다 싶으면 자신 쪽으로 끌어다 쓸 요량으로 그 눈을 가늘게 뜨며 짙은 관심을 표했다.

"자네가 그렇게까지 평하는 인물은 처음 듣는군. 누군가, 그 대단한 인재가?"

"해성파의 현성우 사장입니다."

현성우?!

"현성우라… 이름 좋군. 하하하! 좋아, 자네 좋도록 하게. 나야 뭐, 항상 자네의 안목을 믿으니까."

"네, 그럼 그렇게 시행하겠습니다."

"아, 그리고… 이번 일이 끝나면 그 현성우 사장을 내게 한번 데려오지. 보고 싶군."

"네, 알겠습니다, 이사님. 현성우 사장도 아마 흔쾌히 응할 겁니다."

이때 만약 성전그룹 중앙 센터의 이사실 앞을 지나는 사람이 있었다면 장태현 이사의 화통한 웃음소리에 깜짝 놀랐을 것이다. 그리고 몇 분 전까지만 해도 그가 불같이 화를 내며 부하 직원들을 내쫓았던 그 이사라는 것을 믿지 못했을 것이다. 그렇게 오늘의 성전 밀레니엄 센터에서는 여러 가지 인연들이 얽혀가고 있었다.

"후우~"

진한은 그렇게 이사실에서 나와 중앙 센터를 벗어나 조금 한적한 별관 정원 쪽으로 걸음을 옮겼다.

집에 들르지도 않고 회사로 바로 들어왔더니 좀 피곤했다. 그래서인가? 이상하게도 중앙 센터 근방에서 경비원들이 눈을 부라리며 무언가를 찾아 수색하고 있는 것을 보았지만 진한은 평소처럼 무엇 때문인지 알아보려 하지 않고 그냥 얼굴 한번 찌푸리는 것으로 그곳을 지나쳤다. 좀도둑이라도 들어왔다고 신고가 들어갔나라고 생각하면서.

유진한은 현재 머리 속이 좀 복잡했다. 민제후라는 이름은 장태현에게 뿐만 아니라 그의 마음까지도 어지럽히는 존재로 자리 잡아가고 있었던 것이다. 자신이 조사한 바에 따르면 실력있는 조력자들을 옆에 많이 둔 그저 그런 평범한 소년일 뿐이라고 생각하지만, 그럼에도 불구하고 뭔가 빠뜨린 것이 있는 것 같아 찜찜하기 그지없었다. 민제후라는 이름을 가진 소년은 유진한에겐 목에 걸린 가시와도 같았다.

"엇? 잠깐, 저 뒷모습은……."

유진한은 잠시 숨을 돌리려 한적한 별관 정원으로 향하다가 어딘가 낯설지 않은 인물의 뒷모습을 발견하고 멈춰 섰다.

'민제후 회장!'

그런데 왜 저런 곳에? 게다가 저런 차림으로……?

진한은 어리둥절한 표정으로 민제후가 사라진 방향을 바라보았다. 분명 그 민제후라는 소년 같았는데 이상했다. 그 특이한 금갈색 머리칼은 결코 흔한 것이 아니지 않은가. 그러니 분명 민제후 회장이 맞을 터인데…

하지만 뒷모습이나마 살펴봤던 소년의 모습은 임시 직원들이 입는 작업복 차림이었고 머리는 땀과 머리칼이 흘러내리지 않게 타월 따위로 대충 묶은 편안한 모습이었다. 민 회장이 맞다면 그가 이런 곳에서 그런 모습으로 막일을 할 필요가 없을 텐데…….

"아무래도 직접 확인해 봐야겠어."

아직 확실치 않지만 유진한은 혹시나 모를 어떤 호기를 기대하고 슬쩍 미소를 지으며 제5별관으로 걸음을 돌렸다.

"이봐, 꼬마야! 여기 와서 이것 좀 옮겨라!"

"아, 네!"

"거기, 학생! 3번 소품실에 가서 동그라미 친 박스들 좀 이쪽으로 날라 와!"

"네네, 잠시만요!"

어수선한 촬영장. 그곳에선 지금 성전그룹에서 출범하는 영상 엔터테인먼트 사업의 홍보를 위한 초기 이미지 포스터 촬영 중에 있었다. 그래서 모델이 있는 세트장 주변만 연속으로 터지는 플래시와 화려한 조명이 물결치며 정신이 없었다. 그 장소 이외의 곳은 약간 어둠침침한 배경. 화려한 무대와 나눠 갖는 것이 있다면 촬영의 분위기를 띄워주는 경쾌하고 귀여운 느낌의 음악 정도랄까?

사실 창고처럼 휑뎅그런 공간에 보이는 건 정신없이 얽혀 있는 케이블 선과 전선들이 대부분이었다. 보통 약 2층 건물 정도라고 여겨지는 높이의 천장에는 각종 조명들이 열을 지어 어지럽게 매달려 있고, 그밖에는 쓰는지 안 쓰는지 모를 각종 음향 및 모니터, 컴퓨터 등의 전자장비들로 복잡하기 그지없었다. 그나마 오늘 촬영이 사진 촬영이기에 비교적 심플하게 세팅하고 시작한 거라니, 촬영장 처음 구경하는 촌놈이 보기엔 입이 벌어질 만하다.

'우와~ 사진 찍는다고 하길래 모델하고 사진기만 있으면 되는 줄 알았더니만.'

제후는 숲 속 배경 세트를 뒤에 두고 귀엽고 발랄한 음악에 맞춰 포즈를 잡는 마리안을 바라보며 얼이 빠져 있었다. 비록 촬영장의 선풍기 바람이지만 바람에 머리를 날리며 웃음 짓는 마리안이나 작은 동물을 보고서 순진하게 눈을 동그랗게 뜨고 깜짝 놀라는 표정의 마리안, 연한 싹이 나온 나뭇가지를 잡고 눈을 꼭 감으며 짓는 깜찍한 표정의 마리안까지… 모두 완벽한 숲의 님프였다. 숲을 자유롭게 뛰어다니며 자연과 함께 숨 쉬는 님프의 생동감과 신성한 아름다움이 한낱 조잡한 세트장에서 살아나고 있었다.

이 바닥에서 깐깐하다고 유명한 조세희 선생님도 제후와 같은 느낌을 받고 계신지 계속 '좋았어', '훌륭해', '예쁘다'를 연발하며 정신없이 카메라 셔터를 눌러대고 계셨다.

제후는 마리안의 일하는 모습에서 프로라는 단어를 체험하고 있었다.

그곳은 전혀 다른 세계였다.

'뭐, 어쨌든 난 지금 힘들어 죽겠다아~!'

"에구에구~ 무슨 잡일이 이렇게 많아? 이러려면 알바를 더 쓰던가. 쓰읍!"

"어이, 거기 알바!"

"아, 고만 좀 불러요! 간다구요, 가!"

제후는 촬영을 구경하다가 구석에 앉아서 머리에 꼬아 감고 있던 수건으로 땀을 닦다가 스탭 중 한 명이 또 부르자 부루퉁하게 소리쳤다.

이봐, 거기, 어이, 꼬마야 등등… 제후를 부르는 호칭도 참 가지가지였다.

'이런 잡일도 힘들지만 마리, 쟤도 참 힘들겠다. 쩝.'

제후는 쭈그리고 앉아 있다가 땀 닦던 수건으로 몸에 묻은 먼지를 탁탁 털어가며 자신을 부른 촬영 스탭에게 다가갔다.

“왜요?”

“이 애야?”

“에? 뭐, 뭐가요?”

스탭들 음료수 심부름까지 마친 제후로서는 이제 또 무슨 일인가 싶어 다가갔다가 몇몇 스탭들이 자신을 빙 둘러싸고 오목조목 뜯어보자 약간 쫄아서 움찔거렸다. 무슨 일인지 모르지만 갑자기 화장 진하게 한 어떤 여자들과 눈이 날카롭게 생긴 보조 사진 작가 양반도 제후의 얼굴과 어깨를 더듬어가며 서로 의견을 나누고 있었다.

‘무, 무슨 일이래? 이 처녀들은 왜 또 갑자기 외간 남자 몸을 막 더듬고 난리야. 왜, 왜 이래요?’

제후가 그렇게 사람들의 이상야릇한 시선에 당황하며 식은땀을 삐질삐질 흘릴 때였다.

“음, 나쁘진 않군. 마스크도 상큼한 편이고. 틀에 박힌 잘생긴 얼굴이 아니라서 신선해.”

뭐야? 그 말은 내가 못생겼다는 거야, 아니란 거야?

‘얼래? 조세희 선생님?!’

제후는 고개를 돌리자 연예계 전문 사진 작가 조세희 씨가 그에게서 좀 떨어진 위치에서 턱에 손을 괴고 자신의 얼굴을 해부하듯이 쳐다보고 있는 것을 발견할 수 있었다. 사진 작가 조세희. 바로 조금 전까지 마리안의 모습을 카메라에 열심히 담던 그 사람이다.

쉬는 시간인지 마리안의 모습은 보이지 않았다. 스탭들도 담배라도 한 대 피우러 나갔는지 많이 보이지 않고, 남아 있는 이들도 촬영 때보다 조금은 느슨하게 휴식을 취하고 있었다.

조세희 선생. 중년에 접어들었음직한 남자. 앞머리에 희끗희끗한 서리가 약간씩 보이는 나이에 너무 메마르지 않은 체격을 가진 예술가. 그러나 젊은 세대를 타깃으로 하는 연예계에서 사진을 찍기 때문인지 나이 들어 보이지 않고 오히려 젊은 사람들에게서 느끼는 패기와 강렬한 열정을 고스란히 느낄 수 있는 눈을 가지고 있었다. 그리고 거기에다 넘치는 창의력까지.

제후는 그런 예술가의 눈이 자신을 속속들이 파헤치듯 바라보자 자신도 모르게 대항하듯 조세희 씨를 똑같이 쳐다보았다. 반작용이나 조건 반사 같은 것이었기에 제후가 뒤에 아차했지만 조세희 씨는 그런 제후의 눈을 보고 이미 의미심장한 표정을 만면에 가득 담고 있었다.

"훗! 눈도 살아 있군. 잘만 하면 좋은 사진이 나오겠어."

"엑? 뭐라고요?"

지금 내가 무슨 말을 들은 거지?

제후는 오랫동안 귀지 청소를 안 해줘서 이상한 헛소리가 들리는가 싶어 새끼손가락으로 양쪽 귓구멍을 후볐다. 하지만 새끼손가락이 귓구멍에서 퐁 하고 빠지자 다시 들려온 소리는 더 믿을 수가 없다.

"자네, 마리안과 같이 포즈 좀 취해보게."

"에―엑?"

무, 무슨 말이야, 지금?

"아, 오늘 모처럼 느낌이 좋은데 파트너 없이 마리안 혼자서만 촬영하니까 뭔가 허전하고 아쉽더라고. 이런 필이 오는 날은 카메라에 커플로 담아도 느낌이 살아나지. 그런데 그건 예정에 없던 일이라서 남자 모델이 없어. 마리안 양과 비슷한 또래여야 하는데 아시다시피 여기에 그만한 나이 대의 사람이 없지 않나."

"하, 하지만……."

이제야 무슨 말인지는 이해가 가는 제후였지만 그렇다고 받아들일 수만은 없었다. 이번 이미지 포스터는 인정사정없이 전국에 깔릴 텐데 그런 사진에 얼굴을 박으라니, 있을 수 없는 일이었다. 숨어 살아도 모자랄 판에 얼굴 공개라니……. 만약 그런 일이 벌어진다면 거짓말 조금 보태서 김 비서가 더 이상 말썽 못 피우게 제후를 묶어 방에 가둘지도 몰랐다.

하지만 그때 사진 작가 조세희 씨가 제후의 안색에서 무언가를 읽고 안심시키듯 웃어 젖히며 말을 이었다.

"걱정할 거 없어. 긴장 풀어. 어차피 얼굴이 나오는 건 아니니까. 하하하, 미안하지만 이미지 사진이기 때문에 뿌옇게 윤곽으로만 들어갈 테니 말이야. 아, 그런데 그 머리는 염색한 건가? 좋군. 컨셉에 딱인데!"

"컨셉이요?"

제후가 분장실 쪽으로 끌려가며 악착같이 물었다.

난 궁금한 건 못 참는다.

"오늘 컨셉이 태양의 신 아폴론을 피해서 달아났던 님프 다프네야."

"엑?!"

태양의 신 아폴론? 그리고 님프 다프네?

"다프네는 아폴론의 구애를 피해 스스로 월계수라는 나무로 변신해 버리지. 코디! 이쪽으로 와서 이 학생 분장 좀 하지."

'뭐, 뭡니까, 지금? 그럼 내가 아폴론 역할이라고요?!!'

"머리는 어떻게 할까? 음, 가발 따윈 필요없겠지? 색이 좀 약하긴 하지만 조명을 세게 넣으면 그게 더 나을 것도 같으니까. 그러니까 머리엔 약간 구불구불한 느낌이 나도록 컬만 좀 넣도록 하면 되겠군. 태양신인만큼 화려한 느낌이 잘 살도록 머리에서 윤기가 흘러야 되네."

"네, 선생님."

모든 것이 아주 빠르게 전개되어 갔다. 민제후의 소리없는 절규에도 불구하고 준비가 끝나가고 있었다. 그리고 휴식 시간이 끝났는지 스탭들도 하나둘 모여들기 시작하는 소란이 분장실 밖에서 요란하게 울리고 있었다.

"여긴 굉장히 조용하네?"

한편 그와 비슷한 시각에 두 개의 인영이 성전 밀레니엄 센터 별관으로 향하며 이야기를 주고받고 있었다. 너무나 비슷해 보이지만 또 어떻게 보면 너무 달라 보이는 두 남자.

그들의 공통점이라고 한다면 무심해 보이는 분위기라고 말해야 할 것 같다. 하지만 그 이외의 외부적인 부분은 그리 많이 닮았다고는 말할 수는 없을 듯하다.

한쪽은 30대 초반으로 보이는 양복을 입은 남자로 평균적인 한국 남자의 키에 약간 각이 졌지만 그리 잘생겼다거나 못생겼다고 말할 수 없는 외모였고, 반면에 그 옆에 그와 보조를 맞춰 걷고 있는 소년은 상당히 큰 키에 회색 빛이 도는 눈을 가지고 있었으며 약간 중성적인 느낌의 허스키 보이스를 가진, 상당히 매력적으로 어필되는 외모였다. 게다가 그 학생은 현재 고급스러운 사립 학교 교복을 그대로 입고 있어서 그런지 그의 소년다운 매력을 한층 더 강렬하게 느끼도록 한다. 그래서 얼핏 보면 한눈에 그저 그런 평범한 30대 남자와 인기있어 보이는 10대 소년의 차이는 커 보였지만 그래도 그들 사이에 닮은 점이 전혀 없다고 말할 수 없는 것은 그 두 사람 모두에게 무엇에도 특별한 의미를 두지 않을 것 같은 바로 그 '무심함'을 느꼈기 때문이다. 그것은 외양이 아니라 '느껴지는' 것이기에 그 단 한 가지 공통점으로도 전혀 달라 보이는 그 두 인물은 너무나 닮아 보인다고 말하게 만든다.

한데 그때 평범하게 보이는 30대 남자가 옆에서 같이 걷고 있는 학생에게 질문의 답과 함께 갑작스런 제의를 하였다.

"후후후, 시끄러울 이유가 없지. 뭐, 방음이 잘되어 있는 것도 하나의 이유겠지만 말이다. 그런데… 승현아, 진짜 생각없니?"

"어? 뭘? 밑도 끝도 없이 갑자기 무슨 말이야, 형?"

승현은 사촌 형 기획사 사무실에 들렀다가 가까운 곳에 오늘 아주 볼 만한 촬영이 있다고 해서 그곳으로 향하는 도중에 갑자기 들려온 사촌 형 목소리에 이해가 안 된다는 얼굴로 쳐다보았다. 그러자 기현은 전부터 죽 생각해 왔던 문제였던지 망설임없는 태도로 담담하게 말을 늘어놓는다.

"네가 원한다면 이 형이 널 스타로 만들어주마. 너 정도면 정말 가능성있다. 요즘 아무것도 아닌 애들도 조명발, 화장발로 밀어붙여 연예인 만드는 세상인데 그것에 비하면 넌 보석이야, 보석! 내가 연예 기획사에서 일을 하고 있지만 정말 아무한테나 이런 말 하지 않는다. 네가 시작해 보겠다고 한다면 내가 널 최고로 키워주마."

승현은 자신에게 처음으로 이런 제의를 하는 사촌 형을 물끄러미 바라보다 피식 웃어버렸다.

"훗! 왜? 나도 이용하다가 인기 떨어지면 버리려고?"

싸늘하게 들리는 물음. 하지만 이들 사이에선 그런 분위기가 일상이라 그런지, 아니면 그 정도론 얼굴 찌푸리지도 않을 만큼 가족 간의 유대가 깊은 허물없는 사이라서 그런지는 모르겠지만, 문기현은 가시가 느껴지는 문승현의 대답에 일할 땐 누구에게도 보인 적 없는 따뜻한 미소를 지으며 말했다.

"인기가 안 떨어지게 하면 되지."

순식간에 냉랭한 기운이 눈 녹듯 사라졌다.

"쳇! 그래도 안 버린다는 얘긴 안 하는군. 참 형다워."

"뭐야? '걱정 마라! 절대 넌 버리지 않는다!' 뭐, 이런 말을 해주길 바랬던 거냐? 자식! 아직도 어리광은 남아가지고."

문기현이 얼굴에 미소를 띠고 장난스럽게 승현의 머리를 흐트러뜨리자 그 소년이 살풋 찡그리며 얼굴을 피했다.

"아, 그만 해. 그리고 말이 나왔으니 하는 말이지만 나까지 그 복잡한 세계에 발 담글 필요 있나? 그리고 또 내가 뭘 할 줄 알아서? 나 연기도 노래도 잘 못한답니다. 잘 아시겠습니까, 문 실장님? 하하하하!"

"그래도 좀 아까운데."

"형!"

"아아, 알았다, 알았어. 자슥이, 성질머리 하고는. 그러니까 네가 친구가 없지. 중학교 때는 맨날 패싸움이나 하고 다니더니만 고등학교 가서는 무게나 잡고 말이야. 그리고 참! 너, 지금 고3이지? 그런데 이렇게 팽팽히 놀아도 되는 거냐? 성전특고를 무시하는 건 아니지만 거기 제대로 공부시키긴 하는 거니? 아니다. 것보다 너, 성전특고 다닌다는 거 순 뻥 아냐?"

"혀엉~!"

승현이 주먹을 꺾으며 부르자 기현이 어색하게 웃으며 시선을 피했다.

사업상 밖에서 보이는 문기현은 스타 사업에선 '블루하트의 마이더스' 라고 전설처럼 불릴 만큼 인정사정 봐주지 않는 자. 그렇기에 만약 다른 이가 지켜보았다면 지금 이렇듯 풀어진 문기현의 모습에 깜짝 놀라며 자기 눈을 의심했을 만한 광경이었다. 그의 심장은 냉혹한 만큼 푸른빛이라고 하던데 지금은 소탈하게 웃기까지 하니 말이다. 아무리 동생 앞이라지만 친부모 앞에서도 냉랭하기 짝이 없다는 「N—씨너기획」의 그 문기현 실장이 친형제 간도 아닌 단지 사촌 동생일 뿐인 학생과 이렇게 가깝다는 건 정말 신기한 일이었다. 뭔가 이유가 있을 것이라 생각되지만, 어쨌든 평범치 않은 가족사가 기대되는 형제 간이다.

"아, 이쪽이군. 승현아, 이쪽이다. 여기에서 오늘 우리 기획사 소속인 마리안의 포스터 촬영이 있지. 넌 연예인 누굴 좋아하니? 말만 해라. 부탁하면 이 형님이 사인 받아다 줄 테니까."

"됐습니다. 그런 거에 관심없어요."

승현은 별관으로 들어서서 문기현의 안내를 받으며 걷다 통제 구역으로 설정된 문으로 들어서며 무심하게 대답했다.

연예인에 열광할 나이는 지났다. 아니, 예전부터 특별히 연예인 사진 같은 걸 가져 본 적 없었으니 좋아한 적도 없었나 보다. 오늘도 기현이 구경 가자고, 현재 한국 최고의 인기 톱스타의 촬영 장면을 볼 수 있으니 좋지 않냐고 꼬드거나 나왔던 것이지 특별히 그 스타가 보고 싶어서 찾은 것은 아니었다.

"녀석, 뻣뻣하기는."

문기현의 핀잔에 승현은 쓰게 웃으며 조용했던 바깥과는 달리 활기와 소란으로 북적거리는 촬영장으로 시선을 돌렸다.

'마리안… TV에서 가요 프로그램과 CF에서 어쩌다 한번 가끔씩 봤었지. 혼혈이라서 그런지 눈이 참 예쁜 여자 아이라고 생각은 했었지

만 너무 숫기없고 얌전한 것 같아서……'

와장창!

"우아앗!! 너, 무슨 짓이야!!"

"제가 뭘요… 오빠는 왜 처음부터 무섭게 소리 지르세요? 흑……."

"야, 하루 일당! 알바를 하러 왔으면 시키는 일이나 하지 왜 얌전히 있는 우리 마리안 양한테 성질이야, 성질이! 그리고 잘못했으면 잘못했다고 사과를 할 것이지, 어디다가 또 우리 착한 마리안 양에게 덤탱이를 씌워! 너, 잘리고 싶어!!"

"엑? 쟤가 얌전해요? 도대체 어디가……."

"쓰읍!!"

문승현은 촬영장에 들어서자마자 정신이 하나도 없었다.

굉장히 복잡하고 어수선한 분위기. 그 상황을 승현이 본 대로 대충 정리해 보자면, 먼저 모델로 보이는 남학생 한 명이 잡동사니에 발등을 찧었고, 그 다음 순간 그 남자애가 굉장히 예쁘게 생긴 여자 아이에게 화를 냈지만 오히려 그 여자 아이는 무섭다고 떨며 울음을 터뜨렸다. 그리고 나자 정의감에 불타는 주변의 촬영 스탭들이 들고일어났고, 항변을 하려던 남학생은 덩치 큰 스탭 중 한 명이 눈을 부라리자 입을 다물고 억울하다는 표정으로 얼굴을 일그러뜨렸다.

듣기로는 상당히 복잡한 설명이지만 현실에서는 그것들이 단 한 순간에 정신없이 몰아친 일이라 순식간에 상황이 종료된 상태였다.

그런데 양쪽 모두 2.0인 문승현의 시력이 갑자기 떨어진 것이 아니라면 분명 그 남학생의 고함에 울음을 터뜨린 소녀는 마리안 양이 틀림없을 것이다. 멀리 떨어져 있었지만 허리를 넘는 은빛 머리칼과 청록색 눈동자를 가진 아름다운 소녀가 이런 곳에 둘이나 있을 가능성은 거의 없으니까 말이다. 그리고 승현은 그 다음으로 억울하다고 얼굴을 찌푸리는 남자애 쪽이 옳다는 것을 알아보았다. 마리안, 저 여자 아이. 순진하고 애처로운 얼굴로 그 큰 눈에서 눈물을 뚝뚝 흘렸지만 돌아서면서 혀를 낼름거리는 걸 승현은 보았던 것이다. 숫기없고 얌전하다고 생각했었는데…….

사람은 역시 겪어보지 않고는 모르는 것이라는 걸 다시 한 번 깨달으며 피식 웃음을 터뜨리는 문승현이었다. 재미있지 않은가, 이런 느낌을 맨 처음 주었던 어떤 인물과 비슷한 성격을 가진 소녀가 있다니. 틀에 가둘 수 없는 바람과 물 같은 성질의 길들여지지 않은 순수함. 물론 그래서 때론 놀래키고, 황당하게 만들기도 하지만.

'아, 그리고 보니 저 그리스 신화에 나오는 차림을 한 남자 모델이 그 녀석과 비슷한… 어?'

"자, 잠깐! 저 모델은… 진짜 그 잔챙이가 맞잖아?"

승현은 깜짝 놀라서 다시 한 번 자세히 살폈다.

"민제후?!"

화려하게 치장하고 머리도 구불구불하게 컬을 넣어서 한눈에 알아차리지 못했지만 저 금실이 섞인 듯한 특이한 금갈색 머리칼과 장난기가 배어 있는 얼굴은 아무리 다시 쳐다봐도 같은 학교의 그 녀석이 맞았다. 오늘 아침에만 해도 지각을 포함해서 선배 우롱죄로 특별 교육을 한 그 얼굴을 벌써 잊을 리가 없었다.

정말 잊을 만하면 나타나고 나타나더니 이젠 자신의 형과 연관된 장소에까지…

'저 녀석이 여기엔 웬일이야?'

승현은 아직 자신을 알아차리지 못하고 세트장에서 사진 작가 선생

님의 설명을 열심히 듣는 제후의 모습을 가늘게 뜬 눈으로 바라보며
생각했다.

보면 볼수록 황당한 녀석임은 틀림없다.

와장창!
"우아앗!! 너, 무슨 짓이야!!"
제후가 갑자기 잡동사니에 발등을 찧고서 그 옆에서 생글거리고 있
던 마리안에게 화를 내고 있었다.

처음엔 정말 별일 아니었다. 그저 생전 처음 해보는 화장 때문에 얼
굴이 갑갑하고 간지러워서 조금 투덜댔더니 마리안이 남자가 쪼잔하게
별걸 다 트집잡는다는 둥 오늘 하루뿐인데 참으라는 둥 대충 맞춰서
살라는 둥의 말들을 쫑알거리기에 '내 얼굴이 너처럼 바꾸고 싶을 때
언제든지 갈아입는 고무줄 빤쓰인 줄 아냐?' 라고 했을 뿐인데… 그런
데 갑자기 마리안이 도끼눈을 뜨고 이런 만행을 저지를 줄이야. 제후
는 발등을 잡고 최고의 극통은 말초 신경에서부터 오는 것이란 걸 생
생하게 겪으면서 한때의 방심을 마음 깊이 후회하고 참회했다.

한데 더 어이가 없는 건,
"제가 뭘요… 오빠는 왜 처음부터 무섭게 소리 지르세요? 흑……."
쿨럭… 내가 뭘 어쨌다고 눈물을 뚝뚝 흘리는 것이냐?
'내가 환장한다, 환장해! 아유~'
그러자 또 그 순간을 놓치지 않고 정의의 세트장 아저씨가 등장해서
그 굵직한 목소리로 고함을 질러왔다.

"야, 하루 일당! 알바를 하러 왔으면 시키는 일이나 하지 왜 얌전히
있는 우리 마리안 양한테 성질이야, 성질이! 그리고 잘못했으면 잘못했

다고 사과를 할 것이지 어디다가 또 우리 착한 마리안 양에게 덤탱이를 씌워! 너, 잘리고 싶어!!"

'예에~ 내가 그 소리 왜 안 나오나 했습니다. 우리 마리안, 착한 마리안, 얌전한 마리안……'

제후는 여기에서 무슨 말을 해도 먹히지 않을 것을 알았지만 아무리 그래도 진실을 알면서 무조건 입을 다물고 앉아 있을 수만은 없었다. 옛날 독립운동을 하던 투사들께서도 이런 기분, 이런 울분으로 조국의 독립을 외치셨을 거라고 생각하니 갑자기 저 마음속 깊은 곳에서 애국심이 뭉글뭉글 솟아오른다.

크흑!! 대한독립 만세~

"엑? 쟤가 얌전해요? 도대체 어디가……"

"쓰읍!"

하지만 언제나 진실 앞에는 가공할 만한 탄압이 있는 법.

제후는 사나이는 일에 경중을 가려 나설 때와 물러설 때를 가릴 줄 아는 것도 진정한 용기라고 중얼거리며 돌아섰다. 그런데…

'컬럭… 저, 저 지지배가!!'

소년은 보았다. 마리안이 우는 척하다가 아무도 안 볼 때 그를 향해서 '메롱'이라고 하는 모습을. 그리고 사랑스럽고 귀엽게 생긋 웃는 얼굴로 내보인 하얀 주먹에서 아주 천천히 들어 올리는 가운뎃손가락을.

민제후는 그 모습에 석고 가루가 되어 풀풀 날리며 흩어졌다.

"지.금. 뭐. 하.는. 건.가! 여기는 내 촬영장이라고 알고 있는데. 언제부터 내가 카메라를 잡는 곳에서 다들 이렇게 제멋대로 행동하게 됐지?"

그때 조세희 선생님의 목소리에 가시가 돋쳐 아주 천천히 촬영장 공기를 진동시켰다. 그 말에 모두들 얼어붙은 듯 꼼짝을 못했다. 그리고 전부 자신들이 왜 이렇게 풀어져 있었는지 의아해하며 아무 말 못하고 사진 작가 선생님의 진노를 묵묵히 감내하고 있었다. 한데 때때로 민제후에게로 쏘아보듯 보내는 비난의 시선들. 마치 다들 '너 때문이야'라는 듯한 눈빛이 날아들었다.

'왜, 왜 날 쳐다보는 거야?'

제후는 너무나 따끔따끔한 눈총과 원망에 식은땀을 삐질삐질 흘리면서 힘들게 그 광경들을 외면했다. 그러자 그 소년의 곁으로 마리안이 달빛 머리칼을 살랑거리며 다가와 아주 다정하게 속삭인다.

"이번 촬영 성공하면 앞으로 내가 오빠라고 불러줄게."

허허, 참, '부를게'도 아니고 '불러줄게'냐?

"왜? 싫어?"

"내가 못할 줄 알아?"

"응."

마리안이 제후의 물음에 조금의 망설임도 없이 두 눈을 깜박거리며 고개를 끄덕였다.

자존심 상한다. 신동민이나 유세진이 아무리 잘나고 똑똑하다 했어도 기특하다 싶었지 자존심이 상한 적은 없었다. 예지 마녀가 아무리 무식하다고 구박했어도 한 귀로 듣고 한 귀로 흘렸지 이렇게까지 자존심 상하진 않았다. 공부를 잘하진 못해도 열심히 하면 족하다고 생각했다. 그런데 이번 일은 학생의 본분인 공부도 아닌데 왜 이렇게 마음이 상하는지 제후는 알 수 없었다.

제후가 미간을 찡그린 채 마리안의 눈을 똑바로 쳐다보며 말했다.

"내가 지면?"
"그땐 앞으로도 나랑 이렇게 지내야지 뭐. 좋지?"
웃지 마. 정들어.
"평생?"
"응! 펴어엉~생!"
마리안이 무슨 광고라도 찍듯이 아주아주 행복한 얼굴로 말하는 순간 제후는 불타오르기 시작했다. 이기자! 이긴다! 이겨야지! 이겨야만 한다!!
'내가 저 지지배한테 꼭 이겨서 제대로 대접받는 어른이 될 테다!'
그리고 때마침 사진 작가이신 조세희 선생님께서 그들을 부르는 소리가 들려오자 제후는 눈에 불을 켜고 휘릭 날아갔다. 오늘 촬영에 대한 컨셉을 다시 한 번 더 자세하게 설명해 주신다니 기도하는 마음으로 단어 하나하나에도 열심히 귀 기울여 가며 들었다.

아폴론과 다프네.
이 신화는 태양의 신의 이루어지지 않은 사랑에 대한 이야기.
하신(河神) 페네이오스의 딸인 다프네(Daphne)는 아폴로의 최초의 여인이었다. 그러나 이 사랑은 우연히 이루어진 것이 아니라 사랑의 신인 에로스의 원한에 의해 이루어졌다.
어느 날 아폴론은 활과 화살을 가지고 놀고 있는 에로스를 보고는 전쟁 때나 쓰는 그런 무기를 가지고 장난치지 말고 사랑의 불장난이나 하라며 조롱하였다. 이 말을 들은 에로스는 이렇게 대답했다.
"당신의 화살은 다른 모든 것을 맞힐지는 모르나 내 화살은 당신을 맞힐 겁니다."

그리고 에로스는 사랑을 일으키는 금 화살은 아폴로의 가슴에, 거부의 납 화살은 강의 신 페네이오스의 딸인 다프네라는 님프에게 쏘았다.

그 이후 곧 태양의 신 아폴론은 다프네라는 소녀를 사랑하게 되었고 다프네는 연애는 생각조차 하기 싫어졌다. 그녀의 유일한 즐거움은 숲 속을 뛰어다니며 사냥하는 것이었다. 그래서 그녀는 구애하는 남성들을 모두 거절하고 사냥의 여신인 아르테미스처럼 결혼하지 않고 언제까지나 처녀로 남아 있기로 하였다.

그러나 아폴론은 그녀를 포기하지 않고 뒤를 쫓았으나 다프네는 바람보다 빨리 달아나며 그가 아무리 간청하고 애원해도 잠시도 멈추지 않았다. 그리고 다프네는 아폴론에게 쫓기고 쫓겨 힘이 떨어지자 그녀의 아버지 강의 신에게 호소했다.

"아버지, 살려주세요. 땅을 열어 저를 숨겨주세요. 아니면 제 모습을 바꾸어주세요. 이 모습 때문에 제가 이런 무서운 일을 당하고 있으니……."

다프네가 말을 마치자마자 그녀의 사지는 굳어지고, 가슴은 부드러운 나무껍질로 싸이고, 또 머리카락은 나뭇잎이 되고, 팔은 가시가 되었다. 그리고 그녀의 다리는 뿌리가 되어 땅속에 뿌리 내렸다. 얼굴은 가지 끝이 되어 모양은 달라졌으나 아름다움만은 여전하였다.

아폴로가 깜짝 놀라 그 자리에 멈춰 섰다. 줄기를 만져 보니 새로운 나무껍질 밑에서 그녀의 몸이 떨고 있었다. 그는 가지를 끌어안고 힘껏 입맞춤을 하려 했다. 그러나 상대는 그의 입술을 피하였다. 아폴론은 말했다.

"그대는 이제 나의 아내가 될 수 없으므로 나의 나무가 되게 하지. 나는 나의 왕관을 위해 그대를 쓰려고 한다. 나는 그대를 가지고 나의 리라와 화살통을 장식하리라. 그리고 위대한 로마의 장군들이 카피톨리움 언덕으로 개선 행진을 할 때, 나는 그들의 이마에 그대의 입으로 엮은 화관을 씌우리라. 그리고 또 영원한 청춘이야말로 내가 주재하는 것이므로 그대는 항상 푸를 것이며, 그 잎이 시들지 않도록 해주리라."

이미 월계수로 모습이 변해 버린 그녀는 가지 끝을 숙여 감사의 뜻을 나타냈다.

"…자, 여기까지. 잘 알겠지?"

"저, 잠시만요. 그러니까 요점만 정리하자면, 그 이야기에서 내가 그 여자 뒤꽁무니를 쫓아다녔던 머저리 태양신 아폴론이고, 마리안이 철없는 독신주의자 다프네라는 여자네요?"

"그, 그렇지."

사진 작가 선생님이 제후의 독특한 표현에 어색하게 웃으며 대답하자 민제후가 눈을 번쩍이며 진짜 핵심 질문을 하였다. 연필에 침을 묻혀가며 수첩에 꾹꾹 눌러 메모하는 모습이었으면 꼭 스캔들을 취재하는 기자로 보였을 만한 열의였다. 물론 요즘 기자들은 그렇지 않겠지만.

"그렇다면 그 신화에서 어떤 장면을 원하시는 겁니까? 이야기가 굉장히 긴데요."

"아! 좋은 질문이야. 그렇지. 이건 영화나 뮤직 비디오가 아니라 단 한 장의 컷에 모든 것이 담겨야 하는 포스터 사진이지. 우린 그 단 한 장면을 원해. 이 모든 걸 단 한 장의 사진 속에 넣어야 하는 것이네. 더 이상 올려다볼 수도 없을 만큼 높은 존재, 즉 광명과 태양의 신의 무조건적인 사랑! 하신의 딸로서 숲을 자유로이 뛰어다니며 끝까지 순결한 처녀로 남은 녹색의 님프 다프네! 승리와 위대함의 상징, 영원한 푸르름을 약속받는 월계수! 바로 그 마지막 장면!! 우리는 이것들에게서 신세대들에게 어필할 수 있는 신화(神話)를 일깨워야 하는 거야! 사랑, 순수, 야망, 새로움, 신비, 환상까지!"

'아하… 하하… 아주 거창하네요? 그런데 그게 과연… 될까나?

사진 작가 선생님이 점차 열변을 토해가자 열심히 듣고 있던 제후는 그 많은 요구 사항을 어떻게 받아들여야 하나 골머리를 썩으면서 점점 자신감을 잃어갔다. 전문 모델도 아니고 잡일 아르바이트를 무작정 붙잡아서 하는 말이 간단한 포즈로 서 있기만 해도 된다더니, 지금 하는 말은 처음에 했던 말과는 달리 전혀 쉬운 것이 아니지 않은가. 그 많은 것들을 어떻게 단 한 장의 사진 속에 담겠단 말인지…

'에라, 모르겠다! 어차피 난 얼굴도 안 나오고 포스터 자체도 뿌옇게 효과를 낸다니까. 잘되겠지 뭐. 냐하하하하~'

역시 복잡한 것은 딱 질색이었다. 이렇게 간단하게 정리하면 속 편한 것을.

제후는 그 뒤로도 한참을 조 선생님의 설정과 컨셉, 의상과 액세서리에 대한 설명까지 지겹게 들어야만 했다. 실제 촬영에 들어갈 때까지의 시간은 한숨이 나올 만큼 길고도 길었다.

팟! 파앗!

어쨌든 결국 세트장 위의 천장 조명에서 빛이 쏟아지는 소리가 터져 나오며 촬영장이 환하게 밝혀졌다.

그런데 그 위로 올라선 제후는 생각보다 강렬한 조명에 눈이 부셔 자신도 모르게 몸이 움츠러들었다. 눈으로 보는 것과 직접 자신이 해보는 것은 정말 많이 달랐다. 눈앞의 사람들이 잘 보이지 않았고 몸은

뻣뻣하게 굳어 스탭들이 요구하는 포즈를 취하는데도 그는 자신이 뭘하고 있는지조차 인식 못하고 정신이 없었으니.

'마리안은 아까 어떻게 그리도 자연스럽게 촬영할 수 있었지? 난… 우욱~ 토할 것 같애.'

내기 때문에 잘해야 한다고 긴장한 탓일까? 평소엔 너무 단순하고 단세포라 걱정될 정도였던 제후가 이젠 현기증까지 일으키다니. 보다 못했는지 마리안이 자연스럽게 그를 붙잡고 다정하게 웃으며 위로의 말을 건넸다. 다행스럽게도.

"씨발, X 같애. 더워서 뒈지겠다. 빨리 시작해서 빨리 좀 끝냅시다."

물론 다른 사람 귀엔 들리지 않게. 쿨럭.

하지만 그 말소리가 어쨌든 민제후에게 약이 된 것은 사실이었다. 어울리지도 않는 긴장감에 몸을 맡기고 있는 그 소년이 마리안의 그 친절한(?) 어드바이스 덕분으로 제정신을 차렸으니까 말이다. 또한 이대로 어리버리 있다가 사진 한 장 못 찍고 끝난다면 자신은 평생 저 말투를 듣고 견뎌야 할지도 모른다는 것이 충격으로 다가왔던 것이다.

'아니 돼… 아니 돼… 그래서는 아니 돼……'

민제후, 우선 그 소년은 가슴을 조금씩 가라앉히며 주변을 살펴보았다.

세트는 숲이다.

모델은 자기 자신 바로 앞에 있는 마리안.

마리안, 그녀는 자유롭게 숲을 뛰어다니고 사냥하길 좋아하는 숲의 님프 다프네다. 그리고 나 자신은 지금 박경덕도, 민제후도, 그 누구도 아닌 태양의 신 아폴론.

만물을 내려다보는 위치에 있고, 또 누구보다도 높고 빛나는 광명의 지위에 있는 태양의 신. 바로 그 태양 자체가 되어 이 자리에 서 있다고 상상을 해보았다. 그런데 어쩐지 태양신의 지위가 성전그룹 총수의 직위와 이미지가 겹쳐지는 것은 무엇 때문일까?

그 때문에 제후는 피식 웃음을 터뜨리는 여유까지 갖추고 긴장감을 완벽하게 털어버릴 수 있었다.

"자자, 촬영 들어갑니다. 그쪽은 형광 조명도 미리 준비해 두고."

"조명 오케이~"

금발의 미소년인 태양신 아폴론으로 분장한 민제후가 무대와 조명에 적응하고 조금 편해진 듯하자 조세희 선생님이 흐뭇한 낯으로 카메라를 들고 셔터를 눌러대기 시작했다. 정신없이 각 방향에서 번개처럼 터지는 플래시. 조 선생님이 위에서 내려다보며 촬영할 수 있는 카메라를 들고 이리저리 움직이며 세부적인 포즈를 지시하면서 장면 장면을 계속해서 필름 속에 담아갔다.

이상했다. 처음엔 기본 조명에도 다리가 후들거리고 어깨가 딱딱하게 굳었었는데 이제는 시간이 가면 갈수록, 카메라 플래시가 터지면 터질수록 이 상황이 더욱 자연스럽게 느껴져 갔다.

'그래. 태양신 아폴론을 원한다면 돼주지! 난 태양이고, 만물 중엔 나를 내려다볼 수 있는 존재는 없다. 나는 태양이다!'

마리안의 녹빛 눈동자가 겁을 먹고 거부하는 동작을 펼치며 제후의 팔을 뿌리치려 하자 조 선생님의 '좋아', '좀 더 자연스럽게' 같은 말이 포즈에 대한 지적보다 점점 더 늘어갔다.

'태양신의 사랑을 거부한 다프네여……'

제후는 신화 속으로 점점 빠져들어 갔다. 눈앞에 있는 소녀는 마리안이 아니라 하신 페네이오스의 딸, 님프 다프네. 아폴론의 사랑을 거부하고 아폴론이 무서워 도망친 그녀가 점차 월계수로 변해간다. 숲 속을 뛰어다니는 새끼 사슴처럼 가늘고 아름다웠던 그녀의 다리가 뿌리가 되어 대지와 하나가 되어간다. 그녀의 아름다운 머리칼은 월계수를 휘감는 나뭇잎이 되어갔다.

태양의 신이 된 금빛 머리칼의 소년은 월계수로 변해가는 다프네에게 성스럽게 다가가 월계수의 잎을 소중히 잡아 들었다. 그리고 동시에 마리안의 달빛 폭포수 같은 머리 타래도 잡아 들었다.

지고지순한 지위의 빛의 소년은 애절하고 가슴 아프게 그 월계수 잎에 가벼이 입을 맞춘다. 또한 그것과 동시에 은빛으로 쏟아져 손아귀에서 흘러내릴 듯한 마리안의 머릿결에도 깃털이 스치듯 입을 맞춘다.

월계수로 변한 듯 나무처럼 굳어 제후를 외면하는 마리안.

제후는 또 나뭇가지처럼 뻗어 있는 마리안의 뻣뻣한 팔을 잡고 초록빛 드레스와 나뭇잎을 상징하는 그녀의 긴 머리칼뿐만이 아니라 사랑스럽게 빛나는 그녀의 하얀 손바닥에도 키스했다. 제후의 얼굴은 한쪽 무릎을 꿇고 마리안의 긴 머릿결과 손바닥에 입맞추느라 고개 숙였기에 그의 화려한 금갈색 머리칼에 가려 고개 숙인 옆모습만이 보였다. 하지만 왠지 진한 키스씬도 아니건만 그 단순한 포즈엔 얼굴이 붉어지게 에로틱한 무언가가 있었다.

"오케이~! 좋았어!!"

마침내 조세희 선생님의 오케이 사인이 떨어졌다.

"최, 최고야!!"

"와아아~ 잘하는데."

오늘 촬영이 끝났다고 하자 그 많은 스탭들이 한꺼번에 박수를 친다. 정신없는 와중에 했지만 어쩐지 그 많은 사람들에게 웃음과 박수를 받자 제후는 그다지 나쁘지 않은 기분이 되었다.

"고맙습니다. 수고하셨습니다. 수고하셨습니다."

어리벙벙한 상태로 여러 방향을 향해 고개 숙여 계속 인사를 하고 다니던 제후는 지금까지 사진을 찍으셨던 조세희 선생님의 악수를 받고 그것이 뭘 뜻하는 것인지 몰라 멍청하게 서 있었다. 조 선생님은 그런 제후에게 시간 나면 놀러 오라고 말하며 민제후의 어깨를 두들겨 주고 나가셨다.

'에? 뭐, 뭐야? 내가 왜 저 아저씨한테 놀러 가야 하는데?

"조세희 선생님한테 인정받은 거야, 당신? 아아~ 대단하네."

"엉? 인정?"

무슨 소린지 이해가 되지 않는다.

"하긴, 아까 진짜 멋있었어. 아폴론이 진짜 어울릴 줄이야… 언제 연기 공부한 적 있어?"

하지만 마리안은 정말로 놀랐다는 얼굴로 눈을 동그랗게 뜨고 다가와 말하고 있었다.

아하~ 그 뜻이로구나. 놀라는 표정도 예쁜 마리안~ 그럼 내기는 나의 완승이로세! 아싸붕!

"이거 이젠 정말 꼼짝없이 오빠라고 부르게 생겼네? 에이 씨~ 재미없어."

"와하하하핫! 내가 또 소싯적에 학예회에서 한연기 했었잖아."

지금으로 말하면 초등학교라고 부르는 과정까지만 학교를 다녔으나 실제로 그때 연기를 하긴 했었다. 몇십 년 전이라 기억이 가물가물하긴 해도 분명히 「흥부놀부전」에서 제비 3과 나무 5, 마을 총각 2를 했었던 것이다. 특히 어린 나이였지만 대사도 많았던 마을 총각 2의 배역을 맡았을 때는 그때도 얼마나 감동의 도가니탕이었던가! 대사가 '아이쿠~ 복받았군, 복받았어!' 였다. 음하하하하하!!

그런데 그때,

찌잉―

"……!"

제후가 찰나간 뒤통수를 내려 맞은 듯한 섬뜩한 느낌에 날카롭게 고개를 획 돌렸다. 그것은 본능적으로 느낀 생명의 위협! 하지만 재빨리 둘러본 그곳엔 어떤 위험 요소도 없어 보인다. 다만 분주하게 주변을 정리하는 몇몇의 스탭들뿐.

'위험?'

도대체 누가? 누구를?

'정말 보면 볼수록 재미있는 녀석이란 말이야.'

승현은 촬영이 끝나고 사람들이 박수 치며 서로를 격려하자 이제는 아는 척해도 방해되지 않을 것 같다는 생각에 민제후와 마리안이 있는 쪽으로 걸음을 옮겼다. 문기현 실장은 촬영 총책임자이자 사진 작가 조세희 씨와 사업상 할 말이 남았다면서 자리를 비웠기에 승현 혼자 움직이고 있었다. 어차피 민제후와 친한 사이는 아니라도 초면 역시 아니기에 굳이 소개자가 필요없으니 별 상관없을 것 같았고, 특별히 할 말이 있는 건 아니었지만 그저… 그저 무엇이든 말을 나눠야 하지 않을까 하는 그런 생각이 들었다.

그런데 막 그가 민제후를 부르려고 입을 열려는 순간이었다. 갑자기 그 민제후가 무서운 눈초리로 획 돌아서서 여기저기를 둘러보는 것이 아닌가. 무슨 일인지 잘 알 수는 없었으나 승현은 뭔가 불길한 기분을 떨칠 수가 없었다.

어째서 지금 이런 기억이 떠오르는지 잘 모르겠지만 쥐 같은 작은 동물들은 위험이 닥치는 걸 미리 알아챌 수 있다고 한다. 그렇다고 민제후가 쥐와 동격이라는 것은 아니지만 예전에 맞붙어봤을 때 느꼈던 그의 예리한 감각 정도라면 어쩌면 비슷하게 그런 느낌을 느낄 수 있지 않을까? 한순간 그런 생각을 해본 승현이었다. 바보 같은 생각이었나?

한데 그렇게 문승현이 밑도 끝도 없이 달려가는 자신의 상상력에 어이없어하며 그냥 돌아설까 고민하는 그때였다.

끼이이잉—!!

갑자기 천장에서 묵직한 철근이 부대끼는 소리가 들리는가 싶더니 놀란 눈을 부릅뜬 문승현의 시야로 무너지는 조명 구조물이 보여졌다. 그런데 문제는 그것들이 무너져 내리는 곳은 촬영 세트장 한가운데. 그리고 그곳에 아직 남아 있는 것은 조금 전까지 그 근처에서 이야기하고 있던 두 모델, 마리안과 민제후였다!

'뭐, 뭐지, 이 긴장감은?

위협. 위험. 경고.

전생보다 오감이 몇 배는 예민해졌기 때문인지 훨씬 더 강하게 다가오는 그것은 살을 벨 듯 날카롭게 느끼는 생명에 관한 위협이고 온몸의 세포들이 부르짖는 위험에 대한 본능의 경고였다.

전생에 자신이 조직을 이끌면서 그 밑바닥에서 살아남을 수 있었던 가장 큰 원동력은 바로 이런 느낌이었다. 바로 위험을 감지하는 능력. 그렇게 자신의 머리 속에서 위험하다고 빨간 불이 들어오면 항상 무슨

일인가 터지곤 했던 것이다. 그런데 지금은 그 빨간등이 켜졌을 뿐만 아니라,

'그 경고음 때문에 머리가 터질 지경이야!'

"왜 그래? 어디 아파?"

마리안이 제후의 안색이 창백해지자 미간을 찌푸리며 걱정을 한다.

"아, 아니… 아니야……."

그래, 아니야. 아무것도 아니야. 아무것도 아니어야 한다.

'하지만 이 날카로운 긴장감은… 대체 뭐지?'

무엇 때문인지는 모르겠지만 제후는 손바닥이 축축이 젖어올 정도로 땀이 배어 나오는 것을 알았다. 위험이 아주 크다. 그런데 어디로 피해야 할지 알 수가 없었다. 그리고 누구를 노리는 것인지도. 그래서 섣불리 움직일 수가 없다. 한데 사람들이 이렇게 많은데 설마 이 사람들 속에서 누군가를 해코지하려는 걸까? 아니, 그저 그런 정도의 위험이라면 이 정도의 예리한 긴장감이 돌 리가 없다. 좀 더 큰 건이다. 훨씬 큰 사고.

'엇? 사고?!'

투툭!

그때였다. 제후가 무언가 힘겹게 끊어지는 소음에 정신이 번쩍 들어 위를 쳐다보았다. 그 소년의 눈동자가 있는 대로 크게 확대되어 경악과 분노가 섞인 표정으로 악을 썼다.

"젠장, 머리 위였어?! 왜, 하필이면!!"

끼이이잉―!!

"까아아악!"

"으아아아악!!"

천장의 조명들이 주르륵 매달려 있는 철제 구조물이 신경을 긁는 요란한 쇳소리를 내며 철근을 구부리고 쏟아진다. 그 구조물을 받치고 있던 지지대가 한쪽이 무너지고 그로 인해 결국 균형이 무너져 내리는 것으로 보였다. 하지만 지금 문제는 그 사고의 원인이 아니라 그 사고의 결과가 어떻게 나타날 것인가에 있었다. 불행하게도 무너져 내리고 있는 그 조명 구조물은 민제후와 마리안이 있는 바로 위로 수직 낙하하는 중이었다. 너무나 찰나간이었기 때문에 모두 피할 생각도 구할 생각도 없이 비명만 지르고 있었다.

"꺄아아—"

"마리안!"

제후는 비명을 지르며 머리를 감싸고 바닥에 주저앉는 마리안을 보고 순간 속으로 욕을 퍼부었다.

전부터 항상 불만이었지만, 왜 여자들은 위험하면 피할 생각 안 하고 주저앉기부터 하냔 말이다! 저렇게 주저앉으면 끌어당겨서 같이 피하기에도 여의치 않아지지 않는가!

혼자서 몸을 날린다면 저 무지막지한 철근덩어리를 충분히 피할 수 있었다. 하지만 마리안까지 안아서 도망칠 시간적 여유가 없었다!

그렇다면 저 아이는…

'절망인가?'

한순간 제후는 막막함에 멍해졌지만 마리안의 얼굴에서 한 여자의 얼굴을 발견해 내고는 이를 악물었다. 지켜주겠다고 했다. 그런데 한 번은 그 약속을 지키지 못했다. 그런데 다시 또 한 번 그 약속을 저버릴 순 없었다. 그것도 혜서와 같은 얼굴을 한 여자에게.

정말 찰나간에 일어난 일이었지만 그새 정말로 많은 생각을 하고 결국엔 무모한 결정을 내려 버린 소년이 거기에 있었다.

제후가 마침내 바닥에 주저앉아 버린 마리안에게 몸을 던져 그녀를 끌어안고 옆으로 다시 몸을 날리려 했다. 하지만 천장에서 떨어지는 그 괴물 같은 구조물, 그것은 이미 벌써 그 두 아이들의 몸을 짓이겨 버리겠다는 기세로 몸에 닿을 듯 내리꽂히고 있었다. 사방에서 비명 소리가 산재했다. 그리고 민제후는 눈에 핏발이 일어설 정도로 두 눈을 부릅뜨고 허공에서 떨어지는 그 흉기들을 향해 악다구니를 썼다.

"멈춰—!!"

그는 예전에 길에서 불량 청소년들을 만났을 때, 아스팔트를 갈랐던 자신도 모르는 그 힘에 모든 것을 걸고 있었다. 그 이후로 그 힘을 다시 느낀 적은 없지만 목숨이 경각에 달려 있으니 이번만큼은 한 번만 도와줬으면 좋겠다고 생각했다. 절망 속에 한 가닥 희망으로 절실했다. 그것밖에 방법이 없었다. 약간이라도 좋으니까 뭐든 나타나만 준다면 이 절명의 상황만큼은 어떻게든 벗어날 기회가 될 것 같았다.

제후는 그렇게 될지 안 될지도 모르는 신비한 힘에까지 자신의 일신과 함께 한 여자의 생명까지 거는 도박을 하고 있었다. 그러나 솔직히 백 퍼센트 믿을 수 없기 때문에 그 소년은 절망을 등에 지고 살려달라는 말 대신에 욕설과 멈추라는 소리로 악을 쓰고 있었다.

"멈춰! 멈춰!! 멈.추.란. 말.얏!!"

촤아아앙—

그때 조명 구조물이 떨어진 충격으로 전선들이 합선을 일으켰는지 여기저기에서 번개처럼 한순간 시야가 안 보일 정도의 불꽃들이 터졌고, 떨어지는 그것에 매달려 있던 조명들은 그 충격으로 유리 렌즈가 산산이 깨져서 날려 흩어졌다.

　그리고 그 바람에 제후와 마리안의 몸도 그 장소에서 튕겨져 나와 간신히 목숨을 구했다. 사람들이 뒤늦게 허둥지둥 달려가 그 아이들의 상태를 살피려 하고 있었다.

　모두들 이 아이들이 천재일우로 살아났다고 여겼다. 그러나 그들은 전선들이 합선을 일으키며 터뜨린 불꽃 때문에 보지 못한 것이 있었다. 그 괴물같이 떨어지던 철근 구조물이 민제후와 마리안의 몸에 닿기 직전 멈칫하다 다시 튕겨져 나온 걸. 아니다. 봤어도 황망한 지경에 봤기에 믿을 수 없었거나 깊이 생각 않고 흘려 버렸을 것이다. 어쨌든 한 가지 사실은 맹렬히 떨어지던 그 철제 조명 구조물이 그 아이들 앞에서 멈칫한 사이에 제후가 마리안을 안고 찰나간 옆으로 몸을 날렸기에 살아날 수 있었다는 것이다. 지금 이 순간, 살아 있음을 확인한 두 아이들에겐 그 물체가 어떤 신비한 힘에 밀려 떨려났든 아니든 중요하지 않았다. 살아 있다는 것이 제일 중요했다.

　"괜… 찮지?"

　얼이 나간 마리안. 그런 소녀에게 제후가 떨리는 목소리로 묻고 있었다.

　"어, 어어, 응……."

　"그래, 그거 정말… 다행이다……."

　마리안은 자신이 아직도 제후의 품에 있다는 사실을 깨닫고 얼굴을 붉히며 황망하게 그 품에서 빠져나왔다. 그러나 민제후는 바닥에 늘어져서 온몸에 힘이 빠진 듯 중얼거렸다.

　"이번 일… 단순한 사고가 아니라 진짜 누군가 일부러 계획한 일이면……."

　한데 그 순간 그의 목소리에 일어나는 지독한 살기!

"죽여 버리겠어."

그것까지 읊조리던 제후는 한 손으로 이마 밑, 눈가를 가리며 비틀비틀 일어섰다.

"…반드시!"

"오, 오빠? 오빠 눈이……?!"

마리안의 놀란 목소리가 점차 황당하다는 듯이 흔들리더니 곧 덜덜 떨리며 울음이 섞여 들어갔다. 손으로 두 눈을 가리고 일어서던 소년의 그 손은 점점 붉은 물감에 물들어 젖어 들어가고… 마침내 그 붉은 물감은 바닥으로 주르륵 흘러내렸다. 그 소년은 비명을 지르고 있진 않았지만 대신 몸이 부들부들 떨리고 있었다.

"눈에서 피가……! 흐흐흑……!"

마리안의 목소리가 격해지자 그쯤 돼서 사람들이 들이닥쳐 마리안을 제후에게서 떼어놓고 있었다.

큰 충격으로 크게 놀란 마리안은 그 후 어떻게 그 장소를 벗어났는지 기억조차 하지 못했다. 다만 민제후, 그를 갑자기 교복 입은 어떤 사람이 나타나 친구라며 업고 병원으로 갔다는 것밖에 기억나지 않았다.

제6장 위험은 누구에게

"왜요? 어째서요? 왜 그저게 나 대신 다친 그 사람에 대해서 아무도 말 안 해주는 거냐고요!"

"마리안이 신경 쓸 일이 아니잖아. 그 학생에게는 우리 쪽에서도 최대한 보상을 해주도록 할 거야. 그러니까 마리안은 이번 앨범 발표에만 신경 쓰라고."

사고가 일어난 지 하루하고도 반나절이 지났다. 한 번의 낮과 두 번의 밤을 지났다. 그렇다면, 이 정도의 시간이 흘렀다면 이틀 전에 일어난 사고에 대해 가타부타 말이 있어야 하는데 아무도 그 사건에 대해 말해 주지 않는 것이다. 그래서 마리안은 답답해 미칠 지경이었다. 매니저고 사무실 직원이고 모두들 자신만 쏙 빼놓고 알려주지 않는 것처럼 이야기를 피하고 있었다. 그리고 무엇보다도 자신을 구해주고 자기 대신 다친 민제후란 이름의 아르바이트 오빠에 대한 안부가 궁금했다.

무사한 건지, 어디가 잘못된 것은 아닌지…….

"그 사람은 절 구해줬다고요! 생.명.의. 은.인!! 몰라요, 무슨 뜻인지?"

"아, 글쎄, 네가 직접 나서서 좋을 게 하나도 없다니까."

마리안은 매니저가 끝까지 아무것도 모른다고 버티자 매섭게 노려보았다.

위에서 시키면 시키는 대로 움직이기만 하는 인간! 욕심 많고 시커먼 속을 가지고 있으면서도 문 실장이 무서워서 눈치만 보고.

"아아아~ 몰라! 나 매니저랑 말 안 해! 실장님한테 직접 물어볼 거야!!"

"엇? 마, 마리안?!"

무조건 알 필요 없다, 넌 가만히 있어라, 시키는 대로만 하면 돼. 그런 말 따윈 이제 아주 지긋지긋하다고! 내가 직접 알아보겠어!!

마리안은 아무리 부탁하고 졸라도 안 가르쳐 주는 그 일을 직접 문 실장에게 물어보겠다고 결심하고서 계단을 뛰어 올라갔다. 어제는 하루만 더 기다려 보라고 하더니. 그래서 오늘은 괜찮다 또는 얼마나 다쳤다 따위의 소식을 듣기 위해서 아침 일찍부터 기획사로 뛰어나왔는데 아무 소득이 없자 마리안은 화가 머리끝까지 났다. 원래 성질이 급한데 그런 그녀에게 이틀이나 참게 했으니 터질 만했다.

매니저가 불렀지만 마리안의 뒷모습은 벌써 시야에서 사라져 보이지 않았다.

"…그래서 제후 군은 어떻게 됐나? 병원에서는 뭐라 그러지?"

'어? 이게 무슨 소리지?'

문기현 실장님의 사무실 앞에 도착한 마리안은 문을 벌컥 열고 들어

가려다 '제후' 라는 단어에 귀를 쫑긋 세우고 문에 바짝 기대섰다. 제후라고 한다면 그 황당한 오빠를 말하는 것일 거다. 그제 자신을 대신해서 다친 그 남학생.

'이름이 민제후라고 했었는데… 지금 그 사람 이야기를 하고 있는 거구나. 뭐라고 하는 거야? 잘 안 들리는데……'

"병원에서는 우선 경과를 지켜봐야 한다는군요. 상처가 문제가 아니라 충격을 받은 부분이 연약한 눈 쪽이라서 지금 당장보다는 앞으로 어떻게 될지 모른다고. 시력에 대해서도 불안한 검사 결과가 나왔구요. 큰 충격을 받아 일시적으로 시력에 이상이 온 것일 수도 있다지만… 만약 그런 것이 아니라면……"

"실명의 가능성도… 있다는 말인가?"

'……!'

마리안이 문밖에서 귀를 기울이고 있다가 다시 '실명' 이라는 두 번째 단어가 들려오자 정신이 아찔해지는 것을 느꼈다.

시, 실명?!

"뭐, 그런 경우도 배제할 수 없다고……"

쾅!!

"헛, 누구? 넌… 마리? 이른 시간에 웬일이냐? 오늘 스케줄은 없는 것으로 아는데. 큰일을 당할 뻔했으니 앞으로 며칠 더 쉬어……"

"그게 정말이에요?"

문기현은 갑자기 요란하게 벽에 부딪치며 열어젖혀진 사무실 문을 보고 냉랭하게 굳은 표정으로 누군지 단단히 혼을 내겠다고 싸늘한 눈을 들었다가 그 자리에 서 있는 것이 은색 머리를 가진 아름다운 소녀임을 보고 목소리를 누그러뜨렸다. 하지만 그 소녀 마리안은 문 실장의 그 말을 중간에 잘라먹고 바로 직설적으로 물어왔다.

"마리안, 네가 특별히 신경 쓸 일이 아니……."

"그게 정말이냐구요!"

마리안의 얼굴이 금세 주체할 수 없이 흘러내린 물줄기로 푹 젖어버렸다. 그 소녀의 에메랄드를 닮은 청록색 눈동자가 눈물과 슬픔에 잠겨 청색이 더 깊게 자리 잡아 흔들린다. 그리고 믿을 수 없다는 듯이 웃을 때와 비슷한 모양으로 치켜 올라가 떨고 있는 입술 선까지.

"정말… 그 웃기는 오빠 실명한대요?"

문 실장과 그와 함께 의견을 나누고 있던 직원 모두가 아무 말 없이 너무 조용하다. 마리안은 그 순간 바닥이 꺼지는 것 같다는 느낌이 바로 이런 것이라는 걸 너무나 확실히 체험하고 있었다.

"갔군."

"어이, 일찍 출근했네?"

문기현 실장이 창문 앞에서 마리안이 어디론가 가기 위해 서둘러 차를 타는 모습이 보이는 사무실 바깥을 내려다보고 있을 때, 이우진이 그의 사무실로 들어서며 밝게 아침 인사를 건넸다. 어제 여러 가지를 알아보라고 지시했기에 오늘 좀 늦게 출근할 줄 알았더니, 일찍 나온 것을 보니 벌써 모두 알아봤거나 아니면 소득이 없거나 둘 중 하나였다.

기현이 이우진에게 슬쩍 웃으며 눈인사를 하고 책상 앞에 가서 앉았다.

"어떻게 됐어? 그 사이코에 대한 정보는 좀 캤나?"

"아아, 그 의문의 협박 편지 말이지? 역시 한번 사고가 나니까 정신이 번쩍 드나 봐? 아이고, 농담이야, 농담. 또 눈을 흘기고 그래요. 무슨 말을 못하겠군 그래."

오늘도 역시 또 시작되는 이우진의 가벼운 말에 기현이 찌릿하게 쳐다보자 그가 손을 흔들며 웃어 젖힌다. 그저께 일어난 사고로 정말 자칫 잘못했으면 마리안이 죽을 뻔했다. 이건 단순한 스토커라고 생각하긴 힘들고…

'사진 한 장 찍는데 너무 큰 촬영장에서 했어. 소규모 스튜디오에서 했으면 천장에서 뭐가 떨어져 죽을 뻔할 리가 없잖아.'

억지였다. 그래, 억지. 분명히 마리안을 노리는 사이코가 일을 벌였다면 그 다른 장소에서는 또 다른 수법으로 일을 벌였을 테니까.

"아, 우선 경찰에 비밀 수사를 의뢰했어. 마리안이 공인인 점을 감안해서 생명의 위협을 받을 정도의 스토킹을 당한다면 사회적으로 파장이 클 거라고 납득시켰지. 여기에 적지 않은 내 인맥도 많이 작용했으니 상 좀 달라고. 경찰서에 출입하는 기자들 따돌리는 것도 일이었고 말이야. 아아~ 알았다니까. 또 눈을 뒤집고 그러냐? 음, 그리고 지금까지 받았던 협박 편지나 변태적인 사랑 요구 편지 따위도 증거물로 제출했고. 아, 그건 김지선 씨에게 어제 물었더니 막 소각하기 직전이더라고. 후후. 그래서 이 몸이 그것을 싹 가로채서 경찰에 갔다 준 거지. 난 말단 직원일 뿐인데 이상하게도 이 회사 내에서 너 다음으로 입김이 세거든. 재밌지 않냐? 후후후후."

자식, 말단 직원 좋아하네.

"네가 원한다면 이 자리도 줄 수 있어."

"됐네. 지금이 훨씬 좋아. 움직이기도 편하고. 아참, 그런데 그 사이코 변태에 대해 수사하다가 한 가지 걸리는 걸 발견했는데… 그 아이

말이야, 마리안을 구한 그 소년."

기현은 우진이 여느 때와 달리 진지하게 눈을 빛내자 긴장하며 귀를 열었다.

"민… 제후라던가? 그 학생 말이지? 왜?"

"이상해서. 그 스토커 놈을 잡기 위해서 그 편지들에서 별별 검사를 하고 테스트를 하며 단순 범행보다는 무슨 의도가 숨겨진 것 같다고 형사들과 의견이 좁혀지려고 했을 때 말이야, 정말 재미있었어. 그저 정확한 신원이라도 확보하려고 그 학생에 대한 정보를 찾아봤는데…… 없더라고."

뭐?

"그냥 없는 것이 아니라 특급 보안으로 설정되어 있더군. 1급도 아니고 말이야. 이게 무슨 뜻인지 알아?"

일반인이, 그것도 아직 공부하는 고등학생이 어째서일까?

기현이 이해가 안 된다는 얼굴로 눈을 찌푸리자 이우진이 자신도 믿을 수 없고 어이없다는 제스처를 취하며, 그래도 자기가 알아본 만큼 확실하다며 입을 열었다.

"훗! 믿을 수 없겠지만 그 소년이……."

이우진의 눈이 번쩍 빛났다.

"한 나라의 장관급 이상으로 중요한 인물이란 뜻이지."

"별로 그렇게 똑똑해 보이진 않았는데 학교는 대빵 좋은 데로 다니잖아!"

한편, 그때 한 소녀가 넓은 교정을 걸어가며 씨근거리고 있었다. 가도 가도 끝이 없는 것 같았다. 무슨 놈의 학교가 이렇게 넓은지 이해할 수 없는 소녀였다.

바람이 불어 그녀의 머리카락이 어지럽게 날렸다. 정말 긴 머리다. 감탄할 만큼 긴 허리를 넘는 길이의 머리칼. 게다가 한국 사람에게서 볼 수 없는 은빛 머리. 외국에서는 그 머리를 실버 블론드라고 부르던가?

어쨌든 햇볕에 반짝반짝 빛나며 바람에 날리는 그 소녀의 머리칼은 마치 아침에 보는 은하수처럼 지상에 환상을 옮겨놓으며 춤을 추었다. 하지만 그 머리칼의 주인인 소녀는 그것이 단순히 귀찮고 짜증스러웠나 보다. 또다시 툴툴대며 주머니에서 머리 고무줄을 찾아서 대강 중간까지 땋아 묶어버리고서 그제야 시원하다는 표정을 짓는다.

"그 어리버리 오빠는 어떻게 주소나 연락처도 안 남겨놓고 사라질 수 있는 거야? 그리고 아마 오늘 학교에 나왔을 거라고? 미친 거 아냐?"

청록색 눈동자를 이 소녀. 바로 현재 한국 제일의 아이돌 스타인 마리안이었다. 그녀가 지금 자신을 구해주고 병원에서 연락처도 남기지 않고 사라진 제후를 찾아 학교로 쳐들어온 것이다. 하긴 사무실 직원들의 말을 빌리자면 그 사람이 남들 눈을 피해 몰래 사라진 것이 아니라 몇 명의 양복 입은 신사들이 나타나 그를 부축해서 사라졌다고 했지만.

마리안은 문기현을 닦달했으나 그도 민제후란 학생이 성전특고생인 것밖에 모르겠다고 하니 어쩔 수 없었다. 그래서 학교로 무작정 쳐들어온 것인데…

'학교에 오면 학생 기록이 있을 테니까. 그런데 뭐야? 오늘 학교에 나왔을 거라니? 어떻게 그런……'

마리안은 성전특고 교문에서 등교하던 한 학생을 붙잡고 교무실을 물어보다가 생각난 김에 혹시나 해서 민제후란 사람을 아냐고 묻던 때가 기억났다. 이 넓은 학교에서 그 소년을 알 거라고 생각하지 않았기에 말 그대로 그냥 한번 물어본 것이었는데 뜻밖에도 그 학생은 민제후란 이름을 알고 있었다. 생각보다 그 소년이 유명한 것에 놀라던 마리안이었지만 더 놀라운 것은 그가 오늘 등교했을 거라는 대답을 들은 사실이었다.

지각은 해도 학교는 절대 빠질 수 없다는 주의라나? 별로 아픈 적도 없지만 만약 아파도 학교에서 죽겠다며 기어나오는 것이 그 민제후라고 하니…….

'병신! 그래서 그제 그런 일이 있었는데도 어제도 나오고 오늘도 벌써 나왔을 거라고?! 그럼 난 지금까지 혼자 삽질한 거야? 아… 아니다, 아냐. 그래도 내가 직접 눈으로 확인해 봐야 해! 혼자 삽질한 꼴이 돼도 좋으니까 제발 아무 일 없어라, 아무 일 없어라, 아무 일 없어라, 머저리 오빠야.'

그렇게 마리안은 그녀를 황홀하게 넋 놓고 바라보는 얼굴에게 알려줘서 고맙다고 인사를 하고서 각 부와 동아리가 모여 있다는 특활관을 찾아 걷고 있는 중이었다. 그런데 가도 가도 끝이 없어 보여서…….

"아! 저기 사람이 오네. 길을 물어봐야… 어머, 뭐야? 꼬맹이잖아?"

마리안은 자신이 걷고 있는 쪽에서 다가오는 남자 아이를 바라보고 반색을 하다가 고등학생이라고 하기엔 좀 어려 보여 의아해했다. 그런데 입고 있는 옷은 분명 성전특고의 교복.

'그래도 고등학생이 맞긴 맞나 보네?'

어쨌든 마리안은 대한민국 남학생들이 열광하는 자신의 가장 예쁘고 상냥한 미소를 지으며 그 소년에게 다가갔다.

　모범생인지 두꺼운 뿔테 안경을 끼고 있는 소년은 하얀 얼굴과 새까만 머리가 극한 대조를 이루어 특이한 매력을 뿜고 있었다. 더군다나 그 소년의 머리칼은 너무나 짙고 짙어 푸른빛이 돌 정도로 진한 검정색.

　'하지만 그래 봤자 범생인데 뭐. 내가 말 걸면 또 얼굴 새빨개져서 말도 못하고 버벅대는 거 아냐?'

　"저기, 길 좀 물어보려고 하는데요."

　예상대로 그 남학생은…

　"물어보시죠."

　'어머? 예상외네? 생긋 웃으며 여유있게 말을 받잖아?'

　마리안은 뿔테 안경을 쓴 소년이 예의 바르게 미소 지으며 대답하자 눈을 깜박거렸다. 얼굴색도 아무 변화 없이 그대로다. 새하얀 얼굴이라 마음에 동요가 있다면 바로 나타날 줄 알았는데 정말로 의외.

　"네, 저기 특활관으로 가려면 얼마나 더 가야 하나요? 여긴 너무 넓어서……."

　"그냥 이 길을 죽 따라가시면 곧 4층짜리 건물이 나올 겁니다, 마리안 양."

　"어머, 절 아세요?"

　당연히 자신을 모르는 이가 없을 거라고 생각하는 마리안이었지만 방송용 마리안의 이미지가 얌전하고 청순한, 연약한 신비로운 소녀이기에 그녀는 눈앞의 소년을 좀 우습게 보면서도 약간 놀라는 척을 하면서 예쁘게 웃어주었다. 고등학생이지만 자신과 거의 비슷한 또래로 보이는 어린애에겐 별 감흥이 없었다.

그런데 그때 마리안은 한 가지 간과한 것이 있었으니, 바로 자신과 비슷한 그 또래 소년이 몇 학년 위로 뛰어넘어 지금 현재 고등학생이라는 것과 더군다나 이곳이 보통 일반 고교가 아니라 외국에서도 유학을 오는 동양 최고 수준의 성전특고라는 사실이었다. 그것을 깨닫기만 했어도 마리안이 어려 보인다는 이유로 그 소년을 무시하는 억양을 쓰진 않았을 텐데.

"아뇨, 모르는데요."

그리고 곧 들려온 것은 생긋 웃으며 대답하는 소년의 대답. 그의 이마로 늘어진 검은 머리칼이 파랗게 흔들렸다.

"전 꼬맹이라서 말이죠, 아무것도 모릅니다. 당신이 마리안이든 채 마리든 말입니다."

들었구나… 띠벌~

"이봐, 너!"

"아, 그리고 말입니다. 저는 지금도 계속 성장하는 키라서 앞으로 얼마나 커질지 모르지만 당신은 평생 그 높이의 공기만 들이마시며 사실 것 같은데… 어떻게 생각하십니까? 후후후, 당신과 제가 지금 거의 비슷한 키라는 건 알고 계신지."

"하!"

마리안이 자신의 앞에서 생글거리는 검은 머리 소년을 보고 어이가 없어서 헛웃음을 삼켰다. 웃긴다, 정말.

하지만 예의 바른 미소와 공손한 말투로 생긋 웃어가며 하는 그 말은 어딘가 살벌하다. 순간, 마리안은 이 뿔테 안경의 검은 머리 소년의 미소가 조금 무섭다고 생각되었다. 분하게도 말이다.

"그리고 제 정식 이름은 유세진입니다. 꼬. 맹. 이. 따위가 아니고 말입니다."

이제 이미지 메이킹이고 뭐고 마리안의 뇌리에서 싹 사라졌다.

'당하고만 앉아 있을 내가 아니지! 이씨~'

그러나 마리안이 막 뭐라고 쏘아붙이려던 그때,

"아! 그리고 또 하나. 전 숙녀에게만 친절하죠. 그럼 이만."

그 소년의 마치 잊었던 것을 친절하게 알려주는 듯한 마지막 말투에 소녀는 말문이 막혀 버렸다. 한마디도 이길 수 없었다. 어이없고 분통이 터져 넋이 나간 마리안의 눈에 쿡쿡 웃으며 멀어져 가는 푸른빛 검은 머리가 오래도록 담겼다.

"이렇게 나와도 괜찮은 거야?"

「초전박살」.

이름도 특이하다. 스터디 그룹으로서 학생회에 부로 신청해 놓은 정식 모임인 건 알지만 어째 이름부터가 이상하다고 느껴지는 문승현이었다. 이쪽 동네는 평범한 것이 없다고 생각하며 승현이 자리에 앉으면서 맞은편에 있는 민제후를 향해서 고개를 돌렸다.

"내 생각엔 아직 병원에 있는 게 좋을 듯한데."

"쓸데없는 짓입니다. 크게 다친 것도 아닌데요. 그리고 그렇다고 해도 지금은 별 방법이 없는 것이니까."

민제후가 평소와 다름없이 장난기 가득한 얼굴에 밝은 미소를 담고 의자 뒤로 기대어 손장난을 치고 있었다.

오전 중이지만 자신은 수업이 없기에 지난 사고 이후 민제후란 녀석이 어떻게 되었나 궁금해서 「초전박살」이라는 이 이상한 이름의 스터디 그룹 부실을 찾아왔었던 것인데, 의외로 병원에 있을 거라 생각했던 녀석이 이곳에 앉아서 인사하고 있자 좀 놀랐던 것이다. 들어보니 어제도 학교에 왔었다고.

'괴물 같은 놈.'

승현은 피식 웃으면서 마시라고 건네준 병 주스를 따면서 약간 달라진 민제후의 모습을 관찰하였다.

단정하게 입은 교복.

아침 햇살에 금빛을 반사하는 특이한 금갈색 머리칼.

핸섬하다고 할 순 없지만 장난꾸러기 같은 이미지의 깔끔한 얼굴은 소년다운 쾌활함이 있었다. 하지만 달라진 점은 지금 그 얼굴이 약간 창백해져 있다는 것과 안경을 쓰고 있다는 것. 소년의 한쪽 눈언저리에는 붕대로 덧대어놓은 것도 눈에 띄었다. 상처가 깊었던지 붕대도 그리 작지가 않다.

'앞머리로 많이 가려지지만 상처가 크겠는데.'

"괜찮냐?"

"네? 뭘… 아, 이 안경이요? 보안경입니다. 시력이 좀 떨어진 것 같긴 하지만 아직 안경 쓸 정돈 아니죠. 당분간만 쓸 겁니다. 금방 괜찮아지겠죠."

제후가 밝게 웃으며 대답하지만 어쩐지 그 대답에서 그늘을 느낀 승현이었다. 그리고 그때 승현은 보았다. 민제후가 그렇게 너스레를 떨며 음료수 병을 잡기 위해 손을 뻗었다가 그 손이 병을 못 잡고 헛도는 것을. 초점이 안 맞는 것일까?

승현이 한쪽 눈썹을 치켜뜨며 제후의 손을 뚫어지게 쳐다보자 민제후가 씁쓸하게 웃으며 자리에서 일어섰다.

"선배님은 수험생이면서 어떻게 이렇게 한가하신지 모르겠……."

"너한테 꼬박꼬박 선배님 소리와 극존칭을 들으니까 진짜 어색하다. 그냥 편하게 형이라 불러."

처음 만났을 때부터 호의적인 만남은 아니었지만 분위기가 너무 딱딱한 것 같아 한 말이었는데.

"그래! 그럼, 그러지 뭐."

"야……."

민제후, 눈을 동그랗게 뜨고는 추호의 망설임도 없이 말을 놓는다.

'혀, 형이라고 부르랬지 말을 놓으라곤 안 했는데…….'

문승현이 황당함에 낯을 찌푸렸지만, 세상은 손에 손 잡고 위 아더 월드라는 등 이상한 말을 하다 요상 망측한 웃음소리를 터뜨리는 통에 아무 말도 할 수 없었다. 냐하하하하?

그리고 다음 순간 말을 꺼내지 못한 것은…

꽝!

갑작스런 손님이 들이닥쳤기 때문이었다.

"제.후. 오.빠!!"

승현의 무심한 눈으로도 아주 아름다운 손님의 방문이었다.

꽝!

"제.후. 오.빠!!"

"히국!"

제후는 아침부터 찾아온 문승현과 토킹 어바웃을 하다가 갑자기 들이닥친 여자애 하나 때문에 놀라서 딸꾹질을 했다.

"마리안?"

에구~ 저놈의 지지배가 왜 남의 학교까지 쫓아와서 행패야, 행패는. 우리 부실 문짝이 무슨 죄가 있다고. 이 안에 있는 기물들 중에 문 짝 하나, 화분 받침대 하나까지 나의 애정 어린 손때가 안 묻은 것이 없거늘.

"야, 그렇게 해서 문이 부서지겠냐? 내공을 실어서 날렸어야지."

제후가 마리안의 출현에 장난기를 담아 약간 빈정대듯 중얼거리자 마리안이 주먹을 들어 올리며 눈을 부릅뜨고 지금까지 보았던 어떤 모 습보다 진실되게 말한다.

"죽고 싶지?"

그 모습에 제후가 어이가 없다는 듯이 고개를 흔들며 다가가 마리안 의 눈을 보고 생긋 웃으며 위엄을 갖춰 공손히 말했다.

"살려주세요~"

잠시 「초전박살」 부실에 찬바람이 불었다.

그리고 뒤에서 지켜보던 문승현이 한순간 휘청였지만 원래 세상일 이 다 그런 것 아닌가. 「초전박살」 부실에는 그래서 모두의 동의 하에 그 명언을 크게 현판으로 만들어 걸어놓기까지 한 것이다. 물론 세진 이는 알아서 하라 했고 예지가 화를 좀 내긴 했지만. 뭐, 원래 세상은 다 그런 거니까. 냐하하하하~

제후가 생긋생긋 웃으며 마리안 앞에서 알짱거리자 마리안이 눈을 무섭게 뜨고 한참을 뚫어지게 쳐다본다. 그러다가 마리안은 갑자기 그 에게 다가와 그의 얼굴을 낚아채어 두 손으로 양쪽 뺨을 꾹꾹 눌러가 며 더욱 뚫어지게 바라보았다.

"우욱… 마, 마리야… 내 얼굴이 무슨… 고무 인형인 줄 아… 냐? 이 것 좀… 놓고……."

"보기에는 멀쩡하네?"

“에?”

“에이, 뭐야? 한쪽 눈가에 반창고 하나 붙인 것뿐이잖아?”

‘허~ 뭐냐, 그 아쉬워하는 듯한 억양은?’

제후가 황당해서 두 눈을 깜박이고 있자 마리안이 제후의 얼굴을 잡고 있던 손을 스륵 놓았다. 그런데 갑자기 제후의 시야에서 사라진 마리안! 마리안이 갑자기 한숨을 내쉬면서 바닥으로 털썩 주저앉아 버렸다. 놀란 제후와 승현이 그 소녀의 곁으로 가자 가느다랗게 들려오는 웃음기 어린 그녀의 목소리를 들을 수 있었다.

“무사했구나… 무사했네… 무사했었어……. 다행이다. 다행이야. 헤헤~ 난 또 아주 크게 다친 줄 알고… 바보같이. 마리안, 바보같이…….”

한동안 어리둥절하게 바라보던 민제후는 혼잣말로 중얼거리는 마리안의 목소리를 듣고는 자기도 바닥에 쭈그리고 앉아서 마리안과 시선을 맞췄다.

“그래, 무사하다. 불만이냐?”

제후가 눈물이 글썽거리는 커다란 녹색 눈을 쳐다보며 마리안의 머리를 가볍게 쥐어박았다. 그러자 아름다운 청록색 눈동자의 소녀가 사랑스럽고 애처로운 요정에서 다시금 예전의 무대포 엽기녀로 서서히 부활하기 시작했다.

“응.”

…상큼한 미소에 담백함이 적절히 담긴 대답이었다.

“채마리, 그런데 네가 우리 학교까지 웬일이야? 그것도 지금 이 시간에?”

말로는 이길 수 없을 것 같다고 여긴 제후는 마리안을 번쩍 들어서

부실의 의자 위로 옮겨놓으며 다른 것을 질문했다. 사실 쟤 또래들은 이 시간엔 학교에 있어야 할 때 아닌가?

"너, 학교 안 가?"

"개교 기념일이야."

…이번엔 단순하면서도 아주 깔끔한 대답이었다.

"정말?"

"정말."

"진짜지?"

"진짜."

"뭐 그렇다면야… 그런데 그놈의 개교 기념일은 신기하게도 날짜가 아주 적절하게 맞아떨어졌다? 그치?"

제후가 의심의 눈초리를 보내며 살폈지만 마리안은 생글생글 웃기만 한다.

좀 의심스럽지만 본인이 그렇다는데 무슨 할 말이 있겠냐마는… 그래도 순진무구한 미소를 거침없이 팍팍 뿌려대며 고개를 끄덕끄덕하는데 안 믿을 수도 없고.

"나 오늘 스케줄 없어. 여기까지 왔는데 학교 구경시켜 줘."

"안 돼, 바빠. 수업 있어."

제후가 학교 구경시켜 달라는 마리안의 말을 거절하며 돌아서서 수업 갈 준비를 하다가 생각에 잠겼다.

그러고 보니 조금 허전하다. 정규 수업이 시작하려면 아직 시간이 좀 남았는데 이상하게 가슴속에 뭔가 껄쩍지근한 것이 남아 자꾸만 깔딱댄다. 그런데 아무리 생각하고 기억해 내려고 해도 튀어나오지 않고 약 올리듯 도망만 다니니…

"이상하다? 뭔가 해야 할 일이 있었던 것 같은데 기억이 잘 안 난단 말이야."

"뭐가? 참! 혹시 이런 녀석 알아, 오빠? 머리는 시커매갔구 이렇게 두꺼운 뿔테 안경 쓴 허여멀건 자식. 특징은 꼬박꼬박 존댓말 쓰면서 사람 염장 지르는 데 천재 같애."

"마리, 너 그 말버릇!!"

내기에서 이기면 분명 어른 대접을 해준다고 했을 텐데 아직도 그 말버릇이 곱지 않다. 물론 전에 만났을 때보다 훨씬 낫긴 하지만.

'그런데 그 인상착의와 특징은 어쩐지 세진이를 말하는 것 같은데……'

그런데 제후의 야단에 마리안이 억울한지 그 고운 아미에 주름을 잡으며 소리친다.

"뭐가! 오빠라고 하잖아! 그럼 그걸로 땡이지 뭐! 어쨌든, 그 녀석이 아까 날 모욕했단 말이야! 아참! 지 이름이 유… 무슨 진인데?"

"유세진?"

"맞아! 유세진이라고 하더라. 어흐~ 정말 열라 재수없었어!!"

허허허~ 그래, 그 녀석이 보기에는 모범생에 착해 보여도 속으론 좀 꼬인 놈이다.

'하지만 여자한테는 엄청 친절한 녀석인데. 이상하네?'

"그러면서 나한테 뭐라는 줄 알아? '전 숙녀에게만 친절하죠. 그럼 이만'. 이러는 거 있지! 아으으윽!!"

마리안이 씨근대며 팔짱을 끼고 앉아 세진에 대한 욕을 마구 퍼붓고 있자 그것을 바라본 제후는 식은땀을 흘리며 다시 한 번 유세진의 안목에 감탄하고 있었다.

숙녀라…….

'짜식! 그 녀석 눈은 진짜 귀신이야.'

그런데 이야기를 듣다 보니 진짜 이상했다. 부실에 왜 아무도 안 오는 거지? 동민이는 클래스가 다르다고 해도 지금 시간은 빌 텐데… 게다가 유세진은 자신과 같은 반. 수업도 거의 비슷하게 듣고 있건만?!

"잠깐! 마리야, 너 유세진이 어디로 갔다고?"

"어? 내가 이쪽으로 걸어 올라오고 있을 때 저쪽 숲 너머로 서둘러 가던데. 왜?"

숲 너머? 거기에 뭐가 있더라?

"우아아앗!! 맞다!! 오늘부터 특별 수업이 바뀌었지! 오늘 첫 시간인데!"

제후가 우당탕거리며 간단한 소지품을 챙겨 문까지 달려갔다. 특별 수업 준비물은 그쪽 락커에 있으니 상관없지만 이미 늦어도 너무 많이 늦었기에 정신이 없는 제후였다.

빌어먹을! 나이를 먹으니 건망증만 늘었다!

"잠깐만, 오빠야! 어디 가?"

"넌 학교에서 뭘 할 것 같냐? 수업 간다!"

"그럼 나는!"

"넌 집에 가!"

제후가 의자들을 뛰어넘으며 문밖으로 허둥지둥 달려나가자 마리안도 부실 바깥으로 뛰어나와 이미 달려가는 민제후의 뒤통수에 대고 같이 가자고 소리 지른다. 사실 제후도 자신이 걱정돼서 학교까지 일부러 찾아온 마리안에게 고마움과 미안함도 조금 있었지만, 학생으로서 학생의 본분인 학교 수업을 까먹고 있었다는 점에 충격을 받은 지금의 그에게는 그 소녀의 외침이 제대로 귀에 들어올 리가 없었다.

"나도 갈래!!"

"시끄러! 나 늦었단 말야!!"

"싫어, 나도 같이 갈 테야!! 오─빠─!!"

제후가 계단을 뛰어 내려가 그의 모습이 보이지 않자 마리안이 급하게 복도 창가로까지 뛰어가 밖을 내려다보며 소리쳤지만, 결국 나무 숲길 사이로 민제후의 모습은 순식간에 사라졌다. 마리안은 엄청난 속도로 사라진 민제후의 뒷모습에 어리벙벙했지만 곧 무언가 굳은 결심을 하고 다시 「초전박살」 부실로 돌아가서 외쳤다.

"당신!"

"……?"

부실에는 재밌는 구경거리가 끝나서 이제 슬슬 자기 클래스로 돌아가려고 일어서던 문승현이 있었다.

승현은 갑자기 다짜고짜 자신을 불러 세우는 마리안을 회색 빛 눈동자로 무심하게 내려다보았다. 그 무심함 속에는 잊혀져 있던 자신을 이제라도 기억해 낸 것을 놀라워하는 실소가 담겨 있다. 그러자 그때 그 작은 소녀가 당돌하게 말했다.

"댁은 알죠? 제후 오빠 수업이 어디인지. 갑시다! 얼른요."

느슨하게 대충 땋아 내린 은빛 머리칼을 가진 요정이 도전적인 청록빛 눈동자로 노려보며 자신을 기다렸다.

"쿡."

승현은 참 큰일이라고, 이 아이들에게서 못 빠져나올 것 같은 불길한 예감이 든다는 생각에 한숨지으면서 손으로 이마를 짚었다.

넓은 공터. 그리고 그보다 더 넓은 하늘.

아직 오후로 접어들지 않아 산뜻한 아침의 향기가 남아 있는 그 공간에 적지 않은 학생들이 조금은 특이한 복장으로 열을 지어 있었다. 모두들 어깨 부분에 가죽으로 대어져 있는 조끼를 입고 고글과 귀마개를 착용하고 있는 학생들.

하지만 학생들의 복장만 특이한 것은 아니었다. 그 장소도 일반적인 운동장으로 보기에는 좀 어색하고 무리한 감이 있었다. 곳곳에 보이는 특별한 장비들과 어떤 용도로 쓰이는지 잘 알 수 없는 시설들. 그리고 뭔가에서 보호하기 위해 만들어놓은 보호 시설물은 이곳이 평범한 곳이 아님을 시사해 준다.

오늘은 성전특고의 특별한 수업이 있는 날.

타 일반 고교에서는 상상도 할 수 없는 수업이 이곳 성전특고에는 특수 시스템 속에 몇 종류가 운영되고 있었다. 이것은 다른 학교 학생들의 특별 활동에 해당되는 것으로 동아리 활동과는 조금 구별되었다. 동아리는 학생들의 취미와 개성을 살려 성적이나 어떤 보상과는 상관없이 자유로이 활동하는 것이라고 한다면, 오늘 있을 이 특별 수업은 엄연히 이 학교의 정식 과목으로 자리 잡고 있다는 것이 다른 점이었다.

물론 학생들이 자신이 원하는 취향에 따라 그 종류를 선택할 수 있다는 것이 동아리 활동과 비슷하지만, 그 활동과 실적이 성적에 반영된다는 점에선 확실하게 하나의 수업. 그 특별 수업의 종류로도 예술, 인문, 과학, 건강, 컴퓨터, 취미 등의 분야로 나뉘어져 수십 가지의 수업이 소수 정예로 이루어지기에 어릴 때부터 최고로 받들어지며 자라왔던 성전특고생들도 자신이 좋아하는 것으로 시간을 보낼 수 있다는 것에서 이 시간을 가장 좋아했다.

그리고 오늘 학생들이 모여 있는 이곳은 성전특고 학생들에게서도 가장 인기가 높은 수업 중의 하나인 클레이 사격(Clay Pigeon Shooting) 이라는 레포츠를 배울 수 있는 전문 사격장이었다. 정말 최고의 환경, 최고의 교육을 모토로 삼고 최고의 시설과 지원을 아끼지 않는 성전특 고이기에 가능한 수업이라고밖에 할 수 없었다. 또는 누군가(?)의 말처럼 돈이 썩어나서 가능한 수업이라고밖에.

그때였다.

맑은 창공으로 오렌지 색 피전이 날아오르자 그 순간 공간을 찢는 듯한 총성이 울렸다.

탕!

"나이스!!"

"와아~!"

고요한 침묵 속에서 하늘 위로 날아올랐던 표적이 산탄총에 맞아 하얀 포말을 뿌리며 공중분해되어 버리자 곧 학생들의 열광과 박수 소리가 힘차게 울려 퍼졌다.

가슴을 울리는 시원한 총 소리. 그것이 주는 청각적 쾌감은 피전이 명중되어 산산조각나는 광경과 함께 클레이 사격을 하러 모인 학생들의 쌓였던 스트레스를 말끔히 해소시켜 주고 있었다. 더군다나 성전의 사유지답게 맑은 공기, 훌륭한 주변 경관은 공부에 지쳐 있는 그들의 답답함도 한번에 풀어주었다. 그리고 밝은 안색의 학생들이 방금 전 시범으로 몇 발 쏘고 들어오는 검은 머리 소년을 대단하다는 표정으로 바라보며 축하의 인사를 건넸다.

모두들 그 아이의 사격 솜씨에 혀를 내두르고 있었다. 5발 정도 쏘았지만 단 한 번도 빗나가지 않았고 항상 정확한 순간을 포착해서 방아쇠를 당기던 소년의 모습! 흔들리지 않고 굳건한 그의 모습은 다시 한 번 아이들에게 깊은 인상을 심어주었고, 또한 그 소년의 그런 섬세함과 정확함은 오렌지 색 피전을 매번 하얀 포말로 공중분해시켜 다른 학생들에게 표적을 맞추는 쾌감을 최고로 맛보여 주었다.

그리고 그것은 이 종목이 얼마나 매력적인 것인가를 깨닫게 해주어 특별한 목적 없이 수업에 참가한 여학생들에게까지도 '열심히 배워보겠다' 라는 사기에 불타게 만들었으니… 이것만으로도 이 학생에게 먼저 시범을 보이게 한 지도 선생님의 의도가 잘 맞아떨어졌다고 볼 수 있었다.

어쨌든 오늘의 클레이 사격 특별 수업은 이렇게 시작되고 있었다.

"수고했다, 세진아. 이만 자리로 돌아가도 좋다."

"네, 선생님."

세진? 그럼 유세진이란 말인가?

지금까지의 그 귀신같은 사격 솜씨가 학생이라는 것도 놀라웠지만 그 학생이 유세진이라는 이름을 가지고 있다는 것이 더 놀랍다. 동기들보다 두 살이나 어린 나이, 그것도 보통 일반 고등학교에서가 아니라 국내 최고 수준의 학생들이 모인 학교 성전특고에서 2년의 나이 차를 극복하고 동기들과 비슷하게 맞춰갈 수 있다면 그것만으로도 대단하다 할 것인데, 이 소년은 맞춰가는 것을 넘어서 이렇듯 항상 돋보일 수 있다는 것이 놀라웠다.

하지만 선생님의 허락과 함께 뒤돌아서서 사격 교육을 받는 학생들 사이로 걸음을 옮기는 소년은 분명 유세진이다. 평소의 뿔테 안경 대신에 사격용 고글을 쓰고 있지만 푸른빛 도는 새까만 머릿결과 인위적인 친절한 미소로 아이들의 인사에 답례하며 자리로 돌아가는 그 소년은 유세진이 분명했다.

"멋지더라."

"그냥 오늘은 운이 좋았습니다."

제자리로 돌아가 서던 세진은 옆쪽에서 들려온 익숙한 목소리에 그제야 약간 느슨해진 표정으로 대답했다. 어색하게 웃는 모습이나 말하는 투가 조금은 쑥스러워하는 듯 느껴졌다. 그 모습을 바라보던 신동민은 작은 표정 변화지만 예전과 비교한다면 달라져도 아주 많이 달라진 현재의 세진을 느끼며 자신도 사심없는 표정으로 웃어 보였다.

"자, 이것으로 여러분들은 클레이 사격이란 것이 얼마나 큰 기쁨과 희열을 느끼게 하는지 잘 알았을 것입니다."

첫 시간이라 그런지 클레이 사격에 대한 설명부터 시작되고 있었다. 하지만 이론적인 부분은 대충 읽어보고 온 아이들은 빨리 총을 잡아보고 싶어 근질거리는 눈치다.

"먼저 클레이 사격에 대해 설명하겠습니다. Clay-pigeon Shooting! 클레이 사격이란 바로 시속 60~120㎞로 공중을 비행하는 피전을 엽총으로 쏘아 맞추는 레저 스포츠입니다. 예전엔 살아 있는 새, 주로 비둘기를 날려서 쏘아 떨어뜨렸다지만 여러분들은 그 피전을 쏘아 떨어뜨리면 되는 것이죠. 아, 여기에서 피전이란 지름 11㎝의 흰색 진흙 접시 모양의 목표물을 말하는데, 흐린 날엔 때론 오렌지 색 피전을 쓰기도 합니다."

지도 선생님의 설명은 대부분 한 번씩 들었던 것이지만 그래도 바로 전에 유세진의 완벽한 사격을 관람한 아이들은 기본부터 충실히 하겠다는 각오인지 눈을 빛내면서 듣고 있었다. 정말로 지도 선생님의 의

도가 잘 맞아떨어졌다고 하겠다.

"클레이 사격의 특징은 목표물인 피전을 쏘아 맞힐 때 총 소리의 청각적 쾌감과 어깨에서 오는 충격으로 일상생활 속에서 쌓인 스트레스를 풀어주는 레포츠라는 것입니다. 그리고 또한 목표물인 피전이 총에 맞아 산산조각이 나면서 떨어질 때의 시각적 만족감은 사람이 지닌 파괴 본능을 건전하게 충족시켜 주죠. 클레이 사격이란 체력과 기술, 정신력을 총동원해서 표적을 맞히는 스포츠인만큼 집중력, 결단력, 자제력, 민첩성을 기르는 데도 큰 효과가 있습니다."

지도 선생님이 열을 지어 서 있는 약 열댓 명 정도가 되는 소년 소녀들의 앞을 왔다 갔다 하며 설명에 열을 올렸다.

"총이라는 것은 위협적이면서도 심미적인 느낌을 주는 물건입니다. 그러므로 여러분들은 마음을 경건하게 하고 조심성과 신중함을 기를 수 있을 것입니다. 또한 도전적인 자세와 인내, 그리고 순간적인 위기를 헤쳐 나갈 수 있는 적응력을 기르길 바랍니다."

위험하기 때문에 그것에서 배우는 마음들…

그리고 그 위험함을 다루며 배우는 또 다른 강함…

"그럼 교육에 들어가기 전에 주의 사항은 이곳에 처음 들어설 때부터 들었을 거예요. 그중 빈 총이라도 남에게 겨누거나 작동해서는 안 되며, 타인의 총기나 실탄에 손을 대거나 사용해서는 안 된다는 수칙을 다시 한 번 명심하십시오."

'후우~ 이제야 끝났군.'

동민은 지루한 강연을 힘겹게 듣다가 그것이 끝나자 남들 모르게 팔다리를 휘두르며 몸을 풀었다. 제후와 세진이에 떠밀려서 신청한 수업이었지만 평범한 가정에서 서민적으로 자라온 동민에게는 클레이 사격이란 좀 이질적인 느낌의 레포츠였다. 물론 요즘엔 상당히 대중적이 되어 꽤 많은 사람들이 즐긴다고 하지만, 다른 사람이 아무리 그렇다고 해도 그 자신이 느끼기에는 너무나 다른 세계의 사람들이나 하는 듯하니…

'총이라니… 훗! 내가 특고에 오지 못했으면 평생 잡아보지도 못했을 것을 고등학교 때 잡아보게 되는군.'

역시 배드민턴이나 볼링 같은 건 몰라도 자신에게는 잘 안 어울리는 취미 활동이다.

그러나 신동민의 생각이 어떻든 약간 지루한 감이 있었던 지도 선생님의 설명이 끝나자 학생들은 간단하게 교육받았고, 곧 선생님들이 돌아보시면서 부족한 아이들에게 개별 지도를 하셨다. 대부분의 학생들이 스스로 수업을 신청했기 때문인지 열성적으로 배우고 진지했다.

"별로 안 맞으십니까?"

신동민이 총을 내려다보며 얼굴을 찌푸리고 있자 세진이 다가오면서 묻는다. 그것에 동민은 피식 웃으며 자신의 손아귀에 잡혀 있는 엽총을 보고 말한다.

"그저 무언가를 깨뜨리는 놀이라는 게 마음에 들지 않아. 나에게는 이 총이 인간의 파괴적인 욕구를 충족시키고 해소하는 것이 아니라 내 속에 잠자고 있는 파괴 본능을 자꾸만 일깨우는 것 같거든."

상당한 무게의 총. 구경은 12GA라고 했던가?

동민의 손아귀에 힘이 들어갔다.

"저렇게 하늘을 날아가는 표적을 이것으로 한 방에 깨뜨려 산산조각 내버리면, 아… 깨지는구나… 부서지는구나… 이렇게 쉽게 부숴 버릴 수 있구나……."

표적을 맞추는 것이 쉽다는 것이 아니라 부서지는 그 과정이 너무나 쉬워서…

"그럼 난 다른 것도 이렇게 쉽게 부숴 버릴 수도 있지 않을까… 하는, 후후후, 그런 미친 생각이 들거든. …미친놈."

신동민이 멀리서 사격에 열중하고 있는 다른 아이들을 바라보며 쓰게 웃었다.

"많이 힘드시군요."

고개를 돌리니 유세진이 무표정한 얼굴로 그를 바라보고 있다.

"그 정도인 줄은 몰랐습니다. 오래전부터 쌓이고 쌓인 게 터지기 직전이군요. 이럴 땐 어떻게 해야 하죠?"

유세진에게 걱정을 들을 줄은 몰랐다.

웃는 얼굴로 무감동한 저 녀석이 웃지 않는다는 건 무표정이 아니라 '표정'이다. 동민이가 그 모습에 얼굴에 가벼운 미소를 띠고서 중얼거렸다.

"너도 모르는 게 있구나?"

"…인간 관계에 대한 것은 잘 모릅니다. 아쉽게도 말입니다."

"그래, 정말 아쉽군."

그것이 가장 어렵고 힘든 부분이면서 가장 쉬운 부분이란 걸 아는 걸까?

동민은 유세진에게서 고개를 돌리고 다시금 총을 잡았다. 특별 수업도 수업은 수업이니 점수를 따야 한다고 생각했다. 그런데 그때,

"이 배.신.자.들."

"우아앗!"

신동민이 갑자기 귓가에 불어오는 뜨거운 입김과 음산한 목소리에

화들짝 놀라 후닥닥 뒤로 물러서며 소리 질렀다.

뭐, 뭐야! 지금 건?!

"나만 떼놓고 자기들끼리만 오고. 나쁜 것들 같으니. 이씨~"

"민제후?!"

"첫 수업인데. 치사한 것들, 저주할 테다."

"야야, 이봐……."

신동민은 입이 댓발 나와 가지고 투덜투덜대는 제후를 발견하고서 손바닥으로 머리를 짚었다. 머리가 다시 아파오려고 한다. 그러나 세진은 다시 생글생글 웃어가며 관람(?) 중이었다.

'이럴 땐 무슨 말을 해야 되나?'

그런데 또 그때였다!

"오빠—!!"

라.는. 소리와 함께 멋지게 날아와 민제후의 뒤통수를 날리는 작은 신발 한 짝.

퍽!

"끄악—!"

그것에 놀란 소년들은 고개를 돌려 그곳에 있는 한 소년 소녀를 보고 눈을 휘둥그레 떴다.

남학생 쪽은 성전특고의 사천황 중의 하나인 클래스C의 3학년 선배 문승현, 그리고 그 앞에 있는 여자 아이는 눈에 불이 번쩍할 정도로 아름다운 소녀.

뛰어왔는지 뒤로 대강 땋아 내려 묶은 머리가 거의 풀어져 있어 그녀의 모습은 너무나 생기발랄해 보였다. 그런데 무엇보다 더 놀라운 것은, 그 머리칼이 은빛으로 반짝이는 실버 블론드라는 것과 씨근거리는 그녀의 숨과 함께 번쩍이는 그 큰 눈동자가 마치 청록색 에메랄드처럼 빛나고 있다는 것이었다. 한데 또 그보다 더욱 놀라운 것은 바로 그 모습이 현재 최고의 인기를 얻고 있는 스타, 가수이자 모델인 마리안이라는 것!

'저런 인기 스타가 왜 여기에?'

동민은 잠시 홀리듯 그 여학생을 쳐다보다가 정신을 차리고 다시 다른 각도에서 상황을 살폈다. 바닥에는 민제후가 뒤통수를 얻어맞고 바닥에 코를 박고 엎어져 있으며 마리안은 신발을 한쪽만 신고 있다. 순수하고 청순한 이미지의 그녀가 그랬을 거라곤 잘 상상이 안 되지만, 정황으로 봐서는 이 일이 어떻게 된 사고인지 한눈에 보였다.

신동민이 아직까지 일어날 생각을 안 하는 제후 쪽으로 쭈그려 앉으며 물었다.

"누구야?"

저 소녀가 누군지 몰라서 묻는 질문이 아니었다. 현재 대한민국에 어른 아이 할 것 없이 저 소녀를 모르는 이는 없을 테니. 차라리 대통령 이름을 모르는 사람이 더 많을 것이다. 다만 알고 싶은 건 '무슨 관계'냐는 것이었다. 도대체 어떤?

"마녀 투."

그 물음에 제후가 바닥에 코를 박고 엎어진 자세에서 일어나지 않고 대답했다.

'마녀? 마녀라면 제후가 예지를 가리키는 호칭인데.'

하긴, 화난다고 뒤통수로 신발을 날리는 것을 보면 예지와 많이 비슷하게 느껴진다. 그 둘의 생김새는 대조적이고 전혀 닮지 않았지만.

"오빠, 나 여기까지 찾아오느라 너무 힘들고 고생했어요. 그래도 이렇게 만나서 정말 다행이야. 오빠는 중간에 락커에 들렀다 올 거라고 해서 혹시나 마주치지 않을까 기대했었어요. 그.리.고. 오빠도 아까 나한테 모질게 굴고 가슴 아팠죠?"

마리안이라고 불리우는 소녀가 제후에게로 다가가서 어색하게 씨익 웃고 있는 민제후의 얼굴을 뱃사람 홀리는 세이렌처럼 살포시 쓰다듬으며 애처롭게 말한다. 신발을 날리던 아까와는 달리 갑작스레 보호본능을 불러일으키는 눈물과 떨리는 목소리, 사랑스런 미소로 민제후를 바라보는데… 그런데 이상하게도 제후가 어색하게 웃으면서 마리안 양의 시선을 피하며 움찔움찔하는 것이 이상…….

"이 씹… 이 아니라, 호호호, 앞으로 잘.해.주.면. 용서해 줄게요."

민제후의 반응에 뭔가 하려던 말을 삼키며 다시금 '청순함' 으로 바뀐 마리안이었다.

진짜 마녀였다. 물론 민제후가 말하는 것과는 다른 의미로써.

'질긴 악연이군.'

한편, 그곳에 민제후 이외에도 마리안과의 재회를 달가워하지 않는 인물이 또 있었다. 바로 유세진. 특별 수업을 받으러 이동하는 중에 잠시 길에서 마주친 경험이 있는 세진은 마리안이라는 소녀를 웬만하면 다시 보고 싶지 않았다. 겉모습이 아무리 아름답고 빛나면 뭐 하는가? 저렇게 예의없고, 덤벙대고, 입버릇 나쁜 여자는 딱 질색인 세진이었다.

사실 유세진은 원래 여자들에게 아주 친절하다. 물론 다른 사람들에게도 친절하지만 여자들에게는 되도록 진실된 친절함을 베푸는 세진이었다. 기품있는 숙녀들을 대우하는 것은 남자로서 당연한 권리이자 의

무라고 생각하기도 했지만, 또 다른 한 가지 이유로는 그 소년의 어머니 때문이라고 할 수 있었다. 유세진은 여자들을 존경했다. 부드러움 속에 품고 있는 그 강함을.

세상 모양을 언뜻 바라보면 남자들이 여자를 보호하는 것처럼 보일지 모르나 사실은 남자들이 여자들의 보호를 받아 인류가 지금껏 그 명맥을 이어온 것이라고.

그렇기에 그런 유세진이 오늘 처음으로, 그것도 아름다운 소녀에게 매몰차게 대한 것은 정말 의외의 사건이었다. 비록 그 소년 자신은 마리안이 너무 예의없고 자신을 우습게 봤었기 때문이라고 마음으로 말하고 있었지만, 하다못해 전철 안에서 자리를 차지하기 위해 시장 바구니를 날리는 아줌마 부대에게도 친절했던 세진이었기에 그 말은 더 이해가 되지 않는다. 지금은 불쾌한 감정으로 표출되고 있지만 그 내면엔 다른 색깔의 감정이 처음으로 싹을 틔운 것은 아닌지.

"저 싸가지 만땅도 당신 친구야?"

그때 고개를 돌리고 있던 세진에게 뒤쪽에서 소곤소곤 들려온 목소리. 그 말소리로 인해 유세진의 웃는 얼굴에 드물게도 열십자 문양이 새겨졌다.

그래도 이곳에 지켜보는 눈이 많다고 다른 사람들 앞에서는 예쁘고 깜찍한 말만 쓰고 있지만 민제후에게 하는 귓속말은 여전한 마리안.

유세진이 피식 실소를 흘리며 뒤돌아서서 반갑게 인사를 건넸다.

"다시 만나게 됐군요, 마리안 양. 아무래도 우리들 인연이… 훗! 깊은가 봅니다."

"그……."

"아! 하기사 세상을 살다 보면은 보고 싶은 사람만 보면서 살 수는 없는 노릇이겠죠? 세상엔 하고 싶은 일보다 하기 싫은 일을 해야 할 경우가 더 많으니까요. 그렇지 않습니까?"

세진은 그의 말에 뭐라 대항하려는지 입을 벌려 쏘아붙이려는 마리안의 말을 재빨리 가로막으며 그의 트레이드마크인 천사 같은 미소를 한가득 지어 보였다. 그러자 마리안이 얼굴을 새빨갛게 물들이며 입술을 깨문다. 그리고 그 얼굴 속에 분노로 이글거리는 청록색 눈동자.

'아아~ 자신에게 이렇듯 무례하게 구는 사람은 처음이란 뜻이겠죠? 후후후.'

그 얼굴에 조금 만족한 유세진이 그 하얀 얼굴에 여자애들이 보면 비명을 질러댈 듯한 귀여운 표정을 생긋 지은 채 가볍게 목례하며 물러섰다. 이때쯤이 물러설 적기라는 것을 세진은 잘 알았다. 아마도 마리안은 자신이 뭐라고 말하기 전에 피해 버린 상대에게 일부러 뒤쫓아 와서까지 따지고 들 수도 없을 것이다. 그리고 남들이 들으면 특별히 무례하게 들리지도 않았을, 적당히 자극하고 적당히 찌르는 말이었기에 따지고 든다면 말꼬투리를 잡는 꼴밖에 되지 않을 테니까.

"쿡쿡쿡……."

세진은 뒤에서 불쌍한 제후에게 화풀이하며 발을 동동 구르는 마리안을 느끼고 키득거리며 다시 사격 연습을 위해 걸음을 옮겼다. 그런데 그때 유세진의 걸음을 멈추게 하는 또 다른 한 사람의 목소리가 들려왔다.

"오랜만이다, 유세진."

문승현이다. 하지만 세진을 아는 듯이 말하는 승현이라니.

세진은 자신을 아는 척한 문승현을 향해 한순간 한쪽 눈을 치켜떴으나 그 소년은 자신의 속내를 쉽게 드러낼 정도로 순진하진 않다. 곧 유세진은 선생님들이 좋아하는 모범생의 예의 바름과 천진함으로 무장하고 평범한 학교 선배에게 인사하듯이 단정하게 인사했다.

"아, 문승현 선배님이시군요. 안녕하세요?"

"'안녕'? 아아, 안녕이라… 후후, 그럼 난 이럴 때 '덕분에' 라고 해야 하나?"

일부러 그러는 것인지 호의적이지 않은 말투로 자극하는 대사만을 내뱉는 문승현. 그 모습에 결국 유세진의 눈매가 점차 날카로워지고 있었다.

멀지 않은 곳에는 지금 민제후와 신동민을 비롯해서 마리안이라는 연예인도 있고, 이 사격장 안에는 각각 다른 전공을 가진 여러 클래스의 아이들이 섞여 수업을 받고 있으니… 이런 곳에서 자신을 한번 떠보겠다는 것인가?

'재밌군. 쿡쿡.'

세진의 조소를 본 것인지 승현의 얼굴이 순간적으로 굳었지만 그가 곧 얼굴을 찌푸리면서도 입을 연다.

"나도 내키진 않지만 언젠가 한번은 봐야 한다고 생각했다. 이렇게 갑자기 만나게 될 줄은 몰랐지만. 아, 그러고 보니 실제로 이렇게 얼굴 마주 대한 건 정말 몇 년 만이군. 네가 성전특고에 막 입학했을 때 잠시 스쳤던 일을 제외한다면 거의 3년 만이야. 특고가 넓긴 넓어. 그렇지 않아? 그 이후로 단 한 번도 마주치지 못했으니 말이야."

"아아, 정말 그렇군요. 지난번 제 '부탁' 도 얼굴을 보면서 드린 것이 아니었으니까. 이런이런, 각별한 우리 사이가 언제부터 이렇게 소원해졌는지 모르겠습니다. 제가 좀 더 신경 썼어야 했는데… 죄송합니다."

그들의 말뜻은 문승현과 유세진이 예전부터 아는 사이라는 걸까? 그러나 그들 사이의 미묘한 기류가 예사롭지 않았다.

그 두 인물의 시선이 복잡하게 얽혀들었다. 한쪽은 귀엽게 웃고 있는 미소년의 표정을 알 수 없는 가면의 눈이고, 다른 한쪽은 세상 어떤 것에도 관심이 없다고 말하는 듯한 무심한 회색 눈이다. 그러나 마지막에 가서는 무심함이 순간적으로 자조의 빛을 띠며 입술을 비틀었다.

"넌 여전하구나. 좋아, 본론을 말하지. 저번엔 날 잘도 이용했어. 덕분에 아주 재.미.있.었.어."

"칭찬 감사합니다."

방긋 웃는 세진의 표정이 불안하게 밝았다.

저번의 일이란 민제후를 피아노 연주 발표회 때 자신과 신동희 쪽으로 오지 못하도록 잡아두었던 그 일. 스콜피온과 은퇴를 선언했던 문승현까지 불러들여 민제후를 잡아두게 했었다. 결국엔 예기치 못했던 방향으로 흐름이 뒤집혀 버려 그곳에 있던 아이들 모두가 극도의 공포와 불안감으로 정신이 황폐화되어 버린 사고가 있었지만.

확실히 그런 초자연적인 경험은 아무나 하는 것이 아니니 아주 재미있었을 것이다. 물론 그 일이 있은 이후에 스콜피온은 없어진 것이나 마찬가지로 흐지부지 사라져 버렸고. 그것은 스콜피온의 짱을 비롯해서 나머지 지역 조장들까지 모두 그 지경이 됐으니 너무나 당연한 결론이라고 할 수 있었다.

"재미있었다면 다행이고요."

문승현이 재미있었다고 말하는 뜻을 모르는 바는 아니지만 세진은 순진해 보이는 미소를 띠며 끝까지 대답해 주었다. 하지만 점점 이 말장난이 지루하고 짜증나기 시작해서…

'끝을 봐야겠군.'

세진은 무슨 말을 꺼내려 하는 승현을 무시하고 가볍게 웃음소리를 흘렸다.

"후후후, 무슨 말뜻인지 알 것 같습니다. 그런데……."

흠칫!

고개를 든 유세진의 눈빛이 파르스름한 빛을 뿜는 그의 검은 머리칼 사이에서 번쩍이자 문승현이 움찔한다. 그 형국에 세진은 눈가에 핏빛의 잔인함을 담고 조용히 읊조렸다.

"당신이 여러모로 뛰어나다는 것은 인정합니다만, 이런 식으로 건방지게 고개를 바.짝.바.짝. 쳐드는 건 아주 유쾌하지가 않습니다. 기분이 나빠지려고 하는군요. 아니면 승현 군은… 매저 기질이라도 있는 겁니까? 만약 그렇다면……."

소년의 입가에 천진난만한 아이 같은 미소가 함빡 어렸다.

"언제든지 밟아드리겠습니다. 다시는 회생할 수 없게, 사회적으로 일어설 수 없도록, 아주 철.저.히. 밟아드리죠."

"너, 변했구나."

그 섬뜩한 모습에 문승현도 질렸다는 듯한 목소리를 낸다. 변했다는 건 세진의 이런 태도, 이런 분위기. 예전의 이 소년은 어떠한 일이 있어도 이런 직접적인 악의가 담긴 말투, 무서운 눈빛, 절대 흘리지 않았다. 분명하게 자신의 뜻을 전달하고 원하는 걸 얻어내는 것은 지금과 마찬가지였지만 겉모습만일지라도 온화한 얼굴과 친절함을 유지했던 인물이었는데.

하지만 그 말을 받는 검은 머리 소년의 대답은 더욱 승현을 황당하게 만들었다.

"당연하죠. 세월이 흐르면 사람은 둥글어지는 법이니까요. 제 인간성도 정말 많이 좋아졌습니다."

어이없어하는 문승현을 앞에 두고 유세진이 눈에서 그 섬뜩한 잔인함을 깨끗이 지우고 평소의 바른 생활 모범생의 모습으로 돌아갔다.

"어쨌든 저번 일로 우리 사이에 빚은 모두 청산한 거다. 다시는 너 같은 놈과 연루되고 싶지 않아."

"아, 네. 뭐 좋으실 대로."

유세진의 그 간결한 대답을 들은 문승현은 질린 얼굴로 재빨리 돌아서서 고개를 절레절레 흔들며 민제후와 마리안이 있는 곳으로 걸어갔다. 그래서 그는 이 작은 소년의 또 다른 의미가 담긴 어떤 표정을 보지 못했다.

"쿡! 하지만 아까도 말했다시피, 세상을 살다 보면 하고 싶은 일보다 하기 싫은 일을 해야 할 경우가 더 많은 법이죠."

철컥―

탕!

성전특고의 특별 수업이 진행되고 있는 야외의 사격장. 그곳의 파란 하늘에 가슴을 뻥 뚫어주는 듯한 시원한 총성이 후련하게 울려 퍼지고 있었다.

"아아, 어깨가 너무 아파. 총도 생각보다 훨씬 무겁고. 보기엔 정말 멋있어 보였는데… 그런데 넌 괜찮니?"

"기집애, 말도 마라. 난 한쪽 뺨도 아프다. 총을 받칠 때 닿는 부분이라 그런가 봐. 으으~"

두 여학생이 연습을 하다가 자기 차례가 끝나 뒤로 물러서서 친구와

잡담을 나누고 있었다. 클레이 사격을 오늘 처음 하는 것인지 아닌지는 잘 모르나 그 둘의 대화를 듣자 하니 그다지 총을 오래 잡지 않은 초보자가 확실해 보였다.

"아야야~ 아무래도 너무 아파. 내 어깨 좀 봐줘."

"그렇게 안 좋아? 어디… 어머머! 너, 시퍼렇게 멍든 것 좀 봐! 이리 좀 와봐. 안 되겠다. 잠깐 나갔다 오자."

"뭐? 안 돼, 미쳤어! 총은 어떻게 하고!"

한 여학생이 친구의 말에 펄쩍 뛰며 반대하자 다른 여학생이 지도 선생님을 두리번거리며 찾다가 대수롭지 않게 말했다.

"락커에 잠깐 갔다 올 뿐인데 뭐. 아주 잠깐이니까 괜찮아. 어서! 빨리빨리!"

"그래도… 어어~"

한 여학생이 친구의 손에 이끌려 총을 대수롭지 않게 그곳에 남겨두고 사라졌다. 상당히 위험한 짓. 철없는 소녀들의 '잠깐인데 뭐 어때'라는 마음이 그 순간 어떤 사고의 시발점으로 시작되고 있었다. 그 아이들이 사라진 그 장소. 바로 그곳으로 누군가의 그림자가 어둡게 드리워졌고, 곧 그 여학생들이 잠시 내려둔 그 엽총 중 하나를 집어 들고 아무도 눈치 채지 못하게 조용히 그 장소를 벗어났다.

"잠깐! 그게 무슨 소리야? 유학? 누가?"

특별 수업이 거의 끝나갈 때쯤 휴식을 취하고 있던 민제후의 놀란 목소리가 째지는 듯한 고음으로 터져 나왔다.

특별 수업도 학교의 정식 과목이나 이 수업은 학생들이 자발적으로 신청해서 듣는 수업이고 일반적인 교과 과정과는 구별되기에 출석이나 결석, 지각 등은 체크하지 않는다. 다만 나중에 평가에서 나오는 점수가 성적에 반영되기 때문에 스스로가 알아서 챙겨 들어야 하는 수업. 그러므로 수업에 늦거나 빠지면 지도 선생님의 교육을 덜 받게 되므로 당연히 나중에 평가에서 좋은 성적을 낼 수가 없다. 그래서 오늘 지각한 제후는 그 공백을 메우기 위해 선생님에게 한소리 듣고서 기초 자세와 요령을 유세진에게 배우고 있는 중이었다. 그런데 자세를 가르쳐 주는 동안에 나온 소리가…

"누가 유학을 간다고?"

"신동민 군 말입니다. 모르셨습니까?"

이 자식이! 모르고 있었다는 걸 뻔히 알면서.

"그래! 난 처음 듣는 소리다! 그러니까 처음부터 말해 봐. 유학이라니? 아직 고등학교 2학년이잖아."

제후의 믿을 수 없다는 억양에 유세진이 조금 떨어진 곳의 벤치로 가서 앉으며 아무것도 아닌 것을 말하듯이 입을 열었다. 흘러내린 푸른 머리카락 사이로 미간을 찡그리는 모습이 약간 피곤해 보인다.

"그래서요?"

"뭐?"

"고등학교 2학년은 유학 가면 안 되나요? 요즘엔 조기 유학도 보내는데. 안 그렇습니까?"

"하지만……."

"사실!"

뒤쫓아 따라와서 따지려고 드는 민제후의 말을 세진이 강한 억양으로 받아쳐 가로막았다.

"……."

　그것에 결국 입을 다물고 꿰뚫어 버릴 듯이 노려보는 민제후의 눈빛. 그것을 마주 보며 세진도 그제야 조금 풀어진 얼굴로 생긋 웃으면서 말을 잇는다.

　"사실, 전 신동민 같은 인재가 아직까지 고등학교에 다닌다는 사실이 놀랍습니다. 아무리 여기가 성전특고라 해도 그와 같은 두뇌면 벌써 대학 연구실에나 가 있어야 어울릴 만한 사람이지요. 그런 면에서 그의 생각을 이해하지 못했었는데… 이번 기회, 정말 좋지 않나요?"

　제후는 말문이 막혔다.

　지난번에 단군 프로젝트 건 때도 그렇고 신동민이 없었다면 아찔한 순간들이 많았던 것이 사실이다. 항상 옆에 있고 같이 다녀서 그 아이가 특별하다는 생각을 잊고 있었는데… 생각해 보면 신동민은 한국의 고등학교에서 썩히기엔 정말 아까울 수 있었다. 아니, 확실히 아까웠다.

　"학교에서도 매 학기 때마다 동민 군에게 좋은 조건의 대학들을 추천하고 설득하곤 했었는데 그는 한 번도 응한 적이 없었죠. 그런데 이번에는 다르더라구요. 역시 이번엔 보통 기회가 아니라는 그런 이유도 있을 테고."

　유세진의 말이 옳아도 백 번 옳았다. 좋은 기회라면, 다시없는 기회라면 놓치지 않고 꽉 잡아야 할 것이다.

　'그렇지만 말이야…….'

　"제후 군을 도우면서 경영학 쪽에 어떤 관심을 갖게 되어 그렇게 된 것인진 잘 모르겠지만, 어쨌든 최고의 대우를 받고 가는 겁니다. 전액 장학금에 전폭적인 후원도 약속받았습니다. 그렇다면, 친구라면 당연히 축하해 줘야 하지 않을까요?"

'친구라서 더 열받는다, 자식아!'

제후는 이런 말을 왜 신동민이 아니라 세진이 자식에게 듣고 있어야 하는지 화가 치밀었다. 나이와 세대를 초월(?)해서 친구라 생각했건만, 그런 중요한 이야기를 자신에겐 일언반구하지 않았다는 것이 서운한 것을 넘어서 속상하고 배신감마저 느끼게 했다.

'신동민 이 녀석, 날 대체 뭘로 생각하는 거야!!'

그런데 또 그때 다음 순간에 들려온 세진의 음성은 제후에게 지금까지 들어온 그것들보다 몇 배는 더 큰 충격을 안겨주게 되었다.

"아, 그리고 M. B. A까지 따고 나오려면 상당히 시일이 걸릴 겁니다."

"M. B. A?"

혹시 미국 농구를 이야기하는 것이냐? 그 비슷하게 발음하던 것 같았는데…

"Master of Business Administration, 경영학 석사 학위 말입니다."

제후가 모르겠다는 표정으로 고개를 갸우뚱하자 세진이 피식 웃으면서 설명한다.

그, 그래, 난 그런 거 잘 모른다!! 그래서 어쩔래? 너희들은 아는 게 많아서 참 좋겠다. 아는 게 많으면 먹고 싶은 것도 많다던데. 먹고 싶은 게 많아서 참 좋겠네!

"보통 한 7, 8년은 나오지 않을걸요."

"그래그래, 마음을 넓게… 유학 별거 아니지. 7, 8년 정도 금… 방… 에에엑!! 뭐, 뭣?!"

제후가 화들짝 놀라서 두 눈을 왕방울만큼 휘둥그레 치켜뜨고 바라보니 유세진이 그 하얀 얼굴에 깜찍한 웃음을 지으며 양손을 사용해

손가락 여덟 개를 친절하게 펼쳐 보였다.

"7, 8년이요."

싸아악—

얼굴에 핏기 가시는 소리.

그 순간 민제후의 몸체가 믿을 수 없는 속도로 그 장소를 벗어났다.

그리고 그 대신에 그 빈자리를 차지하는 정적과 약간의 공백… 그것을 바라보던 유세진이 그 얼굴에 애교 섞인 사악한 표정을 생긋 지으며 뒤에 이어지는 다음 말을 듣고 갈 것이지 너무 아쉽다는 말 등을 중얼거린다.

"물론 '보통'의 경우엔 그렇다는 말을 하려고 했었는데… 벌써 가 버렸네요? 쿡쿡."

신동민이라면 그 '보통'의 수준이 아니지 않은가!

그리고 신동민이 과연 여기를 떠날 수 있을까?

세진은 이러한 생각들을 하며 벤치에 앉은 자세 그대로 고개를 젖혔다. 파아란 하늘이 두 눈에 한가득 담기며 바람이 시야를 살짝 가리던 검은 머리카락을 살랑살랑 흔든다. 크고 작은 사건을 일으켜서 즐기는 유세진의 나쁜 버릇이 오늘따라 다른 느낌으로 다가오고 있었다.

"신. 동. 민!!"

"푸웃!!"

동민은 특별 수업 시간이 끝나가자 총을 반납하고 개인 소지품을 챙기며 음료수를 마시다가 갑자기 천둥처럼 울리는 고함에 깜짝 놀라 음료수를 내뿜고 말았다. 탄산 음료를 마시다 사레가 들리니 콜록거리는 기침도 기침이지만 코끝이 찡하고 눈물이 찔끔찔끔 나는 게 보통 고역이 아니었다. 도대체 어떤 인간이 이렇게 매너없이 구는지 화가 치솟은 동민은 아직도 간헐적으로 기침이 쏟아지는 입을 수건으로 막고 진정시키며 무섭게 눈을 치켜떴다.

"도대체 누구……!"

"너, 정말 유학 가?"

"뭣?"

화를 내려던 신동민은 갑자기 얼굴을 불쑥 내민 금갈색 머리칼의 낯익은 얼굴과 느닷없이 묻는 질문에 정신없어서 두 눈만 깜박거렸다.

"갑자기 무슨……?"

"말해!! 정말 가? 맞아? 아니지? 그치?"

민제후의 기세가 아주 살벌하다. 그것을 보고 동민은 고개 숙이며 한 손으로 이마로 흘러내린 머리칼을 쓸어 올리고는 씁쓸하게 웃었다.

될 수 있다면 되도록 더 오랫동안 비밀로 하고 싶었는데. 대체 어디서 듣고 온 거지?

"아아, 하버드와 프리스턴에서 제의가 왔어. 그것도 아주 좋은 조건으로. 아이비 리그… 좋지. 상당히 괜찮아. 나쁘지 않다고 생각했어…… 컥!!"

꽈당!

"크윽… 이 자식이……."

한순간 무슨 일이 벌어진 건지 동민은 파악이 안 됐다. 그저 왼쪽 턱과 등에 전해진 얼얼한 감각이 온몸의 신경을 지배하며 날카로운 통증에 정신이 나가 버릴 뻔했다는 것만을 알 뿐이었다. 입가가 따끔따끔하고 찝찌르한 비린 피맛이 나는 게 아무래도 입 안이 찢어진 것 같았다.

신동민이 얼굴을 심하게 찡그리며 바닥에 넘어진 채로 올려다보니 민제후가 주먹을 꽉 틀어쥐고서 아직도 화가 난 얼굴로 숨을 몰아쉬고 있었다.

"왜 아무 얘기도 안 했지! 그동안 왜 아무 얘기 안 했냐고!"

"…왜 이래."

"내 말에 먼저 대답해!!"

폭발하듯이 터지는 민제후와는 반대로 신동민은 점점 더 싸늘하게 가라앉는 기분을 느끼고 있었다. 민제후한테 한 대 맞고 나자 그것으로 자신도 화가 나는 것이 아니라 더욱 냉정해지고 있었다.

제후가 왜 화를 내는지 이해할 수 없었다. 그리고 말도 않고 이미 유학을 떠난 것도 아니잖은가. 어차피 끝까지 숨길 생각은 아니었다. 언젠가 알려야 한다고 생각했지만 당분간은 혼자 생각하며 정리하고 싶었을 뿐이다. 그런데 일찍 알려주지 않았다고 주먹질까지 하면서 다짜고짜 화부터 내는 것은 이해가 되지 않았다.

동민이가 입가에 흘러내린 피를 닦을 생각도 않고 차갑다 할 만큼 냉정한 목소리로 담담하게 입을 열었다.

"네가 왜 화를 내지?"

"뭐?"

"강제경은 세상으로 나가는 걸 기뻐해 줬잖아. 보내줬잖아. 그런데 지금은 왜 화를 내? 나한테는 왜 화내고 있지? 후, 이해가 안 되는군."

"그게 어떻게 같아!"

"뭐가 다른데?"

냉정한 눈으로 차갑게 말하는 신동민의 말소리에 제후가 눈에 띄게 당황하며 말을 더듬었다. 뭔가 할 말을 찾고 있는가 본데, 그것도 어려

운가 보다. 결국 제후는 될 대로 되라는 식으로 다시 소리쳤다.

"달라! 뭐가 다른지는… 그래, 말주변이 없어서 잘 표현 못하겠지만, 어쨌든 그것과는 달라! 다르다구!! 왜 나한테 미리 말 안 해줬어!"

"하, 내가 왜 그래야 하는데?"

"뭐야?"

"내가 왜 너한테 그런 걸 일일이 보고해야 하지? 내가 네 부하야? 결정도 내가 하고 공부도 내가 하는 건데 왜 너한테 허락을 맡듯이 미리 말했어야 하지?"

"그, 그건… 넌… 넌……."

신동민의 냉랭한 말투와 싸늘한 대답에 할 말도 없고 충격도 받았는지 제후가 마치 울 듯한 얼굴을 일그러뜨리며 어쩔 줄 몰라 하고 있었다. 슬퍼 보이는 얼굴… 결국 제후는 고개 숙여 금갈색 앞 머리칼에 표정이 안 보이도록 하면서 뒤돌아서서 성큼성큼 걸어갔다.

"치잇―!!"

꽝!

지나가면서 왜 가만히 서 있는 멀쩡한 기둥을 주먹으로 치고 뛰쳐나가는지…

얼마나 세게 쳤는지 쇠기둥이 눈에 띌 정도로 움푹 파였다. 그 연약해 보이는 체구치고는 정말 괴력이 아닐 수 없었다. 어떻게 이런 힘을 낼 수 있는지… 정말 힘이 남아도는 녀석이다.

"젠.장―!"

멀리서 악을 쓰는 민제후의 목소리가 복도의 메아리를 타고 신동민에게까지 전해져 왔다.

"너, 너무 어리광이 심한 거 아니냐? 이럴 땐 웃으면서 보내주는 거라고."

민제후가 슬픔인지 분노인지 또는 그 밖에 다른 어떤 감정인지 구별할 수 없는 격정에 휩싸여 한적한 교정에서 상처받은 동물처럼 혼자 왔다 갔다 하고 있자, 그때 어떤 낯익은 목소리가 그 소년에게 가까이 다가오며 공기를 울렸다.

'문승현······.'

제후가 그 목소리에 잠시 그쪽을 흘낏 쳐다봤다가 다시 고개를 돌려 버렸다. 추한 모습을 보였다.

"어디까지 본 거야?"

"글쎄··· 어디서부터 어디까지가 전부인지 몰라서 그건 잘 모르겠군. 그런데 대강 줄거리는 파악됐어."

"그럼 왜 왔어? 줄거리 파악도 끝났다면서."

"그것도 글쎄··· 이상하게 그냥 지나칠 수가 없더라고."

"흥! 끝까지 글쎄군."

천천히 다가오는 문승현을 쳐다보며 제후가 불편한 심기를 마구마구 표출한다. 형이라고 부르기로 했지만 생략할 수 있는 데까지 최대한 생략하면서. 물론 요즘엔 원판의 몸과 거의 동화되어 가는지 자신이 원래부터 민제후였다고 착각까지 하면서 살고 있지만, 사실 따지고 보면 자신의 나이가 이 아이들의 삼촌이나 아저씨뻘이기 때문에 이런 불편한 심기로 호칭까지 챙기기가 짜증이 났다. 그런데 다행스럽게도 문승현은 그 점에 대해선 별말이 없다. 단지 무덤덤한 표정으로 담담히 서서 한마디 한마디 콕콕 찌르는 말만 한다는 것이 신경 쓰이면 쓰인달까.

"그쯤 해둬라. 어리광도 정도껏 해야지. 아무리 친구가 좋다고 그렇게 좋은 기회가 왔는데 너랑 놀자고 끝까지 버틸래?"

"그래! 난 원래 그런 놈이야!!"

제후가 문승현의 말에 울컥울컥 솟아나는 무언가를 꾹꾹 참고 있다가 결국 주먹을 불끈 쥐고 타올랐다. 타올라라~ 타올라라~

"음하하하하!! 그래! 난 원래 그래!! 원래 난 나밖에 모르고, 나이에 안 맞게 주책바가지에, 신동민 말처럼 맨날 사고만 치고 다닌다!! 요즘 따라 나이는 점점 더 거꾸로 먹어서 제멋대로에 응석도 심하고, 어리광? 헹! 어리광뿐이야? 공상, 망상, 환상까지 덤으로 얹어서 세트로 놀고 있다!!"

"그게 참 자랑이다!!"

어린 동생 달래듯 타이르려던 문승현도 민제후가 하늘을 향해 주먹을 휘두르며 악을 쓰자 결국 같이 열받아서 소리치고 말았다.

"베에~"

승현이 야단치자 제후가 그를 쳐다보며 한쪽 손가락으로 눈 아래쪽을 내리면서 혀를 쏙 내민다.

유치찬란(幼稚燦爛)!

'으이구~ 그래, 너 잘났다.'

주먹이 운다, 울어.

승현이 주먹으로 한 대 콱 쥐어박아 줬으면 좋겠다고 생각하면서 속으로 한숨을 내쉬었다. 이 녀석과 함께 있을 때면 이상하게 평소 자신의 페이스를 유지하지 못한다는 걸 깨달은 탓이었다. 항상 제후의 분위기와 페이스에 말려들어 그와 얽혀들게 만든다. 하지만 지금 승현에게 한 가지 위로가 되는 것은 그것이 자신에게만 한정된 법칙이 아니라 민제후 주변에 있는 다른 인물들에게까지 적용되는 것이란 점이다. 하다못해 그 유세진까지 민제후에게 조금씩 조금씩 영향받고 있음을 알게 되었으니. 아무래도 혼자만 그렇다는 것보다 다들 마찬가지라고 생각하니 좀 나았다. 인간의 마음이란…….

"그래서…… 지치지 않고 그 녀석들이 내 곁에 계속 있었으면 좋겠다는 생각이 그치지 않아."

그 순간 문승현은 갑자기 고요해진 분위기에 고개를 들었다가 잔잔한 뒷모습을 보이고 서 있는 민제후를 보았다. 그는 참 이상하다는 생각이 들었다. 그 뒷모습에서 열여덟 살 소년이 아니라 마치 한세상 끝까지 산 어떤 다른 이의 영혼 같다는 생각이 들었다.

그 담대함… 그 넓음… 그 허허로움…

어쩐지 고개 숙여 위로의 뜻을 표해야 할 것 같은 의무감이 느껴지는 등이었다. 승현은 그 모습에 민제후에게 위로와 격려의 말을 해주고자 손을 뻗을 그때였다.

"그래! 결론은 역시 보내고 싶지 않다고! 응석이라 해도 좋다 이거야!!"

"쿨럭!!"

갑자기 분위기가 180도 달라졌다.

"간다고? 헹! 가라고 해! 누가 겁나! 겁 하나도 안 나! 어디 날 버리고 가신 님이 십 리를 가서 발병만 안 나봐라~!! 내가 뛰어가서 무좀이라도 걸리게 일신의 노력을 다할 테다!! 그리고 마음 편히 나가게 내가 가만둘 것 같애!! 비행기 바퀴에 빵구라도 낼 테다! 푸하하하하하하하~!!"

승현은 잠시나마 제후를 좀 안됐다고 생각하며 위로하려고 했던 자신이 바보같이 느껴져 얼굴을 일그러뜨렸다.

　마치 어린아이와 노인을 뒤섞어놓은 듯한 이 대책없는 소년을 어떻게 해야 하지?

　"유치한 놈……."

　"야! 신동민!!"

　'응?

　마음에 상처 입은 사람은 민제후만은 아니었다.

　신동민은 제후가 그렇게 나가 버린 후 이상하게 한쪽 가슴이 따끔거리고 정신이 멍해져서 한동안 넋을 잃고 락커 앞에 앉아 있었다. 왜 자신들에게 이런 반목이 생기는 건지…….

　어쨌든 한참 만에 정신을 차린 동민은 찢어진 입가의 쓰라림을 느끼고 다음 수업을 땡땡이까지 쳐가며 천천히 본관의 양호실로 향했다. 수업을 들어봤자 귀에 들어올 것 같지 않으니 차라리 천천히 생각할 시간을 갖자고 한 것인데…

　"하아! 하아! 신동민! 너, 넌 무슨 애가 그렇게 불러도 못 듣고 그러니? 얼마나 한참 불렀었는데. 하아~ 숨차라."

　"아, 예지구나. 학생회?"

　동민은 양호실로 가는 길에 우연히 예지를 만나서 슬쩍 웃으며 물었다. 역시 본관에 있는 학생회실 때문인지 이쪽에서 자주 마주친다.

　"응. 다다음주에 있을 수학여행 때문에 일정 잡느라 요즘 바빠. 장소도 어디로 결정날지 몰라 예상 지역 몇 군데를 대상으로 여러 개 준비하고 있으니까. 너야 뭐, 유학 준비한답시고 이젠 학생회 일 안 하니까 편하겠지만… 어머! 너, 얼굴이 왜 그래?"

한예지가 뛰어오느라 발그레진 얼굴에 눈을 동그랗게 뜨고 놀란다. 이제야 신동민의 부어오른 얼굴이 눈에 띈 모양이다. 동민은 놀라서 더 커진 한예지 거울 같은 눈동자를 바라보며 그저 웃었다.

"…맞았어."

"뭐?"

"제후한테."

'쿡쿡, 바로 네가 너무너무 사랑해 마지않는 도련님한테 얻어터졌다.'

하지만 예지는 그 말에 놀라지도 않고 신동민의 얼굴을 붙잡고 요리조리 뜯어보며 간단히 감상을 말한다. 요쪽은 파랗고, 요쪽은 보라색, 이쪽으로 가면 점점 더 노란색의 그라데이션이라는.

'섭섭하게시리. 맞은쪽이 제후가 아니라 나라 이건가?'

자신을 때린 남자를 좋아하는 여자에게 감상까지 듣는 기분은 상당히 당황스럽다.

"호오~ 그럼 진~짜 아팠겠다. 생긴 것 답지 않게 힘이 막 남아도는 녀석인데?"

"할 말이 그것밖에 없냐?"

어떻게 놀라지도 않지?

신동민이 눈을 깜박이며 물어보자 한예지가 빨리 양호실부터 가자며 그를 끌고 가면서 천천히 이야기했다.

"그러면 또 뭐라고 해. 앞뒤 사정이야 뻔한데. 분명히 걔, 너 유학 간다는 소리에 펄펄 뛰었을 테고, 넌 뻗댔을 테고, 그러다 한 방 맞은 거겠지. 맞지?"

너무 정확하게 말한다.

"너, 어디에 숨어서 몰래 지켜봤냐?"

정말 미아리에 돗자리 깔아도 되겠다. 그러나 한예지가 그 청초한 얼굴에 미소를 담뿍 지으며 도착한 양호실 문을 열고 신동민을 밀어 넣었다.

"넌 단지 쓴지 꼭 찍어 먹어봐야 아니? 안 봐도 뻔한데 뭘. 어머? 양호 선생님 안 계시네? 잠깐만 기다려 봐. 소독약하고 찜질 팩 좀 가져 올게."

"이해할 수 없어."

예지가 소독약을 찾느라 약상자를 뒤지자 동민이가 멍청하게 의자에 앉으며 중얼거렸다.

"민제후가 왜 그렇게 화를 내는지, 나한테 왜 이러는지 모르겠어."

"……."

예지가 자신의 말에 그저 예쁘게 피식 웃으며 얼음과 수건을 찾아 챙겨 온다.

양호실에 햇빛이 커튼처럼 내리비춘다.

엷은 황금빛 커튼…

그것은 마치 가위로 잘라내 예쁜 손수건을 만들 수 있을 듯 아주 가깝게 다가왔다. 그리고 그 속에 성전특고의 최고 미인인 유리꽃 한예지가 서 있다.

햇살에 은은히 반사하는 투명한 피부와 반짝반짝 빛나는 결 좋은 검은색 긴 생머리. 갸름한 얼굴에 뚜렷한 이목구비가 보기에 딱 좋다. 너무 작지도 크지 않은 날씬한 키와 체형, 지적인 눈동자, 그리고 눈과 안색에 어려 있는 잔잔한 기품은 그녀가 어릴 때부터 숙녀로서의 엄하고 단정한 교육을 받아왔음을 느낄 수 있었다. 하지만 자신의 생각이 옳다고 여겼을 때는 굳게 한일자로 다물어지는 야무진 붉은 입술에서 그런 교육 속에서도 굽히지 않는 의지와 가치관, 소탈한 성품이 담겨 있음을 알게 한다.

한예지. 유리꽃이라고 불릴 만큼 섬세하고 투명한 아름다움을 가졌지만 결코 마음은 깨지기 쉬운 유리가 아닌 강한 소녀. 그녀는 도자기 인형처럼 단정하고 수선화처럼 청초한 아름다움.

그것과 비교한다면 오늘 동민이 만난 마리안은 은빛 폭포수 같은 허리를 넘는 긴 머리칼과 커다란 청록색 눈동자처럼 더할 데 없이 화려한 아름다움에 야생화 같은 자유분방한 마음을 품고 있는 소녀였다.

비교가 불가능하다.

둘 다 비교할 수 없이 아름다운 소녀들이었다. 단지 그녀들의 차이점을 말하라 한다면 한예지는 보면 볼수록 점차 빨려드는 매력이었고, 마리안은 보는 순간 단번에 홀리듯 매혹되는 진한 향기였다. 이 둘은 외모도 그렇지만 성품, 자라온 환경, 가치관도 다를 것이기 때문에 절대 비교가 불가능하였다.

그런데도 신동민은 오늘 오전에 마리안이라는 인상적인 아름다움을 남긴 소녀를 보았기에 자신도 모르게 예지와 마리안을 비교하고 있었다.

동민은 자신이 너무 오랫동안 예지를 멍하니 바라봤다는 무안한 생각에 고개를 돌리면서 힘겹게 입을 열었다.

나른한 분위기. 지금이라면 예지에게라도 털어놓을 수 있을지 모른다. 모두들 똑똑하다, 천재다라고 말하지만 바보 같은 자신의 내면…….

"…불안했었어."

"응?"

예지가 소독약으로 신동민의 상처를 소독하다 잔뜩 쉰 듯이 잠겨서 내뱉어지는 소년의 목소리에 반사적으로 그의 눈을 바라보았다. 하지만 한번 물꼬가 트인 말문은 계속해서 혼잣말처럼 멈추지 않고 흘러나온다.

"주변을 둘러보니 내 주변에 어느샌가 친구라는 존재들이 자리 잡고 있었어. 바로 너희들. 친구라는 거… 솔직히 옛날엔 내게 그런 게 생길 줄 몰랐어. 어색했지만 그리 나쁘지 않았어. 아니, 기분 좋았어. 집이라고 있었지만… 아얏!"

소독약을 묻힌 약솜이 입가에 닿자 신동민이 그 잘생긴 눈가에 찡그림으로 주름을 잡았다.

"집이라고 있었지만 너도 알잖아, 우리집. 좀, 아니, 상당히 복잡하거든. 후후후… 마음 붙일 데가 없었어. 우리 동희 빼고는."

"참! 언제 동희 좀 데리고 나와라, 동민아. 내가 데리고 다니면서 맛있는 것도 사주고 같이 쇼핑도 좀 하게. 우리 귀여운 동희 못 본 지 한참 된 것 같다."

"응, 그래. 항상 고맙다. 동희도 널 보면 되게 좋아할 거야."

신동민이 고맙다고 하자 예지가 '뭘, 내가 동희 보고 싶어서 그런 건데' 라고 말하며 냉찜질을 위해 수건을 준비하고 있었다. 찜질 팩이 없었던 듯.

"옛날부터 집 분위기부터 그랬기에 내 마음에 여유가 없어 친구가 생길 수 없었지. 그리고 성전특고에 입학하고 집을 나오면서 좀 안정되었지만, 그때는 친구를 안 사귀는 것이 아니라 못 사귀게 되더라고. 호기심이 참 많더라, 아이들. 다들 내 얼굴이 좀 볼 만하다고, 또는 천재 그룹의 멤버라는 이유로… 하지만 나중엔 나한테 부담을 느끼고 거리를 두기 시작했어. 그 다음에 내게 다가오는 아이들은 모두 날 이용하고 싶어하거나 자신을 돋보이고 싶어하기 때문이란 걸 알았어. 그건 '친구'가 아니었지."

신동민은 마치 신부님에게 고해성사를 하듯 진지하게 조용조용히 말을 이어가고 있었다. 세상은 지금 그에게 모든 걸 털어버리라고 하듯 숨을 죽이고 있다. 예지도 자신의 할 일을 분주히 하면서 그 소년의 이야기를 조용히 들어주고 있었다.

"그런데 어느 날 눈을 뜨고 바라보니 너희들이 내 앞에 있었어. 날 이용하려는 것은 아니었지만 내가 필요하면 주저없이 내게 도움을 청했지. 그리고 너희들은 그만큼 날 믿어주고 날 붙잡아주었어. 자신의 장식적 효과를 위해서가 아니라 나와 동등한 위치에서 내 눈을 마주보고 있었어. 그런데 그런 '친구'라는 이름의 한 녀석이… 알고 보니, 어느 날 문득 깨달아보니 너무나 굉장한 녀석이더라구. 그래서 난 처음으로……."

그때 신동민이 흔들리는 눈을 들어 한예지의 눈동자를 똑바로 바라보았다.

"처음으로 민제후에게서 겁이 났어."

"……!"

"말도 안 될 정도로 어마어마한 기업 군단을 이끄는 수장인데다가 그 개인의 능력도 불가사이하고 상상을 불허했지. 두뇌만으로 할 수 있는 게 아니야, 그건. 사람을 잡아끌고 압도하는 힘이 있어, 그 녀석. 녀석은 괴물… 정말 괴물이야. 머리는 좀 달리는 것 같아도… 킥킥… 하지만 만약 내가 제후의 위치에 서 있더라면 숨 막혀 질식해 버렸을 텐데… 머리가 터져 버렸을 거야. 발표회까지 끝나자 시간이 갈수록 그 두려움이 더욱 커져만 갔어. 강제경, 민제후, 그리고 너희들. 너무나 빠르게. 나만 도태되는 것 같았어. 한 번도 내 자신이 남들보다 떨어진다는 생각 따윈 한 적 없었는데… 아니, 항상 일등이었는데… 그런데 이대로는 부끄러운 모습이 될 것 같았어. 내 존재 자체에 대한 의구심까지 들었어. 그래서……."

이야기가 거의 끝나간다.

"그래서 유학을 결심했어! 난 공부밖에 잘하는 게 없잖아."

모든 걸 말해 버리자 어쩐지 허탈했다. 자신의 마음을 십 분의 일도 표현하지 못한 이야기들. 그런데도 약간 시원해진 것 같기도 하고 허무한 것 같기도 하고… 엄마에게 투정 부리는 어린아이가 된 듯한 부끄러움까지…….

"할 말 없니?"

신동민이 약간 조심스럽게 말을 건네자 마주 앉아 있던 한예지가 '후우~' 하고 한숨을 크게 한 번 내쉬더니 그녀의 머리카락이 날릴 만큼 빠르게 벌떡 일어서서 소리 질렀다.

"빌어먹을 자식! 그거면 됐지 뭘 더 바래!!"

"뭐, 뭐라고?!"

"라.고. 민.제.후.가. 말.했.습.니.다."

한예지답지 않은 갑작스런 행동과 과격한 말투에 신동민이 당황하고 있자 그 소녀가 방긋 웃으며 국어책을 읽듯 또박또박 말했다.

"제후라면 이렇게 말했을 거야. 지금의 이 얘길 들었다면 말이지. 호호호호~"

"아하… 하하……."

"도대체 세상에~ '난 공부밖에 잘하는 게 없잖아' 라니! 쯧쯧, 다른 애들에게 돌 맞아 죽을 말만 하는구나. 제후가 들으면 통곡할 일이네. 걔, 지난번 중간고사 전교 꼴찌했잖아. 그리고 그때 넌 또 학년 톱이었지? 쯧쯧쯧, 민제후가 방금 네 이야길 들었다면 넌 암살당했을지도 몰라."

'그, 그래. 어, 어쩌면……'

제후 녀석의 어디로 튈지 모르는 성격을 생각해 본다면 확실히 현실성있는 이야기라고 신동민이 식은땀을 흘리고 있자 그때 마침 예지가 찬 물수건을 동민의 부어오른 턱에 대어주었다.

"아, 아얏!"

"그래, 좀… 아프긴 아프겠다. 어떻게 쳐야 이렇게 되는 거지, 그 하얀 주먹에서? 매번 신기하단 말야."

예지가 얼굴 앞으로 흘러내린 머리칼을 귀 뒤로 넘기면서 다시 자리에 얌전히 앉았다.

"제후한테 섭섭하니, 이렇게 무지막지하게 맞아서?"

"뭐, 섭섭하다기보다……"

동민이가 얼굴을 붉적이며 말을 끌자 한예지가 차갑게 식힌 다른 수건에서 물기를 꽉 짜내며 온화한 음성으로 말한다.

"제후가 왜 화를 내는지 모르겠다고 했지? 아마도 그건……"

신동민이 얼굴에 대고 있던 물수건을 새로 차갑게 식힌 수건으로 바꾸며 말을 계속 이어간다.

"널 좋아해서 그랬을 거야. 너무너무 좋아하는 친구라서."

"그럼 친구면 무얼 하든, 뭘 하고 싶든, 어떤 일을 하기 전에 꼭 먼저 보고하고 허락부터 얻어야 하는 거니!"

그 말에 신동민이 울컥해서 따지고 들었다.

친구가 되면 일거수일투족 보고해야 한단 말인가?

"아니아니, 내 말은… 하아~ 아마 그것보다 좋아한 만큼 배신감, 뭐 그런 것 아니었을까? 너 혼자 모든 걸 고민하고, 결정하고, 그리고 나중에 떠나기 직전에 통보하듯 알려주려고 했던 것에 배신감을 느꼈겠지. 얘, 나도 처음에 얼마나 화냈었니? 그걸 생각해 봐라. 후후후, 내 생각엔 이렇게 한 대로 끝난 게 다행이다, 야. 넌 제후한테 한 백 대쯤 맞고 병원에 실려갈 만큼의 친구였거든. 널 진짜로 아끼고 사랑해서 그런 거란 걸 네가 알아야 해. 그 녀석, 맨날 실없이 웃고 다니고, 허구한 날 사고치고서 뻔뻔하게 배 째라는 놈이지만… 으윽……."

뭔가 옛 기억이 떠오르는지 예지가 속에서 울컥하는 뭔가와 싸운다. 그것에 동민은 안쓰러움과 동질감에 가슴 한 부분이 따뜻해져 갔다. 한예지도 마음 고생 심했구나.

"그래도 마음이 많이 여리고 정에 굶주린 애니까. 그리고 왜인지는 잘 모르겠지만 상처가 많아 보이는 녀석이니까. 널 많이 의지했었으니까."

예지의 보살핌을 받으며 가슴을 털어놓고, 서로 이야기를 들어가며 함께 있어보니 신동민은 한예지란 소녀가 얼마나 따뜻하고 온화하고 어른스러운지 느낄 수 있었다. 그동안의 그녀의 과격했던 모습들은 역시 민제후란 예측 불허 괴물체로 인해 표출된 극단적인 모습들이었다.

"같은 나이라도 여자들이 정신 연령이 더 높다는 말이 맞는 것 같아."

어느 정도 붓기가 가라앉은 것 같자 동민이가 냉찜질을 하던 수건을 내리며 피식 웃었다. 그러자 예지도 불안하고 위태위태해 보였던 동민의 모습이 이제 제법 안정되어 있는 것을 보며 생긋 웃어주었다.

"네가 어떤 결정을 내렸든 간에, 화해할 거지?"

"훗! 민제후가 내 친구가 아니었다면 이럴 때 한예지 한번 안아보는 건데 말이야."

"호호호, 그럼 대신 내가 안아줘야겠네?"

한예지가 일어서서 아직 양호실 보조의자에 앉아 있는 신동민에게 다가가 꼬옥 안아주었다.

"많이 아파하지 마라, 친구야. 난 내 친구들이 아파하면 내가 더 아프단다."

"…고맙다."

누구보다 너희들이 내 친구들이라 정말 고마워.

"저, 이러지 마세요. 가야 되거든요. 좀 비켜주세요."

특별 수업이 끝난 성전특고의 클레이 사격장.

그곳에 달빛 머리칼이 매혹적인 요정 소녀가 남학생들에게 둘러싸여 겁에 질린 듯 목소리를 약간 떨면서 안절부절못하고 서 있었다. 그렇다고 그 남학생들이 무슨 불량 학생이나 그 소녀에게 해코지를 하려고 건들거리는 건달은 아니다. 단지 그 아이들은 마리안이 예쁘기 때문만이 아니라 현재 인기 최고를 달리는 슈퍼스타이기 때문에 스타와 말 한 번이라도 나눠보고 싶어서 몰려 있을 뿐이었다. 하지만 사인해 달라고 해서 사인도 해줬건만 자신을 놔주지 않고 말이라도 한 번 더 나눠보려고 들떠 있는 아이들에게 그 소녀는 겁을 집어먹고 손가방을 가슴에 꼭 안은 채로 발을 구른다. 물론 겉으로 보기에는 말이다.

'비켜비켜, 좀 비키란 말야! 제후 오빠야는 어디론가 사라져 버렸고,

날 이리로 데려다 준 희멀건 눈깔 총각도 증발해 버렸다구, 이 빌어먹을 것들아!! 이것들이 정말 사람 성질 나오게 만들어?!'

"빨리 비켜주세요. 찾을 사람이 있다구요. 자꾸 이러시면 저 화낼 거예요."

속마음과 겉으로 하는 말이 이렇게 달라질 수 있을까? 뭐, 그래도 대강 의미는 비슷하게 맞아떨어지니 넘어가자.

마리안은 자신이 조금 강경하게 화내겠다고 했는데도 조금만 더 이야기하자고 붙잡는 남학생들에게 결국 짜증이 치솟았다. 이대로는 한 시간이고 두 시간이고 계속 붙잡혀 있을 것 같다는 생각까지 들었다. 그리고 또 다른 문제로는 자신을 가로막고 있는 아이들의 태도 자체도 약간 거만해서 은근히 마리안의 신경을 득득 긁고 있기에 더 이상 참을 수가 없어졌다.

'누군 태어날 때부터 금테 두르고 태어났나? 부잣집 도련님들이라 이거지? 열라 재수없어!! 에잇— 모르겠다! 일. 단. 뚫. 어!!'

"이야야압! 어마맛!!"

와당탕—

마리안이 우선 이 상황을 벗어나야겠다고 결심하고서 자신들을 둘러싼 소년들 사이를 가방을 안고 돌진했지만,

'이씨! 존나 열받아!! 저것들, 모양만 도련님이고 매너는 완전 꽝이잖아. 히잉~'

마리안은 눈물을 글썽이며 일어나 그 소년들을 째려봐 주었다. 자신이 무조건 막무가내로 돌진한 잘못이 있었으나 마리안은 넘어져서 망신을 당할 대로 다 당하고 무릎팍까지 깨져서 피까지 나기에 아무나 붙잡고 원망을 쏟아내고 싶은 심정이었다. 그녀가 쫓아온 민제후는 잠

시 한눈을 판 순간 놓쳐 버렸고, 이곳은 도대체 서울 안에 존재하는 고등학교라는 것이 믿어지지 않을 정도로 너무나 거대해서 그녀는 자신이 마치 미아가 된 듯 서러워 어쩔 줄 몰랐다. 게다가,

'아앗! 내 가방이!!'

마리안은 바닥에서 몸을 일으키다가 자신이 가슴에 안고 있던 손가방이 날아가 그 안의 소지품들이 쏟아진 것을 알았다. 그런데 문제는…

'저건… 내 생리대잖아?!'

내가 못살아!

엎친 데 덮친다고 하더니만 엉망으로 넘어져 당한 망신은 아무것도 아닌 게 되었다. 남학생들 앞에서 우스꽝스런 자세로 철푸덕 고꾸라져서 칠칠맞게 그런 물건을 흘리다니. 마리안은 너무 창피해서 얼굴을 들 수가 없었다. 아직 남자애들은 눈치 채지 못한 듯하지만 곧 자신이 소지품을 챙겨 가방에 넣을 때 눈치 챌 것이 분명했다. 그렇다고 언제까지 이렇게 넘어진 채로 바닥에 쏟아진 물건들을 보고만 있을 수도 없는데…….

만약 누군가 마리안에게 지금 기분이 어떠냐고 인터뷰한다면 이렇게 대답해 주고 싶었다.

'엿 같애.'

그리고 또 한 가지 다른 대답은,

'그냥 이대로 땅속으로 꺼지고 싶어!'

아무리 입도 험하고 야생화 같은 마리안이라지만 여자 아이로서 수치심에 죽고만 싶었다.

그런데 그때였다.

　털썩—

　마리안이 남자 아이들 앞에서 창피함과 수치심에 어떻게 움직이지도 못하고 두 눈에 눈물만 그렁그렁하게 담고 있는데 그때 마리안의 손가방에서 쏟아진 생리대 위로 어떤 재킷 하나가 날아와 그것을 내리 덮었다. 그것은 분명 어떤 남학생의 교복 상의.

　'누가?'

　마리안이 놀란 눈으로 고개를 들자 그때 그녀의 귀에 다른 학생의 목소리가 날아들었다.

　"야, 세진아. 너 옷 떨어뜨렸어."

　"아아……."

　마치 실수로 떨어뜨렸다는 듯이 무심한 목소리. 그 소년이 무심한 눈으로 허리를 숙여 교복 상의를 집어 들었다. 그리고 당연히 그 소년이 옷을 집어 들었을 때는 생리대까지 교복 상의에 감싸서 들어 올렸는지 바닥에는 그것의 모습이 보이지 않았다.

　그런데 그때 그것을 멍청하니 바라보던 마리안을 유세진이 힐끔 보더니 그때서야 발견했다는 듯 가까이 다가와서 마리안의 양쪽 팔 아래로 손을 넣어 번쩍 일으켜 세웠다. 키는 그 소녀와 비슷한데도 역시 남자 아이라 그런지 아주 쉽게 마리안을 일으킨다.

　'싸가지 만땅이 왜……?'

　마리안은 머리 속이 하얘져서 그런 유세진을 멍하니 바라만 보고 있자 유세진이 그녀를 보고 비웃듯 피식 웃으면서 갑자기 그녀의 발 앞에 한쪽 무릎을 꿇고 앉는다.

　"왜… 왜? 뭐 하는 거야?"

　"피가 나지 않습니까."

마리안이 깜짝 놀라 펄쩍 뛰었지만 결국 어린 여동생 야단치는 듯한 세진의 말투에 기가 팍 죽었다. 그리고 유세진이 주머니에서 꺼낸 깨끗한 손수건으로 넘어질 때 까진 상처를 쉽게 풀어지지 않도록 꽉 묶어주자 마리안은 이상하게 얼굴이 달아오르는 것을 느꼈다.

"지금은 대강 이렇게 묶고 곧 구급상자를 가져와서 소독하도록 하죠."

"……."

마리안은 소지품까지 챙겨서 가방을 건네주는 세진을 속에 무엇이 들었는지 알 수 없는 수수께끼 상자를 바라보듯 물끄러미 바라보며 가까운 벤치에 앉았다. 도대체 착한 건지 싸가지없는 건지, 친절한 건지, 무례한 건지… 비슷한 나이 또래로 보이는데 유세진이란 아이는 정말 알 수가 없다고 생각했다.

도대체 어떤 사람일까?

"아, 그리고 미안하지만 잠시 제 옷 좀 부탁하겠습니다."

세진은 마리안이 멍하니 있는 사이 구급상자를 가져가러 간다고 옷을 맡기면서 자연스럽게 마리안이 떨어뜨린 생리대 사건도 무마시켜 주었다. 마리안은 점점 시야에서 멀어지는 파랗게 반짝이는 검은 머리칼의 소년을 바라보며 혼잣말로 중얼거렸다.

"어쩌면 말이야… 싸가지 만땅은 싸가지 만땅이 아닐지도 몰라……."

무슨 소리인지…

하지만 한 가지 확실한 것은 마리안이 유세진을 조금은, 아주 조금은 다른 눈으로 보는 계기가 된 것 같았다.

어느새 적지 않은 인원이 북적거리던 클레이 사격장은 수업이 끝나고 학생들이 다음 수업을 위해 빠져나가자 휑할 정도로 한가해졌다. 성전특고의 수업은 대학처럼 자신이 직접 시간표를 짜기에 시간을 어떻게 짜느냐에 따라 자유롭지만 대학에도 필수 과목이라는 것이 존재하는 만큼 정해져 있는 시간대에 있는 꼭 필요한 수업은 들어야 하므로 이렇게 학생들 없이 한가할 때도 가끔씩 존재했다.

물론 그 한가한 시간대를 주로 찾는 학생도 있는 법이고.

마리안은 멀리서 클레이 사격을 준비하는 유세진을 바라보며 미간을 찡그렸다.

'내가 넘어졌을 때 무표정하면서도 잘해주길래 조금은 괜찮은 녀석인 줄 알았더니, 제후 오빠를 찾아달라고 하니까 자기는 이번에 수업이 비어서 오랜만에 온 김에 조금 더 쏘다 갈 거라고? 나참, 어이가 없어서…….'

마리안은 생각하면 다시 끓어오르는 화에 어쩔 줄 몰라 했다. 자신에게 이렇듯 무례한 남자는 정말로 처음이었다. 자기가 잘나면 얼마나 잘났는가! 흥!

'게다가 뭐? 가고 싶으면 길 복잡하지 않으니까 알아서 찾아가라고? 하! 기가 막혀. 그리고 나도 클레이 사격인지 뭔지 계속 지켜만 봐서 지겨우니 가르쳐 달라니까 다른 선생님을 찾아서 붙여주고. 이악! 분해—!!'

"마리안 양, 왜요? 시작도 하기 전에 싫증부터 났어요?"

"예? 아, 아니에요."

마리안은 혼자 딴생각에 빠져 있다가 여자 지도 선생님의 낭랑한 목소리에 약간 얼굴을 붉히고 다시 설명을 들었다. 유세진이라는 남자애가 자꾸 뻣뻣하게 굴길래 반발심에 배우겠다고 한 것이긴 했지만 솔직히 속이 다 시원해지고 보기만 해도 통쾌해서 배우고 싶었던 것이 사실이다.

'그치만 유세진이 가르쳐 주면 더 재밌을 것도 같은데… 아닌가? 응~'

마리안이 자꾸 힐끔힐끔 제법 멀리 떨어진 사격장에 있는 세진을 쳐다보며 손가락을 입에 물었다. 그래서 그 순간에도 계속되고 있던 간단한 설명과 주의 사항을 자꾸 못 들어 지도 선생님께 여러 번 주의를 듣게 되었다.

"이번엔 복장에 대해 간단하게 설명해 줄게요, 마리안. 클레이 사격은 복장이 간편한 편이에요. 웃옷은 간편한 티셔츠에 사격조끼를 입으면 되고요, 바지는 편안한 평상복이면 돼요. 그러나 귀마개는 귀를 보호해야 하니 반드시 해야 하고, 고글과 사격용 신발은 선택 사항이니까 좋도록 하시고요. 신발은 미끄러지지 않고 몸의 중심을 잘 잡을 수 있는 신발을 착용하면 무리가 없습니다."

"저기, 저쪽에 까만 머리 남자애는 눈에 뭘 썼는데… 저건 뭐예요?"

결국 그 순간에도 시선은 세진에게로 가 있는 마리안이었다. 그런데 은근한 내숭. 이름을 알면서 일부러 모르는 척 이름을 부르지 않고 돌려 말한다. 깜찍하게도 관심없는 척하지만 그녀의 눈이 워낙에 크고 색깔도 청록색으로 유난히 반짝반짝 눈에 띄어 그 소녀가 자꾸 시선을 유세진 쪽으로 힐끔거리고 있다는 걸 알아채지 못했을 리 없는 지도 선생님이다. 그렇지만 지도 선생님이 여자 분이시라 마리안을 이해해서 그런지 모른 척해 주시며 빙그레 웃으면서 말씀하셨다.

"아, 유세진이요? 저게 고글이에요. 고글은 눈부심 방지를 위해 사용하죠."

타앙!

유세진의 날카로운 눈매가 고글 속에서 빛날 때마다 하늘로 날아오른 피전이 공중에서 산산조각이 나서 하얀 포말로 분해돼 버린다. 연속으로 깔끔하게 명중되는 표적.

"멋지죠?"

"예? 아, 네, 넷!"

지도 선생님의 웃는 얼굴에 마리안도 당황하며 어색하게 대답했다.

분하지만 정말 멋있었다.

'조그만게. 쳇!

"마리안, 세진이에게 배워보시겠어요?"

"네?"

마리안이 갑작스런 선생님의 말에 이해를 못하고 눈을 깜박거렸다.

무슨 소리지? 쟨 아까 나 가르칠 시간 없다고 했다고요.

"설명이 어렵죠? 기초적인 것부터 배운다면 비슷한 또래가 더 편할 수가 있으니까. 아, 대신 실탄은 아직 못 드립니다. 세진이가 됐다고 할 때 그때서야 제 지도 하에 피전을 쏠 수 있게 해드릴 거예요. 알았죠?"

"아, 네넷!"

뭐, 어쨌든 간에 좋은 게 좋은 거니까라는 생각으로 선생님께서 알아서 하시라고 말한 마리안. 유세진은 자기 시간 없다고 했으니 안 될지도 모르고, 또 안 돼도 별로 상관없다고 생각했다. 하지만 마리안은 이상하게도 왜 자꾸 방실방실 웃음이 새어 나오는지 영문을 몰라 허둥댔다. 그런데…

‘어라나? 무슨 남자가 저렇게 웃음이 헤퍼? 나한텐 비웃음 아니면 잘 웃어 보이지도 않더니!’

멀리서 지도 선생님이 유세진에게 다가가 무슨 말을 하자 유세진이 고개를 끄덕이며 정말정말 예쁜 웃음을 가득 짓는다. 그 모습을 바라보며 마리안은 알 수 없는 불쾌감에 가슴에서 뭔가가 울컥울컥 올라오며 손아귀에 힘이 들어가는 것을 느꼈다.

‘저 싸가지 만땅이!!’

마리안은 멀리서 자신 쪽으로 다가오는 세진을 매섭게 노려보며 생각했다. 역시 이 미묘한 기분들이 뭔지 처음엔 잘 알 수 없었는데 지금 이렇게 기분이 더럽고 나쁜 것을 보니 이 남자애를 지독히도 싫어하고 있는 것 같다고. 다가와서도 ‘네가 이걸 할 수 있겠어?’ 라는 눈빛으로 쳐다보는 유세진이 그렇게 밉게 보일 수가 없는 마리안이었다. 말만 존댓말을 쓰지 싸가지가 바가지인 남자애한테 뭘 배우겠는가? 하지만 이미 배운다고 했으니,

‘아유~ 내가 그래서 하는 거다.’

마리안이 속으로 세진에 대한 욕을 있는 대로 열심히 하면서 겉으로는 퉁명스럽게 간단한 한마디씩만 했다. 그리고 자칫 잘못해서 말이 잘못 나갈까 봐 그러는 것이 아니라고 마음으로 중얼거렸다.

“가르쳐 봐.”

“흠, 좋습니다. 기본적인 건 이미 들었을 걸로 생각되는데… 음, 그럼 우선 총을 보죠.”

고개를 끄덕이는 마리안을 보고서 세진이 하나하나 가르쳐 준다.

“탄약은 총의 레버를 젖힌 후 가운데를 꺾어서 들어갑니다. 한 번에 두 발씩 약실에 넣습니다. 25개의 피전을 모두 쏘면 1라운드, 1게임이

끝났다고 합니다."

세진이 마리안의 팔과 어깨를 붙잡고 총을 잡는 자세를 교정해 주었다. 하지만 간단한 일임에도 마리안은 이상하게 몸이 굳어서 잘 안 되었다.

"오른손은 방아쇠, 왼손은 총의 뒤쪽 몸체를 든 채 개머리판을 오른쪽 어깨로 받칩니다. 아니아니, 그건 왼손이잖습니까? 오른손으로 방아쇠라니까요. 왼손잡이도 아닌데 거꾸로 잡아서 뭘 어쩌겠다는 겁니까, 지금!"

"쳇!"

결국 한 번 혼나고 그것에 마리안이 투덜대며 입을 삐죽였다.

"이런! 머리 좀 제대로 묶고 하십시오. 이렇게 치렁치렁하게 귀신처럼 풀고 다니면 누가 예쁘다고 하나요?"

"뭐, 뭐라구!!"

"가만히 좀 계셔보세요."

묶었던 것이 풀어진 것이다. 그런데 귀신같다고 뭐라 하다니…….

마리안은 왜 그런지 서러워져서 울상이 되었다가 다음 순간 세진이 그녀의 뒤로 돌아가서 마리안의 긴 머리칼을 손으로 빗어 곱게 모아 단정하게 땋아 묶어주자 어느새 서운했던 마음이 사르륵 풀리는 걸 느꼈다. 예쁘다는 말은 한마디도 안 해주고 마주칠 때마다 야단만 치는 남자애지만 이렇게 한 번씩 잘해줄 때마다 그저 헤실헤실 웃음이 피어오르니 정말 이상하다고 생각하는 마리안이었다.

마리안이 손으로 유세진이 묶어준 머리를 잡고 웃고 있자 그때 갑자기 세진이 마리안의 머리에 딱밤을 때렸다.

"정신 집중! 총을 다룰 때 딴생각은 금물입니다. 알았습니까?"

"이씨… 네."

마리안은 갑자기 이마가 따끔해서 막말이 튀어나오려고 했으나 곧바로 세진의 냉랭한 눈빛이 보여서 바로 꼬리를 내렸다. 어쩌다가 자신이 이렇게 꼼짝을 못하게 됐는지 어이없고 한심스러웠지만 방법이 없었다.

"총이 흔들리지 않게 제대로 잡았으면 오른쪽 눈에 총구 끝과 시선이 일직선이 되게 조준을 합니다. 자, 왼발은 사대 직선으로 두고 오른발은 어깨 넓이만큼 벌린 후 뒤로 발 반 크기만큼 후퇴한 후 사선과 45도 정도의 각도로 주고, 몸의 균형은 왼발 삼 분의 이, 오른발 삼 분의 일의 힘으로 균형을 잡고, 사선과 어깨는 직각을 이루며 총과 어깨도 직각을 이룹니다. 왼팔은 총을 드는 것이고 받치는 것은 아니죠. 오른팔은 어깨와 수평을 이루며 팔과 몸의 모양은 활 모양, 총은 화살입니다."

어쨌든 유세진의 기본 자세와 이론 교육은 계속되었다.

"자, 피전이 튀어 올라가면 피전 발사구를 총구는 가린 후 피전이 약 10m 나간 후 총구를 움직여 초점을 맞추고 따라 올라갑니다. 이때 팔은 가만있고 허리로 움직입니다."

그것 말고도 옆에서 표적을 맞추는 자기만의 요령이라고 따로 다른 방법을 가르쳐 주는 유세진의 목소리에 마리안은 지루하지만 금세 생글생글 웃으면서 하나도 안 빼놓고 설명을 모두 들었다.

"총 끝으로 피전을 쫓아 총 끝에 피전이 일치되면 재빨리 방아쇠를 당깁니다. 쩌렁쩌렁한 총성만큼이나 반동 또한 만만치 않으니 마리안 양처럼 자세가 어정쩡한 초심자는 팔이나 얼굴을 부딪칠 수도 있으므로 자세를 바로잡을 땐 교관의 지도를 받는 것이 좋다는 걸 아십시오."

마리안은 엊그제 끔찍한 사고의 기억이 있었지만 지금 이 순간에는 그 일을 까맣게 잊고 즐겁게 웃으며 좋은 시간을 보내고 있었다. 비록 만나러 왔던 민제후를 놓쳐 버리고 말았지만 원래 목적대로 민제후가 무사하다는 것을 확인했으니 그것으로 다행이었고, 덕분에 이 같은 부자 학교를 구경 와서 이런 것도 다 공짜로 배우고 간다는 즐거움에 배로 좋았다. 또 한 가지 더 말한다면 옆에서 자신을 가르치는 '싸가지 만땅'이 좀 껄쩍지근(?)했으나 그럭저럭 특별히 마음에 안 들게 하진 않아 마리안은 현재 너무 재미있고 즐거웠다.

그래서 마리안은 항상 조심하라는 문기현 실장의 말도 까맣게 잊고 있었다. 이 순간 누군가 그녀를 겨냥해서 총구를 들이밀고 있다는 사실은 꿈에도 모른 채. 그녀뿐만이 아니라 그 어느 누구도 모른 채.

그 나이 때는 바람에 가랑잎만 굴러도 웃음이 터진다지만, 마리안이라는 소녀는 무엇이 즐거운지 어느 순간부터는 계속 맑은 웃음소리를 터뜨리고 있었다. 그리고 그렇게 시간이 흐르는 사이, 즐겁게 까르르 웃는 달의 요정 같은 아름다운 소녀에게로 맞추어지고 있던 흔들리는 조준이 끝났다. 그리고 마리안을 조준하고 있는 총구가 마침내 불을 뿜었다.

타앙!!

외전

"그래, 학교 생활은 적응이 잘되느냐? 전학 와서 힘든 점이 많을 것 이란 건 짐작하고 있다만……."

어느 평일날 아침.

아침 식사를 마쳤을 시간에 어느 고급 주택의 드넓은 거실에는 작은 만남이 이루어지고 있었다.

푹신한 최고급 가죽 시트의 소파. 그 위에 사람들을 내려다보는 거만함을 가진 중년인 한 명이 앉아 가깝지도 멀지도 않은 적당한 거리에 앉아 있는 한 소년에게 건성으로 질문하고 있었다. 그것은 진실로 궁금하기에 물어보는 애정 어린 질문과는 거리가 먼, 하나의 의무감이라는 느낌이 짙은 말. 어쨌든 무시하는 듯한 그 태도에 기분이 상할 법도 하건만 그 앞에 앉아 있는 소년은 단정하게 웃으며 예의 바르게 대답했다.

"괜찮습니다, 큰형님. 학교가 아주 좋아요. 그리고 선생님도 학교 친구들도 모두 친절하고 잘해주십니다.”

“그래, 그것참 다행이구나. 그렇다면 어서 빨리 새로운 생활에 적응해서 더욱 열심히 공부하도록 해야지. 그래야 고등학교는 성전특고로 입학할 수 있을 테니까. 아! 세진아, 네 나이가 지금 몇이지?”

아버지라고 불러도 좋을 만한 연배의 어른이 이토록 어린 소년에게 형으로 불리다니 놀라운 일이다. 그렇다면 도대체 이 아이의 아버지 연세는 어느 정도란 이야기인가? 그러나 그보다 더 놀라운 일은 형, 동생이라고 하면서도 어쩐지 생판 모르는 남보다도 더 어색한 기류와 동생의 나이조차 잘 모르는 형의 모습이다. 게다가 그것이 전혀 이상한 일이 아닌 것처럼 행동하는 세진이라는 소년의 모습도.

더군다나 그 중년 남자가 나이를 묻자 세진이라는 아이의 그 새하얗고 단정한 얼굴로 아주 짧은 순간 피식 비웃음이 스쳐 지나갔다. 하지만 너무나 짧은 시간 나타났다 사라졌기에 그 아이의 얼굴만 뚫어지게 쳐다보고 있지 않았다면 전혀 눈치 채지 못했을 찰나간의 표정.

그 어린 나이에 자신과 분리해서 냉정하게 쳐다보며 그토록 냉소적인 표정을 지을 수 있다는 것이 놀라울 뿐이다.

세진이 곧 호감을 불러일으키는 부드러운 미소를 띠며 공손히 대답했다.

“지금 중학교 1학년입니다. 그리고 이제 얼마 뒤면 중학교 2학년이 되는 나이입니다.”

“중1이라… 그럼 곧 15살이 되겠구나.”

“네, 큰형님.”

그 중년인은 깔끔하게 대답하는 어린 소년의 모습을 유심히 살펴보았다.

아침의 자연적인 조명 밑에서 그 아이의 모습이 어떤 보탬도 없이 보여졌다.

아직 어리기에 작은 키와 작은 체구, 그리고 창백하게 느껴질 만큼 타고난 새하얀 피부가 보인다. 또 그 피부와는 완벽한 균형과 대조를 이루는 새까만 머리칼도. 너무나 까매서 은은한 푸른빛까지 도는 머리카락은 뭔가 신비한 분위기까지 더해주어 그 어린 소년의 모습을 결코 가볍게 볼 수 없도록 만들고 있었다.

항상 예의 바르게 웃고 있지만 그는 눈앞에 있는 이 아이가 정말로 웃고 있는 것인지 가끔 궁금해지기도 했다. 두꺼운 뿔테 안경을 쓰고 있기에 유세진이라는 어려도 한참 어린 이복 동생의 이목구비를 똑바로 쳐다본 적이 없으니.

'쓸데없이. 아직 지 앞가림도 못하는 어린것일 뿐인데. 후후후.'

그 중년인은 갑자기 떠안게 된 동생이라는 이 어린 소년을 관찰하다가 본능적으로 느끼게 된 어떤 경계심을 깨닫고 스스로에게 어이없어 피식 웃었다.

아무리 영악하다 하더라도 아직 애에 불과하다. 그것도 얼마 전에 자신을 돌봐주던 지인을 떠나보내고 천애 고아나 다름없어질 뻔한 어린애.

세진이라는 이 아이는 이 중년인의 아버지라는 존재가 남긴 그분의 외도 증거였다. 첩의 자식. 숨겨진 아이. 아니, 버려진 아이라고 하는 것이 더 옳았다. 현대판 홍길동전처럼 아버지를 아버지라 부르지 못하고 형을 형이라 부르지 못하는, 숨어서 살아야 했던 존재.

그러나 인생은 정말 아이러니하지 않은가? 그런 아이가 이 세상에 존재하고 있다는 사실조차 잊고 살아가던 그들이었는데, 지금은 최고 삼십 년의 나이 차이가 나는 형님들이 사는 저택으로 그들 스스로 데려와서 함께 살고 있다는 사실이. 그리고 그 아이가 지금은 당당히 유씨 가문의 호적에 올라 '유세진'이 되었다는 사실 또한.

하지만 어떤 사정이 있었다 해도 만약 세진이라는 아이가 총명하고 예의 바르지 않았다면 있을 수 없는 일이었다. 가문에 창피와 피해만 입힐 평범한 첩년의 쓰레기 같은 종자였으면 이렇게 거두어들일 생각조차 하지 않았을 터였다.

그런 면에서 세진은 그런 불쾌한 환경에서 태어나 자랐음에도 전혀 천기도 없고, 오히려 상류 사회 어느 가문의 자제들과 겨뤄도 손색이 없을 정도로 반듯하고 기품이 있어 그나마 다행이었다. 머리도 좋아서 얼마 전까진 서울 변두리에서 살았지만 전교 상위권을 웃돈다는 성적, 그리고 똑똑하고 어른을 공경하는 예의를 안다는 점에서 지 어미를 안 닮아 정말 다행이었다. 아직은 관찰 기간 중이지만.

"그래, 지금 다니는 중학교와 같은 재단인 동원고도 명문이긴 하나 성전특고에 비하면 아무것도 아니라는 것을 알 거다. 아직 2년이나 남았지만 지금부터 열심히 준비해서 그 학교에 가도록 해야 할 거야. 명망 있는 가문의 자제들은 대부분 다 그곳을 거쳐 사회로 나가니 말이다."

"네, 실망시켜 드리지 않겠습니다."

아직 완전히 인정치 않은, 아들보다 어린 동생에게 좀 매몰차다는 느낌을 줄 정도의 중년인의 목소리가 공기를 때렸으나 유세진은 차이나 칼라의 단정한 검은 제복을 흐트러뜨리지 않고 명쾌하게 대답하였다.

그런데 그 소년이 학교를 가기 위해 현관을 나서는 순간엔 그의 한 쪽 입꼬리가 비웃듯 살짝 말려 올라갔다. 하지만 그것을 누구도 보지 못했고 누구도 눈치 채지 못했다.

"하이루, 얘들아!"

"이제 오냐? 어제는 어디 갔었던 거야? 전화해도 없는 것 같……."

"오늘 영어 샘 시간 프린트해 온 사람!!"

등교 시간. 시끌시끌, 웅성웅성, 어지럽기 그지없다. 중학교 1학년 반이라서 그런지 아직 어린 티가 그대로 남아 있는 아이들이 정신없이 돌아다닌다. 그래도 이곳이 이 근처에서 알아주는 명문 중학교라니…….

"그럼 앞으로 여기에서 2년을 더 썩어야 되는 건가?"

"응? 뭐가, 세진아?"

"……?"

누구지?

난 갑자기 내 상념을 방해하며 나를 둘러싼 소녀들을 둘러보았다. 무슨 볼일인지 모르겠다. 전학 온 지 얼마 안 되어 별로 친한, 아니, 친한 '척'을 하는 아이들도 없는데.

하지만 나는 곧 여자애들의 표정을 순간적으로 살펴보고 그들이 새로운 전학생에 대한 호기심 때문에 다가온 것이라고 파악할 수 있었다. 그렇다면…

"아, 안녕하십니까? 좋은 아침입니다."

나는 사람들에게 호감을 주는 미소를 살짝 띠며 예의 바르게 인사했다. 그렇다고 너무 딱딱하지도 않고 너무 친근하지도 않게. 어쨌든 내가 그렇게 웃어주자 그 소녀들이 잠시 얼굴을 발그레하게 물들였다. 그러나 예상했던 반응이라 재미는 없다.

"응, 안녕, 세진아. 그런데 아까 무슨 말이야? 2년이 뭐라고?"

"아, 그거요? 별거 아닙니다. 제가 전학 온 지 얼마 안 됐는데 이제 곧 새학년이 돼서 다시 반이 나뉠 것을 생각했었죠. 앞으로 2년밖에 안 남았다구요. 그 말이었습니다."

"아~ 그 말이었니? 하긴 이제 얼마 뒤면 이번 학기도 끝이겠네? 아아~ 아쉽다. 세진이 같은 귀여운 애가 전학 와서 우리가 얼마나 들떴었는데… 그런데 벌써 헤어져야 한다고? 휴우~"

"내년에도 같은 반이 될 수 있을지도 모르니까 너무 서운해하지 마세요. 그리고 반이 갈라져도 저희 반으로 놀러 오십시오. 그럼 되겠죠?"

내 말에 여자애들의 얼굴이 환해진다.

"정말? 정말 그래도 돼? 세진이 너, 그때 가서 딴소리하면 안 된다!"

"네, 숙녀 분들은 언제든지 환영합니다."

내가 지을 수 있는 가장 깨끗하고 귀여운 웃음을 지어주자 소녀들이 자기들끼리 손을 잡고 좋아하고 있었다. 아직 해가 바뀐 것도 아니고 반도 갈리지 않았건만 벌써들 쉬는 시간마다 무얼 할지, 어떻게 지낼지 수다스럽게 계획을 세우며 까르르 웃는다.

나도 그 아이들의 모습에 빙그레 미소를 지었다.

난 여자들에게는 친절하다. 세상 모든 사람들에게 잔인하게 굴 수는 있어도 여자에게는 그럴 수 없다. 여자는 남자가 지켜줘야 하는 존재라는, 그런 어설픈 기사도 흉내가 아니다. 단지 나 스스로가 여자를 존경하기 때문이다.

'어머니……'

그래서 난 여자들에게 잘해주고 싶다.

"그런데 세진아, 전부터 궁금했던 건데 넌 왜 우리한테 그렇게 자꾸 존댓말만 쓰니? 그냥 말 놔. 그러자. 우린 친구잖아."

'친구요?

훗! 누가 친구라는 겁니까, 지금?

친구라는 건 그렇게 쉽게 생기는 건 아니죠. 같은 반에서 공부하는 급우는 친구가 아닌 클래스메이트일 뿐입니다.

"저는 이게 더 좋습니다. 집안에서도 그렇게 배웠고, 저도 이것이 더 편합니다. 듣기 불편하신가요?"

내가 생긋 웃으며 이야기하자 여자애들이 자기들끼리 다시 소란스러워지고 있었다.

"와아~ 맞다. 세진이네 집은 굉장한 집안이라고 들은 적이 있어."

"정말? 어떤 집안인데?"

"진짜 장난 아닌 집안이래! 나 세진이가 사는 동네, 그 근처를 지나가 본 적 있는데 집들이 얼마나 크고, 담은 또 얼마나 높던지~!!"

이런이런… 정말 어딜 가나 그 잘난 유씨 집안이 얽히지가 않는 곳이 없다.

'듣기 싫군.'

"아! 그보다 왜 선생님께서 이렇게 늦으시죠?"

여자애들 수다는 재미가 없었다. 그래서 나는 말을 가로막으며 교묘하게 말머리를 다른 곳으로 돌린다. 물론 적당히 여학생들 기분을 맞춰주면서. 이들을 이대로 두다간 그 집안에 숟가락이 몇 개고 젓가락은 몇 개인지까지 다 이야기하라고 할 듯하니…

"아차! 그러고 보니 오늘 오후에 3학년들 성전특고로 견학 가잖아. 그것 때문에 그런 걸 거야. 우리 담탱이가 인솔 교사거든. 오늘 조회는 그래서 없을걸?"

"성전특고?"

성전특고라…

아침에 큰형이라는 위치에 있는 인간에게서 들었던 학교 이름이라

자연히 관심이 갔다. 그곳이 그렇게 대단하다고?

그때 유세진의 새하얀 얼굴과 입가에 야릇한 미소가 걸렸다.

'그래, 어쩌면 이런 곳에서 썩는 것보단… 그곳에 재미있는 일이 더 많을지도 몰라. 쿡!'

"이곳이 바로 그 유명한 성전특고다. 모두들 시끄럽게 떠들지 말고 조용히 견학하길 바란다. 그럼 이 학교 시설에 대해서 설명을 하자면……."

허름한 양복을 입은, 배가 약간 나오고 머리도 약간 벗겨진 남자 선생님이 중학교 3학년 학생들을 인솔해서 성전특고를 견학하고 있었다. 그러나 대부분이 3학년이라는 것이지 전부라는 것은 아니다.

'바로 나 유세진 때문에.'

난 중학교 1학년이니까.

주변을 둘러보니 우리 학교에선 약 십여 명 정도의 3학년이 견학을 온 모양이다. 아, 나까지 포함하면 열한 명이다.

성전특고.

고교에도 명문이 있다는 걸 깨닫게 해주는 대규모 시설의 최고 시스템을 갖춘 명문 고교이다.

대학도 한국에선 아직 이 정도로 운영되는 곳은 없다고 하는데. 지금으로부터 약 십육 년 전에 대(大)성전그룹이 마르지 않는 자금력을 동원해서 세웠다는 학교가 바로 이 성전특고. 성전그룹이 후원하는 학교라서 그런지 그 최고의 교육 환경을 찾아 해외에서 한국으로 고등학교 유학도 오게 되었다는 이 학교는 학생 선발도 최고의 인재들로만 아주 고르고 골라서 선발하는 것으로도 유명하다. 하나 그것도 겨우 몇 년 전에나 조금 자유롭게 풀린 기준이었지 예전에는 집안이나 배경,

명가 등을 따져서 특별 전형생이라는 이름으로만 선발했기에 여론의 비난 타깃이 되기도 하였다.

그래서 여론으로 인해 일반인을 대상으로 뽑게 된 학생들은 일반 전형이라고 해서 선발하게 된 것이다. 최근에는 그 일반 전형으로 성전특고에 합격되는 학생수가 무시할 수 없는 숫자가 되었다고 한다. 하지만 역시 대학보다 더 들어가기 힘든 좁디좁은 등용문. 그러나 이 성전특고를 졸업만 하면 대학까지 에스컬레이터 식으로 올라가는 것뿐만 아니라 사회에 나가 무시받지 않고, 유명 명문 자제들과 동문이 되기 때문에 서민 출신 아이들의 도전은 매해 엄청난 숫자로 이루어지고 있었다. 그것도 전국에서 난다 하는 아이들만이 몰려들고 있는 것이다.

'그러니 명문 중이라고 하는 우리 학교에서도 겨우 열 명 정도가 지원을 하는 것이겠지.'

인솔하는 선생님을 따라 학교를 구경하며 무심하게 고개를 돌려보니 자신과 다른 디자인의 교복을 입은 소년 소녀들이 더 보인다. 아무래도 오늘 견학을 온 중학교가 몇 군데 더 있나 보다.

그리고 중간에 상당히 클래식한 디자인의 여학생 교복이 발견되었다. 마치 미션스쿨의 제복처럼 목에 약간 큰 리본을 단 단정하면서도 매력적인 교복의 여학생들.

'저건……'

그렇게 내가 그 여학생들을 뚫어지게 쳐다보고 있을 그때, 나는 누군가와 어깨를 부딪치고 바닥으로 넘어질 뻔했다. 역시 체격이 작아 쉽게 밀린다.

이런, 기분이 별로 좋지 않아지려고 해……

"누구……?"

얼굴을 찡그리고 바라보니 상당히 쿨한 남자 아이의 얼굴이 내려다
본다.

상당히, 아니, 아주 잘생긴 얼굴. 샤프한 눈매가 서늘한 기운까지 머
금고 있어 그 소년의 전체 스마트한 모습이 더 빛나 보인다. 바람에 날
렸는지 가느다란 모발의 머리칼이 그 소년의 얼굴 앞으로 살짝 내려온
모습은 마치 TV 속 CF에 나오는 외국 모델처럼 느껴졌다.

'그 여자애들이 보면 장난 아니게 시끄러웠겠는걸?

나는 오늘 아침 내게 몰려와 꺅꺅거리던 시끌벅적한 시스터즈를 생
각하고 한쪽 입꼬리를 슬쩍 올렸다. 성격은 어떨까? 건방질까? 단정할
까? 기운은 맑고 푸른빛을 띠고 있는데…

"괜찮니? 내 잘못이다, 미안."

정중하군.

신사적인 인간이다.

"괜찮습니다. 특별히 다친 곳도 없고 한눈팔던 제 잘못도 있으니까
요."

"동민아! 뭐 해! 빨리 와!"

내가 그 소년의 정중한 사과에 대답을 하고 있자 저 멀리서 누군가
가 소리쳐 부른다.

이름이 동민인가 보구나. 동민… 동민이라면…….

"혹시 신동민 군이십니까?"

"날 아니?"

혹시나 해서 깜짝 놀라 물어보니 상대가 무표정한 얼굴로 묻는다.
그런데 그때 일행인 듯 보이는 남학생들이 다시 불러서 신동민이라는
소년은 바람처럼 휑하니 사라졌다.

“하하하~ 신동민이라… 그 신동민이 성전특고에 온단 말이지? 후후후, 너무 재밌는데? 재밌어.”

신동민이라면 전국 수석을 도맡아 한다는 전설적인 수재다. 각종 잡다한 정보를 모으며 꿰고 다니는 내가 그런 걸 모를 리가 있겠는가.

어쨌든 혹시나라는 마음에 견학을 왔지만 점점 더 성전특고라는 이 학교에 마음이 끌린다. 어려운 일은 아니다. 내가 신동민 정도로 세계 천재모임에서 인정한 수재는 아니지만 2년 정도 월반해서 입학하는 건 내게 그리 어려운 일이 아니니까.

‘응?

정신을 차려보니 주변에 같이 왔던 일행들이 보이지 않는다.

“놓쳤나 보군.”

아까 신동민과 부딪치고 잠시 딴생각을 하는 사이 모두들 장소를 옮긴 듯. 이 나이에 미아가 됐다고 울 일도 아니지만 인솔 교사인 담임이 잔소리를 할 것 같아 서둘러 두리번거리며 나와 같은 교복의 학생들을 찾아 돌아다녔다. 그런데 그때,

퍼억!

“으억! 이놈의 계집애가 얼굴 좀 반반하다고. 썅!”

나는 또 신기한 것을 발견했다.

어떤 한 무리의 남학생들이 여학생 둘을 둘러싸고 있는 모양이었다. 물론 그것은 신기한 일이 아니고 얼굴을 찡그리게 하는 사건이지만. 신기하다고 한 사건의 주체는 그 남학생 무리가 아니라 여학생들이었다. 전혀 겁먹지 않고 오히려 당당한 소녀들.

난 여자들에게 난폭한 언사를 퍼붓는 그 비신사적인 발언들에 얼굴을 찌푸리며 그쪽으로 다가갔다.

'어? 저 교복은… 아까 그 여학교 교복?!'

"잠시 얘기만 좀 나눠보자고 한 거잖아!"

"우린 너희들과 할 얘기가 없어. 더 이상 망신당하고 싶지 않으면 비켜."

여기까지만 들어도 어떻게 된 사정인지 대강 감이 왔다. 성전특고에 견학을 왔는데 명문 여학교 학생들이 있어서 말이라도 좀 붙여서 어떻게 잘해볼까 하던 어린애들. 그런데 지금이 바로 그 어설픈 수작에 그 어린애들이 쪽팔림을 당하는 순간인 것이다. 상당히 흥미진진하다.

'그런데 지금 말한 저 여학생은 누구지? 이렇게 남자애들에게 둘러싸이면 무서울 법도 하건만, 전혀 굽히지 않고 오히려 여왕처럼 기품있고 당당하다!'

놀라웠다. 지금까지 저런 소녀는 본 적이 없었다.

나는 신동민을 만났을 때보다 훨씬 더 즐거워지는 마음을 깨닫고 웃으면서 조금 더 가까이 다가가 보았다. 그리고 다가가서 바라본 소녀의 얼굴은……!!

"……."

얼굴에서 웃음이 가라앉고 눈빛도 잔잔하게 가라앉는다.

그 소녀는 아름다웠다. 어떤 스타나 연예인보다도 훨씬 더. 하지만 그것이 내게 중요한 것이 아니었다. 그녀에게 느껴지는 기품과 단정함, 저 청초한 향기의 영혼은…….

"예지야, 가자. 저런 것들과는 상대하지 말아."

"…응."

그때 그 소녀의 옆에 있던 다른 여학생이 그녀를 잡아끌며 도도하게 말하며 돌아선다. 그 모양에 그 남자애들이 얼굴이 시뻘겋게 달아올랐다. 아마도 다른 곳도 아닌 성전특고에서 소란을 피울 용기는 없는데 분하고 열이 받아 그러는 것일 테다.

그러나 난 그것보다 그 여학생이 자신이 바라보던 소녀를 부른 이름에 눈이 반짝였다.

"예지……? 그럼 한예지… 한예지겠군."

세인트 여학교의 바로 그 아이스 프린세스!!

한진석 외무부 장관의 무남독녀 외동딸. 게다가 재색을 겸비하고 성품도 반듯하다고 그의 형님들이 한진석 장관과의 오찬에서의 이야기를 하는 걸 들은 적이 있다. 그리고 자신들 또래 남학생들 사이에서는 도도하고 환상의 꽃으로 유명한 얼음공주님.

"쿡쿡쿡… 세상에. 성전특고란 정말 대.단.하.군!"

전국 최고 명문 중에서 몰려오는 최고의 인재들, 최고의 명물들…

이들 말고도 이곳엔 훨씬 더 재미있는 일들이 많이 나를 기다리고 있겠지?

"기대가 되는데? 쿡!"

나는 피식 웃음 지으며 친구의 손을 잡고 자기 일행이 있는 곳으로 돌아가려고 하는 한예지 쪽을 바라보면서 살짝 고개를 끄덕여 인사를 했다.

당신을 지켜보고 싶습니다.

어쩐지 좀 아쉬움이 남았지만 나는 곧 고개를 돌리고 정문으로 걸음을 옮겼다. 일행을 찾아다니는 것보다 그곳에서 메시지를 남기고 먼저 돌아가는 것이 더 나을 듯했다.

그리고 정문을 막 빠져나오려는데 그때,

"야, 이 멍청아!! 이런 길 한복판에서 가방을 쏟으면 어쩌냐!!"

"죄, 죄송합니다, 선생님. 가방 끈이 끊어져서……."

"쯧쯧, 칠칠맞아선… 그런 네가 성전특고를 무슨 수로 가겠다고. 하긴, 그래도 공부는 제법 하는 편이니… 하지만 들어가도 턱걸이로 간신히 가면 모를까. 쯧쯧."

어떤 남자 아이의 뒷모습이 보였다. 상당히 불안하고 어리버리한 몸짓.

뒷모습밖에 보이진 않았지만 머리칼이 너무나 특이한 금갈색이다. 금실이 섞인 연한 갈색 머리칼. 그러나 햇빛이 부서지듯 쏟아지고 있는 그 모습은 빛의 일부 같았지만 그 아래 영혼의 기운은 전혀 다르다. 이런 기운은 큰 사고나 위험, 죽음을 목전에 둔 사람에게서 풍겨 나오는 그것인데…

나는 고개를 갸우뚱하며 다시 걸음을 옮겼다.

그리고 짙은 어둠의 향이 났지만 그냥 그 소년을 지나쳐 갔다.

오늘 그 자리에 우연히 모인 몇몇의 아이들이 앞으로 얼마 뒤, 정말로 많은 이야기들을 만들어내게 될 줄 세진조차 모르고 지나치고 있었다. 스치듯 지나치는 이 마지막 우연의 인물이 가장 큰 변수가 되리라는 것도.

뉴 라이프의 생을.

〈5권으로 이어집니다〉